第47回江戸川乱歩賞受賞作

13階段

高野和明

Kazuaki Takano

講談社

東京都内で
撮影／但馬一憲

著者の言葉

高野和明

五歳の時、母が夜な夜な物語る怪談話に取り憑かれました。

七歳の時からハリウッド映画に夢中になりました。

そして気がついてみると、多くの書物に記された犯罪や冒険の物語に耽溺していました。

私を魅了した文芸や映画は、芸術ではなく娯楽でした。その世界にどっぷりと浸かるうち、いつしか自分も、同じような物語を作って、たくさんの人々に見ていただきたいと思うようになりました。

それから長い間、自主映画を作ったり、世に出ることのない小説を書いたり、あるいは脚本家として映画やテレビ番組制作に携わったりと、自分にできる精一杯のことをやってきました。不遇の時代も経験しました。諦めずに続けてこられたのは、たくさんの恩人や友人たちの励ましと、そして子供の頃から体に叩き込まれたエンターテインメントの力を信じた結果であるように思えます。

今後も気取ることなく、誠心誠意、低俗ではない娯楽作品を作り続けていこうと思っております。

「職人で結構」とは、映画監督岡本喜八の言葉です。

自分も、一流の娯楽職人を目指して頑張るつもりです。

今はただ、この本を手に取ってくださった皆様方に、少しでも楽しんでいただければと祈るのみです。

13階段／目次

装幀　多田和博
装画　西口司郎＋オリオンプレス

13階段

これで貴様は死刑だ！

——映画「天国と地獄」（監督　黒澤明）

序章

死神は、午前九時にやって来る。

樹原亮は一度だけ、その足音を聞いたことがある。

最初に耳にしたのは、鉄扉《てっぴ》を押し開ける重低音だった。その地響きのような空気の震動が止むと、舎房全体の雰囲気は一変していた。地獄への扉が開かれ、身じろぎすらも許されない真の恐怖が流れ込んで来たのだ。

やがて、静まり返った廊下を、一列縦隊の靴音が、予想を上回る人数とスピードで突き進んで来た。

止まらないでくれ！

ドアを見ることはできなかった。樹原は、独居房の中央に正座したまま、膝の上で震える指を凝視していた。

頼むから止まらないでくれ！

そう祈る間も、猛烈な尿意が下腹部に押し寄せてくる。

足音が近づくにつれ、樹原の両膝がガタガタと震え始めた。同時に、ねっとりとした汗に濡れた頭部が、意志の力に抗《あらが》いながら、ゆっくりと床に向かって沈み込んで行く。

タイルを踏みしめる革靴の音はどんどん大きくなった。そしてついに部屋の前まで来た。その数秒間、樹原の体内にあるすべての血管は拡張され、破裂しそうな心臓から押し出された血液が、体毛の一本一本を揺るがせながら全身を駆けめぐった。

だが、足音は止まらなかった。

それは部屋の前を通り過ぎ、さらに九歩進んで不意に途絶えた。

自分は助かったのかと思う間もなく、視察口の開閉音に続き、独居房を開錠する金属音が聞こえてきた。空房を一つはさんだ、二つ隣のドアのようだ。

「一九〇番、石田」低い声が呼びかけた。

「お迎えだ。出なさい」

警備隊長の声か？

「え？」聞き返した声は、意外にも頓狂な響きを含んでいた。「俺ですか？」

「そうだ。出房だ」

そこから急に辺りは静まり返ったが、沈黙は長くは続かなかった。まるで誰かが音量つまみをひねったかのように、突如として大音響が響きわたった。プラスチック製の食器が壁に当たって跳ね返る音、入り乱れる足音、さらにはそうした騒音をかき消す動物的な咆哮《ほうこう》が——人間の声とは思われない絶叫が続いている。

やがて、放屁と脱糞のくぐもった音に続き、びちゃびちゃと水たまりを踏み荒らす不快な響きが聞こえてきた。そこにはなぜか、壊れたスピーカーががなり立てるような雑音が混ざっていた。

少しの間、樹原は音の正体を見極めようと耳を澄ました。やがて、そのガーガーという雑音の中に、かすかな呼吸音が混ざっているのに気づいて慄然とした。それは死の恐怖に堪えかねた人間が、食物や消化液を嘔吐《おうと》している音なのだ。今、房内から連れ出されようとしている男の口からは、吐瀉物《としゃぶつ》が物凄い勢いで噴出されているに違いない。

樹原は両手を口に押しつけ、必死に吐き気をこらえた。

しばらくして雑音が小さくなり、喘ぎ声と嗚咽《おえつ》だけが残った。しかしそれも、ふたたび進み始めた靴の響きと、重い荷物を引きずるような音とともに遠ざかって行った。

房内に静寂が戻ると、樹原はもはや、座っていることすらもできなくなった。懲罰《ちょうばつ》などはどうでもよかった。彼は規律違反を承知で、前にのめるように畳の上に突っ伏した。

あの時のことを思い出すと、今でも寒気に襲われる。樹原が東京拘置所の死刑囚舎房、通称『ゼロ番区』に収監されてから三年後のことだ。あれからもう、四年近くの歳月が流れている。

その間、執行が止まっているのかどうかは分からなかった。あんな騒ぎは耳にしていないが、たまに廊下ですれ違う死刑囚の中に、顔を見なくなった者がいるのも確かだ。

樹原は、百貨店の袋を貼る仕事の手を休め、房内を見回した。独居房の広さは三畳間にも満たない。流し台や便器のある板の間を除けば、生活空間はたったの二畳だ。採光の悪い房内は、昼は蛍光灯、夜は十ワットの電球が点灯して、重監視下にある死刑囚を照らし続ける。その陰鬱な空間で、七年もの間、死の恐怖に怯えながら生きてきたのだ。

電車が通り過ぎるかすかな音に顔を上げる。彼はそっと立ち上がり、紐から吊された洗濯物をくぐって窓辺に立った。

引き戸式のガラス窓を開けても、鉄格子とプラスチックのフェンスに遮られて外の風景は見えない。それでも、フェンスの上の隙間からは曇り空がのぞき、頬には湿気を含んだ風を感じることができた。

次はいつなのか。

樹原は外気を吸いながら、決して慣れることのない不安に襲われていた。死神が、彼の房の前で立ち止まる日は近いのだろうか。

過去三度の再審請求と、その棄却に伴う即時抗告と特別抗告は、すべて斥《しりぞ》けられていた。現在行なわれているのは、四度目の再審請求棄却に対する即時抗告だ。それは、希望の残滓《ざんし》を指でつまみ上げるような心もとない手続きだった。再審請求が四度目ともなると、どれだけ裁判資料をめくっても、確定判決に合理的な疑いを生じさせ得る証拠は見つからなくなっているのだ。

第一章　社会復帰

1

「一つ、一定の住所に居住し、正業に従事すること」

その甲高い声は緊張に震えていた。楽園への旅立ちを目前にして、粗《そ》相《そう》は許されない。

「一つ、善行を保持すること」

仲間の声を聞いている三上純一も、グレーの囚人服に身を包み、直立不動の姿勢を保っていた。手には、仮出獄許可決定書が握られている。奥二重の目と、そのすぐ上にあるくっきりとした眉。二十七才という年齢よりもやや若く見えるその顔は、何かを思いつめたかのように引き締まっている。

「一つ、犯罪性のある者、または素行不良の者と交際しないこと」

純一は、誓約書を朗読している仲間の背中を見つめた。名前を田崎といい、年齢は純一よりも十才上だった。目尻の下がったその顔を見ると、婚約者が処女ではないことに逆上して殴り殺した人間とは思えない。

「一つ、住居を転じ、または長期の旅行をするときは、あらかじめ、保護観察を行なう者の許可を求めること」

松山刑務所保安本部の会議室には、この他に、所長以下、十数名の職員がいた。彼らは矯正処遇官、または単に刑務官と呼ばれている。看守という名称は、階級名として残っているだけで、役職名からは十年前の組織改編時に撤廃されていた。

窓の磨りガラスを通して入る拡散光線が、刑務官たちの表情を、今まで見たこともない穏やかなものへと変えていた。しかし純一が感じた安らぎは、次の田崎の言葉でかき消された。

「一つ、被害者の冥福を祈り、慰謝に誠意を尽くすこと」

すうっと上半身から血の気が引くのが感じられた。

被害者の冥福を祈り、慰謝に誠意を——

自分が殺したあの男は、どこへ行ったのだろうと純一は考えた。天国だろうか、地獄だろうか。それともあの男の魂は、どこへも行かず、ただ単に無に帰してしまったのだろうか。自分の振るった暴力で、奴は丸ごと消滅してしまったのだろうか。

「一つ、月に二回、保護司または保護観察官に面会し、近況を報告すること」

純一は目を伏せた。服役中、ずっと感じていた疑問は、未だに解決されないままだった。自分は本当に罪を犯したのか。あの行為が罪だとしたら、それは二年足らずの服役生活で贖《あがな》われたのか。

「一つ、刑務所内においての行状は、いっさい他言しないこと」田崎は仮釈放後の遵守《じゅんしゅ》事項を読み終え、誓約書の本文に移った。「私は、このたび、仮釈放を許され、保護観察を受けることになりました――」

ふと目を上げると、正面に並んだ刑務官の一人と目が合った。南郷という名の、四十代の看守長だ。がっしりした肩の上に、いかつい顔が載っている。南郷は、微笑をたたえて純一を見つめていた。

出所を祝ってくれているのだろうかと純一は考えたが、相手の微笑には、もっと深い理解が潜んでいるような気がした。

「今後は、上記の遵守事項を守り、健全な社会人になるよう努力をすることを誓います――」

しかし南郷が、どうしてそれほどまでに自分のことを慮《おもんぱか》ってくれているのかと、純一は不思議に思った。服役中には、服務規程に違反しない範囲で便宜を図ってくれる優しい刑務官がいた。その反対に、言いがかりをつけて懲罰を科したサディストもいた。だが南郷はどちらでもなく、ほとんど接触はなかった。純一の更生を、特別に見守ってくれていたとは考えにくかった。

「もし、これに背いたときは、仮釈放を取り消されて刑務所に戻されても異存はありません。仮釈放者代表、田崎五郎」

誓約書の朗読が終わると同時に、純一の背後から、場違いな拍手が聞こえてきた。手を叩いた人物は、すぐに失態に気づいたらしく、その音は急に鳴り止んだ。

手を叩いたのが誰か、後ろを振り返らなくても純一には分かっていた。自分の父親だ。息子を出迎えに、東京から四国松山まではるばるやって来た、五十一才の工場経営者。純一は、それまで強張っていた口元を、ようやくほころばせた。

「今回の服役生活は、君たちには長かったかもしれない」と、濃紺のダブルの制服に身を包んだ所長が、最後の訓示を始めた。「しかし、本当の更生はこれから始まると考えてもらいたい。君たちが刑務所に戻ることなく、立派な社会人になって初めて、更生を果たしたと言えるようになる。その日まで、社会復帰の困難に負けず、ここで学んだことを忘れずに頑張って下さい。以上です。おめでとう」

今度は会議室全体から、盛大な拍手が巻き起こった。

仮出獄許可決定書交付式は、十分程度で終了した。

刑務官たちに一礼した純一は、田崎とともに、次にどうしたらいいのか少しまごついた。顔を向ける方向までも命令で決められていた生活習慣は、すぐに直るものではなかった。

所長が「さあ」と言って、二人を送り出すように右手を差し出した。純一は、その手が指す方向に振り向いた。

会議室の後方、壁を背にして、父親の俊男が立っていた。いかにも工員ふうの浅黒い顔と細身の体。一張羅のスーツに貫禄負けしているその姿は、売れない演歌歌手のようだ。しかし、父の垢抜けない風体には、間違いなく故郷のぬくもりが宿っていた。

純一は、父親のもとに向かった。田崎も、両親とおぼしき初老の男女のもとへと駆け寄った。

三上俊男は息子を迎えると、満面の笑みで拳を振り上げ、ガッツポーズを作った。周囲の刑務官たちから、思わず笑いが漏れた。

「長かったな」俊男は純一の顔を見つめ、自分が刑期を務め上げたかのように、ため息混じりに言った。「よく頑張った」

「母さんは？」

「家でご馳走を作ってる」

「うん」純一は小さく頷き、少しためらってから言った。「親父、ごめんな」

それを聞いて、俊男の目が潤んだ。純一も唇を噛みながら、父親が口を開くのを待った。

「もう、何も気にするな」俊男は言葉に詰まりながら言った。「これからは、真面目に働いて暮らしていけばいいんだ。そうだろ？」

純一は頷いた。

俊男は笑顔に戻ると、息子の頭に右腕をからめて乱暴に揺すった。


庶務課の窓から、刑務所を出ようとする三上親子の姿が見えた。純一は、すでに私服に着替えている。正門の前で刑務官と話しているのは、最後の人定質問のためだ。

南郷正二は、救われる思いで、親子の明るい表情を見つめていた。彼は、釈放者が門を出て行く時の光景が好きだった。自分の職務への使命感は、十九才で法務事務官看守を拝命してから、たった一年で潰《つい》えていた。それから三十年近くもこの仕事を続けてこられたのは、出所風景を目にすることができたからだ。今、この時ばかりは、犯罪者は更生したと言い切れる。再犯の危険には目をつぶって、手放しで喜ぼうという気になれるのだ。

三上親子が深々と刑務官にお辞儀をして、刑務所の門を出た。そして肩を寄せ合うようにして歩き出した。

二人の後ろ姿が見えなくなると、南郷は書類ロッカーの前に戻った。そこには、三上純一の『身分帳』があった。この分厚い書類は、受刑者の行刑観察記録である。純一の出所とともに、南郷のいる処遇部門から庶務課に移されてきたものだ。純一がふたたび禁錮《きんこ》以上の刑罰を受けない限り、身分帳は永遠にここに保管されることになる。

これまで何度も目を通してきた書類ではあったが、南郷は表紙をめくり、分類調査票に記された三上純一の個人情報と、それに続く公訴事実を見直した。最後の確認のためだった。

純一の出身地は東京で、家族構成は両親と弟。二年前の犯行当時は、二十五才だった。罪状は傷害致死で、一審の判決後は控訴せず、未決勾留期間を含めた懲役二年の実刑判決が確定。受刑者分類規定によりYA級（二十六才未満の成人で、犯罪傾向の進んでいない者）と分類されて、東京拘置所から松山刑務所に移管された。

南郷は、公訴事実の欄に目を移した。純一の生い立ちから犯行に至るまでの事実経過が、捜査資料をもとにまとめられていた。南郷は指で文字をたどりながら、純一の犯した罪の詳細を追った。

三上純一は、一九七四年、東京都大田区で生まれた。父親は町工場に勤める工員だったが、後に独立して、社員三名の小さな工場を経営することになる。

中学卒業までは特筆されることはなかったが、一九九一年、純一が十七才の時に、後の事件の遠因となる出来事が起こった。

夏休みに友人と、三泊四日の旅に出た純一が、予定の日を過ぎても帰らず、心配した両親から家出人捜索願が出された。

その十日後、八月二十九日に、純一は、旅の目的地であった千葉県勝浦市から南に十五キロ離れた中湊《なかみなと》郡で補導された。純一は一人ではなく、ガールフレンドを連れていた。友人との旅行というのは嘘で、彼は生まれて初めての異性との外泊を楽しんでいたのである。

東京に戻った純一は、その事件を境に不登校を繰り返すようになり、親や教師に対して反抗的な態度を見せ始めた。その後、成績は目に見えて落ち、大学受験に失敗するも、浪人した末に第四志望の理系の大学に入学した。専攻は化学工業だった。

大学卒業後は、父親の経営する『三上モデリング』という金型工場を手伝っていたが、二年後の一九九九年、事件が起こった。

「何を熱心に読んでるんだ?」

不意に訊かれて、南郷は驚いて顔を上げた。

庶務課長の杉田が、こちらを覗き込んでいた。階級は南郷よりも一つ上の矯正副長で、制服の袖口に二本の金線が光っている。

「二二九番の仮釈放に問題でも?」二二九番とは、純一につけられていた称呼《しょうこ》番号だ。

「いえいえ、ちょっと別れが寂しくて」南郷は、冗談でごまかすことにした。「これ、お借りしてもいいですか?」

「ああ、いいが……」杉田は言ったが、戸惑いがちに顔をしかめている。

南郷は心の中でほくそ笑んだ。刑務官たちは、決まりきった日常が少しでも破綻すると目の色を変える。刑務所内では、そうした小さな兆候が大問題に発展することもあるのだ。杉田は、小心者に特有の警戒心を武器に出世してきた男だった。身分帳を部下が持ち出すだけで、不安でたまらなくなるのだろう。

「すぐにお返しししますよ」

南郷は安心させるように言って庶務課を出ると、保安本部の二階にある処遇部門に戻った。ここは、刑務作業をはじめとする受刑者の処遇全般を管理する部署で、そこの首席矯正処遇官というのが南郷に与えられたポストである。この役職と、看守長という階級は、四十七才という南郷の年齢からすれば早くも遅くもない出世だった。一般の企業に当てはめれば、部長補佐といったポジションである。

事務机が三十ほど並んだ部屋は、三人の処遇官がいるだけでガランとしていた。他はみんな、刑務作業の監督や巡回に出ているのだ。南郷は、わざとゆっくり歩いて、自分に決裁を求めに来る部下がいないのを確認し、窓を背にする自分の席に座った。そして煙草に火をつけると、三上純一の身分帳を、ふたたび精読し始めた。純一が二十五才の時に犯した罪の詳細は、検面調書や裁判記録など、複数の文書に記録されていた。

一九九九年八月七日午後八時三三分、傷害致死事件は唐突に発生した。現場は、東京の浜松町駅の近くにある飲食店だった。酒を飲んでいた佐村恭介という二十五才の客が、店の奥にいた純一に、「何か文句でもあるのか」といきなり因縁をつけたことから始まった。

この時、最初に言葉を発したのが佐村恭介であったこと、そしてそれまで二人が五メートル離れた別々のテーブルに座り、会話を交わしていなかったことは、複数の目撃証言で裏づけられている。

純一は、戸惑ったような表情で、テーブルの前まで来た佐村恭介を見上げていた。店のマスターの証言では、佐村が一方的に純一に詰め寄り、「自分を見ていた純一の目つきが気に入らない」「まるで犯罪者を見る目だ」などと言いがかりをつけた。

それから二人は、二言三言、言葉を交わした。そして口論は急激にエスカレートした。検面調書にある純一の証言によると、佐村は、「俺を田舎者だと思ってなめている」という主旨の言葉を吐いた。そして、佐村の出身地が千葉県であると知った純一は、相手をなだめようと、高校在学中に起こした自分の家出事件を持ち出した。千葉県房総半島の外側、中湊郡に行ったことがあると話したのである。ところがこれが火に油を注ぐ結果となった。佐村恭介は、まさにその中湊郡から仕事で東京に出て来ていたのであった。

「この野郎」という言葉を目撃者の全員が聞いた直後、佐村が純一の胸倉を摑んだ。マスターは喧嘩を制止しようとカウンターを飛び出したが、テーブルに駆けつけるまでの短い時間に、二人の間では四回、または証言によっては十回程度の拳《こぶし》による打撃の応酬があった。先に手を出したのは純一のほうだった。供述調書には、「相手を振りほどくには、そうするしかなかった」とある。

やがて、マスターがテーブルに到着したが、格闘する二人の間に割って入ることはできなかった。後の裁判で、マスターはこの時のことを、こう証言している。

「相手を傷つけようとしていたのは被害者のほうで、被告人はその場を離れようと、懸命にもがいているように見えました」

そして純一は、佐村の手から逃れることに成功する。しかし佐村は、なおも正面から摑みかかろうとした。それに対して純一は、「この野郎」「ケダモノめ」などと罵倒しながら、頭、右肩、右腕を使って、相手に体当たりをした。不意をつかれた佐村は後方によろけ、背の低い椅子につまずき、そのまま足元をすくわれるような体勢で後頭部から床に落下した。この打撲が原因で頭蓋骨骨折と脳挫傷を起こし、救急隊が駆けつけた十一分後には死亡していた。

犯行直後の純一は、マスターが止めるまでもなく、警察が到着するまで現場に残っていた。呆然とした様子だったという。そして傷害致死容疑で現行犯逮捕された。

そこまで読んだ南郷は、煙草をもみ消し、ため息をついた。不謹慎とは思うが、どうしても苦笑が浮かんでしまうのだ。

喧嘩が原因の、典型的な傷害致死事件だ。運の悪い人間が、こうした事件に巻き込まれるのだ。公訴事実から判断すると、量刑の実刑二年はやや重いと言えた。執行猶予がついてもおかしくない事例だ。裁判官の目には、純一の高校時代の補導歴と、その後の行動が非行と映ったのかも知れない。検察官もそうした心証形成を狙って、冒頭陳述で家出の事実を詳しく述べたのだろう。

それでも裁判官は、公正な判決を下したと言えた。通常、傷害致死事件で争点になるのは、正当防衛かどうか、または被告人に殺意があったかのどちらかだ。前者が認められれば被告人は無罪に、後者が認められれば罪状は殺人罪となり、量刑は一気に跳ね上がる。殺人ともなれば、法律の条文の上では、死刑をも適用され得る罪なのだ。

純一の場合、裁判で最大の争点となったのは、バッグの中に入っていたハンティングナイフだった。これはかなり不利な証拠であったが、家業を手伝う純一が日頃から細かな作業にナイフを使っていたこと、そして購入したばかりのナイフが、店の包装紙に包まれたままの状態でバッグに入っていたことが幸いした。「殺意があったのなら、ナイフを使っていたはずだ」という弁護側の主張が通ったのみならず、それ以前の立件の段階で銃刀法違反での訴追も免れていたのである。

検察側はせめてもの反撃に、被害者の父親、佐村光男を証人として出廷させ、飲食店の伝票に記載されている酒の量、ジョッキ二杯の焼酎割りだけでは被害者は泥酔せず、闘争の原因を作ったとは考えにくいと主張した。被害者の酩酊の度合いが軽かったことは、司法解剖の際に測定された血中アルコール濃度でも証明されたが、それは裁判の結果を左右するような論証ではなかった。

結果、裁判は三回の審理で結審し、未決勾留期間から一ヵ月を算入した懲役二年の実刑判決が言い渡されたのであった。

身分帳から目を上げた南郷は、純一が服役していた一年八ヵ月間の記憶をたどった。

南郷が二二九番の受刑者に対して感じたのは、損得勘定のできない純朴で不器用な性格であった。身分帳を精読して、その印象はますます強まった。少年の面影を残した風貌や、いつも思いつめているような瞳。十七才の時に起こした、たった十日間の家出も、一途にガールフレンドを想った結果なのだろう。

今、南郷は、半年前の刑務官会議を思い出していた。教誨師《きょうかいし》との面会を断わった純一が、その理由を問われて、「宗教に頼らず、自分の頭で考えたい」と答えたことがあった。二二九番を担当する矯正処遇官には、受刑者の言動が生意気と映ったらしかった。抗弁による懲罰も検討されたが、南郷の反対で否決された。この一件から、南郷は三上純一に目をつけ始めたのであった。

そして、後に身分帳で知った奇妙な偶然が決定打となった。

高校二年の時の、純一の家出騒ぎ――彼は、あの強盗殺人事件が起こった時、ガールフレンドを連れて同じ土地にいたのだ。

最終確認は終わった。もはや人選に迷いはなかった。

南郷は、灰皿に吸い殻を押しつけると、机の上の電話機を引き寄せた。かけた先は、東京都内にある弁護士事務所だった。

「こちらは準備が整いそうです」南郷は低い声で告げた。「一両日中には、何とか」

2

松山刑務所を出てから東京に着くまで、たった四時間しかかからなかった。しかしその短い時間に、出所の喜びは、息つく暇もなく次から次へと押し寄せてきた。

純一がまず驚いたのは、自分が収容されていた刑務所の塀の低さだった。五メートルの高さのコンクリート塀が、こんなに低く見えるとは。中から見ていた時は、空を覆うばかりにそそり立っていたというのに。

そして、街並みの広大さにも目を見張った。空港へと向かうタクシーの中から見る松山の市街地は、ビルの一つ一つがのしかかってくるような威圧感を与えた。前日に行なわれた最後の出所教育でも市内には出ていたのだが、一夜を明かしただけで印象は一変していた。このまま東京に戻ったら、どんなことになるのだろう。

空港に着き、チェックインの手続きをすませると、俊男が訊いた。「酒でも飲むか?」

純一は首を振り、即座に答えた。「甘いものが食べたい」

二人は喫茶店に入り、プリンアラモードやらチョコレートパフェなどを注文した。

それらの甘味をむさぼり食う息子を、父親は何とも言えぬ顔で見つめていた。

やがて腹が満たされると、純一の目には周囲の若い女性たちが目につくようになった。今は六月、女性たちが薄着になる季節だ。喫茶店を出てから飛行機に乗るまで、純一はポケットに両手を突っ込んで、やや前屈みに歩かなければならなかった。

飛行機に乗ったら乗ったで、今度は腸がのたうつような腹痛が起き、何度もトイレに駆け込むことになった。二年近くもの間、麦飯を主食とし、必要最小限のカロリーしか摂らなかった消化器は、先程のデザート攻撃で恐慌をきたしたらしかった。それでも純一は嬉しかった。誰にも見られることなく、個室で排便できるなんて夢のようだった。

羽田空港に降りた親子は、電車を乗り継いで大塚に向かった。東京都内を環状に走る山手線の、北西に位置する駅である。隣駅の繁華街、池袋までは歩いて行ける距離だ。

そこにある自宅を、純一はまだ見たことがなかった。半年前の両親からの手紙で、一家が転居したことは知っていた。しかし純一は、敢えてどんな家なのかは訊かず、出所後の楽しみにとっておいたのだった。見知らぬ街での生活は、過去を捨てて人生をやり直そうとする純一に、少しはましな未来を与えてくれそうな気がした。

大塚駅の改札口を出た純一は、目の前のロータリーと、そこから放射状に延びる道を眺めた。銀行やビジネスホテル、ファミリーレストランなどが立ち並び、行き交う人の数も多い。風俗店の看板もやたらと目についたが、活気に満ちた街を見て純一の心は浮き立った。

しかし、俊男の後について五分も歩くと、住宅街に入ったせいか、辺りが急にひっそりしたような印象を受けた。さらに十分ほど歩くうちに、純一は重苦しい気分に襲われ始めた。重大な問題を見落としていたのではないのかという疑問。しかも、心のどこかでそれに気がついていたのではないかという自責の念も湧き上がり、いつしか彼は俯きがちに歩いていた。

自宅に近づくにつれ、口数の減っていた俊男が、ようやく言った。「次の角を曲がった所だ」ためらう間もなく、二人は角を曲がった。純一の目に、煤《すす》けたモルタルの壁が映った。長い間風雨にさらされた壁面には、縞模様に染みが浮き出ている。門などもなく、舗道に面した小さなドアが、そこが玄関であることを告げていた。建坪は六坪ほどだろうか。とにかく一戸建てと言うには、あまりにも粗末な住まいだった。

「さあ、入れ」俊男が、視線を落としたまま言った。「これがお前の住む家だ」

純一は咄嗟《とっさ》に、父親に気を遣おうとした。何も気にしない素振りで、玄関に入るのだ。純一はうまくそれをやってのけた。

「ただいま」と言いながらドアを開けると、すぐ目の前が台所になっており、サアダを盛りつけていた母、幸恵が振り返った。

二重のまぶたが、待ちに待った喜びに見開かれた。丸顔で、眉と目の間隔が狭い意志の強そうな目元は、そのまま息子に受け継がれたものだ。

「純一」幸恵は、エプロンで両手を拭きながら、ゆっくりと玄関口に来た。その間にも、両目からはぽろぽろと涙が流れ続けていた。

純一は、老けこんだ母親の姿にショックを受けながらも、表情には出さなかった。

「いろいろありがとう」純一は言った。「ようやく、帰って来られたよ」

親子三人の祝宴は、夕方の五時にならないうちから始まった。一階の六畳間の座卓には、牛肉やら焼き魚やら中華料理やら、メインディッシュが三種類もある料理が並べられた。

純一は、七つ下の弟、明男の姿が見えないのを不審に思っていたが、両親が何か言うまでは黙っていようと考えた。

俊男も幸恵も、最初は口数が少なかった。前科を背負った二十七才の息子に、何を言っていいのか分からない様子だった。三人でぽつりぽつりと話すうち、ようやく話題は、純一のこれからのことで落ち着いた。

純一は、明日からでも父の工場『三上モデリング』で働こうと思っていたが、両親は一週間くらいはのんびりしろと勧めた。純一はそれに従うことにした。目的もなくぶらぶらしようと思ったのではない。この煤けた新居を見てから、自分が知らされなかったことがあるのに気づいたのだった。

食事が終わると、幸恵が二階に案内した。ギシギシと軋む急な階段を上がると、短い廊下から振り分けられた、二部屋の日本間があった。

襖を開けて、自分にあてがわれた三畳間を見た時、かすかに残っていた純一の出所の喜びは、完全に消え失せてしまった。それは刑務所の独居房と同じ広さだった。

「狭いけど、大丈夫よね？」幸恵が明るい声で訊いた。

「うん」純一は頷き、松山から提げてきたスポーツバッグを置くと、すでに敷かれている布団の上に座り込んだ。

「この家ね、こう見えても住み心地がいいの」戸口の幸恵が、笑いながら言った。「古いから手入れする必要もないし、お掃除する所だってそんなにないしね」

しかしその口調は、言葉を重ねるにつれ、表情とは裏腹に必死な響きに変わっていった。

「駅から遠いから、騒音だって気にならないでしょ？　買い物だって十五分も歩けば商店街があるのよ。日当たりだって悪くないし」言葉を切った幸恵は、やがて呟くように言った。「前の家よりは、ちょっと狭いけどね」

「母さん」純一は話題を変えた。母がまた涙を見せるのではないかと心配したのだった。「明男は？」

「明男は家を出たの。アパートに一人住まい」

「住所、教えてくれる？」

幸恵は少しためらってから、弟の住所を教えた。


住所と地図を書いたメモを手に、純一は午後六時過ぎに家を出た。

夏至が近いとあって、まだ日は暮れていなかった。それでも、一人で街を歩くのには不安があった。行き交う車が異様に速く感じられたし、もう一つ、仮出獄者特有の問題があった。刑期が満期となる三ヵ月後まで、罰金刑以上の罪を犯せば、純一は刑務所に逆戻りになる。交通違反すらも許されないのだ。常時携帯を義務づけられている『連絡カード』、通称『前科者カード』が、シャツの胸ポケットの中でやけに重く感じられる。

弟は、電車を乗り継いで二十分ほどの東十条に住んでいた。二階建ての木造アパートだ。外付けの階段を上がり、一番奥のドアをノックすると、「はい」という気のない返事が聞こえてきた。一年十ヵ月ぶりに聞く弟の声だった。

「明男？　俺だ」

ドア越しに言うと、弟は板の向こうで動きを止めたようだった。

「開けてくれないか」

しばらく沈黙があった。やがてドアが薄く開き、父親に似た、やや貧相な顔がのぞいた。

「何だよ」明男は睨みつけながら言った。弟が本気で怒った時に見せる顔だ。

その怒りの理由を想像して純一はたじろいだが、「話がある。入れてくれないか」と訊いた。

「やだね」

「どうして」

「人殺しは、お断りなんだ」

純一の視界がぼやけた。取り返しのつかない失敗を思い知らされた時の絶望感。純一は、このまま引き返そうかと迷った。しかし、それではあまりに無責任過ぎる。

そこへ、階段を上って来る足音が聞こえてきた。他の部屋の住人が帰宅したらしい。明男の目に、怯えのような色が走った。

弟は純一の肩を摑んで部屋に引き入れ、慌ててドアを閉めてから言った。「人殺しと一緒にいるところを、人に見られたくないんだ」

　純一は押し黙ったまま、六畳一間の住まいを眺めた。粗大ゴミ置き場から拾ってきたと思《おぼ》しき座卓の上に、大学入試検定の参考書が散らばっている。ページが開かれたままの一冊は、明男が今、勉強していたことを物語っていた。

　しかし、なぜ大学入試検定なのか、純一は不思議に思った。

　兄の視線を追っていた明男が、ぽつりと言った。「高校、中退したんだ」

「え？」驚いた純一は、自分が事件を起こした二年前の記憶をたどった。「卒業まで、半年もなかっただろう？」

「学校になんか、いられる訳ないだろ。人殺しの弟なんだぜ」

　兄を部屋に引き入れた時の、あの怯えた目。純一はめまいを覚えながら、何とかその場に立ち続けた。ここにいなくてはならない。明男なら、何の遠慮もなくすべてを話すに違いない。

「どうして家を出たんだ？」

「大学は諦めて働けって、父さんが言うからさ……それなら自分で学費を稼ごうと思って」

「バイトしてんのか？」

「倉庫の仕分け作業だよ。頑張れば、月に十七万くらい稼げる」

　純一は意を決して、核心部分に触れた。「家には……父さんや母さんには、金がないのかな？」

「当たり前だろ」明男は、語気を強めて顔を上げた。「あんたが人を殺したせいで、みんながどうなったか知らないのか？　損害賠償がいくらになったか、知らないのかよ？」

　事件後、被害者の父親の佐村光男は、純一と両親に対し、慰謝料と損害賠償の支払いを要求した。その後、双方の弁護士が話し合った結果、和解契約が成立したはずだった。交渉のすべてを両親に委任していた純一は、契約を交わすことは聞いたが、詳しい和解の内容は知らされていなかった。「もう心配はいらない」という父からの手紙を、鵜呑みにしていたのである。

その手紙を刑務所で受け取った時、純一は、保護房から出て来たばかりだった。相性の悪い刑務官と口論になった彼は、悪臭漂う狭い独房に送り込まれ、後ろ手に革手錠をかけられたまま一週間を過ごしたのである。床に置かれた食器には口を寄せて犬のように飯を食らい、大小便は垂れ流すという過酷な体験だった。思考力が麻痺していた頃に届いた、父からの手紙。重大な問題の見落としは、あの時に起こったのだ。

「いくらなんだ、賠償額は？」

「七千万」

純一は絶句した。彼が週四十時間、一年八ヵ月の間、刑務所内のメッキ工場で働いて得た金は六万円だった。しかもその労働によって刑務所側が上げた収益は、すべて国庫に入り、被害者への慰謝に使われることはない。

黙り込んだ純一に、弟はたたみかけた。「前の家の借地権を売って三千五百万、車やら工作機械で二百万、それから親戚中に借金して回って六百万……でもまだ、二千七百万残ってる」

「どうするんだ、そんな金」

「毎月毎月、払える範囲で払ってるんだよ。返し終わるまで二十年はかかるって、母さん言ってた」

純一は、老け込んだ母親の顔を思い出して目を閉じた。母は、どんな思いで長年住み慣れた家を出たのだろう。あの薄汚れた一軒家に引っ越した時、どれだけの惨めさを味わったことだろう。自分のたった一人の母親は、息子の犯した罪の重さにおののき、幸せだった頃の一家団欒《だんらん》を胸に描いては、声を殺して泣いてきたのだ。

「何、泣いてるんだよ」明男が、兄を小突いた。「全部テメエのせいじゃないか。泣いて許されるとでも思ってんのかよ?」

もう何も言えなくなった。純一は二の腕で両目をこすりながら、うなだれて弟の部屋を出た。暗くなったアパートの廊下を歩きながら、両親のもとに帰るまでに涙を引っ込めなくてはいけないと、それぱかりを考えていた。

3

東京霞が関の中央合同庁舎6号館。

法務省刑事局の片隅で、検察庁から出向している局付検事が、『死刑執行起案書』の作成を終えようとしていた。総ページ数は一七〇、一つのロッカーをまるまる占拠していた膨大な記録を審査した末の結論だった。

死刑確定囚の氏名は、樹原亮といった。年齢は、局付検事と同じ三十二才だった。

結論部分だけには手をつけぬまま、検事は椅子の背もたれに体をあずけ、頭の中を探って遺漏《いろう》はないかを確認した。それはこれまで、何度も繰り返してきた作業だった。

公訴権を独占するという強大な権力を握っている検察官は、同時に、刑の執行までをもやり遂げる責務がある。殊《こと》に極刑ともなると厳正な審査が必要で、彼が作成している死刑執行起案書は、これから五つの部署、十三名の官僚の決裁を受けることになっていた。

十三名。

その数字に眉をひそめた検事は、死刑判決の言い渡しから執行まで、どれくらいの手続きがあるのかを数えてみた。するとそれは、十三あった。

十三階段。

絞首台の代名詞を思い浮かべて、局付検事は皮肉な感慨にとらわれた。明治以降の日本の死刑制度史上において、十三階段の死刑台が作られたことはない。昔の絞首台には十九の段があったらしいが、死刑囚に階段を上らせる際に事故が多発したため、改良を余儀なくされた。現在は、目隠しされた死刑囚の首に縄がかけられた直後、床が二つに割れて地下に落下する『地下絞架式』になっている。

しかし十三階段は、思わぬ所に存在していた。局付検事が任されている仕事は、その階段の五段目に相当した。執行まで、あと八段。死刑確定囚の樹原亮は、何も知らされぬまま、一段また一段と、死刑台の階段を上がって行くのだ。彼が最上段にたどり着くのは、およそ三ヵ月後と推定された。

『結論』

局付検事は、コンピューターのキーを叩き始めた。

『以上いずれの点からしても、本件は刑の執行停止、再審、非常上告の事由はなく、情状に照らして恩赦に浴させる余地はないと思料する。』

そこまで打ち込んで、検事は手を止めた。樹原亮の事件は特殊だった。頭の中で不審な点をチェックしたが、最終確認で出た結論は、法に照らせば極刑はやむなし、だった。心の中に残るもやもやとしたわだかまりは、それだけでは証拠能力を持たない。

彼は、起案書の最後の一文を書いた。

『よって死刑執行の発付方につき高裁を仰ぐ。』


出所した翌日の朝、純一は、霞が関の官庁街に向かった。保護観察所に出頭し、保護観察官と保護司に会うのが目的だった。

前夜は明け方まで寝つけなかった。その後はうとうとしたものの、午前七時には目覚めてしまった。体が覚え込んだ、刑務所の生活サイクルだった。それでも、朝の点呼がないのを幸せに感じ、少しは気分が明るくなった。弟から聞いた話は、両親のほうから切り出すまでは黙っていようと考えた。

家族三人の朝食も、問題はなかった。純一は、自分の工場に出勤する父親を見送り、支度を整えてから家を出た。

保護観察所の待合室に入った純一は、タイル張りの床の上に並べられた椅子の一つに腰かけた。純一の他に、十名ほどの男たちが所在なげに座っている。しばらくしてから純一は、待合室にいる人間全員が保護観察中の前科者であることに気づき、自分の立場も忘れてぎょっとしてしまった。

そこへ、「三上君」と声がして、灰色のスーツを着た初老の男性が入って来た。

「久保先生」迎えた純一は、親しみを感じながら、自分よりわずかに背の低い保護司の顔を見つめた。

久保は、豊島区保護司会に所属していた。純一の保護司に選任されて以来、環境調整と呼ばれる作業を行なって、仮出獄に必要な要件を満たしてくれたのだった。遠路も厭わず松山刑務所へも来てくれていたので、すでに純一とは面識があった。

「さあ、入りましょうか」

久保の穏やかな声に背中を押されて、純一は挨拶もそこそこに、保護観察官室に入った。部屋の中には執務机があって、落合という四十代の保護観察官が待っていた。

落合は、恰幅のいい体と浅黒い肌が横柄な印象を与えるが、話してみると率直な実務家だった。彼は、仮出獄者の遵守事項を純一に再確認させ、それに加えて「職業をみだりに転々としないこと」「現住所から二百キロ、または三日以上の旅行には許可を求めること」などの特別遵守事項を告げた。そして、飴と鞭の両方を与えるのも忘れなかった。

「前科があると、警察が必要以上に強い態度に出ることもある」と落合は言った。「しかし、筋の通らないことがあったら、遠慮なく私に言いなさい。君の人権を擁護するために、あらゆる手段は尽くすから」

　優しい言葉に驚いた純一は、思わず保護司の久保を見た。久保は、間違いないと言うように微笑んで頷いた。

「ただし」と落合は続けた。「君が遵守事項を守らなかったり、罰金刑以上の犯罪を犯した場合は、問答無用で刑務所に戻すからね」

　恐怖を感じた純一は、またも保護司の顔を見た。久保はふたたび、間違いないと言うように微笑んで頷いた。

「ところで、和解契約の条件は果たしたかね？」

　落合の質問に、純一ははっとして顔を上げた。「お金のことですか？」

「その他にもう一つ……ご両親から聞いてないのか？」

「まだ、詳しくは」

「昨日の今日ですから」と、久保が穏やかに助け船を出してくれた。

「そうか」目の前の書類に目を落とした落合は、少し考えてから言った。「経済的な負担は、ご両親が引き受けられた。それについては今後、親子の間で良く話し合ってもらいたい。他に君がやらなくてはいけないのは、遺族への謝罪だ」

　それを聞いて、重苦しいものが純一の胸を覆っていった。

「千葉県中湊郡の佐村光男さんを訪ねて、謝罪して来なさい」そして、純一の前歴を知っている保護観察官は、こうつけ加えた。「高校時代に、彼女と家出した場所だよ。土地鑑はあるだろ?」

あの町に戻らなくてはならない。そう考えただけで、純一の背筋を冷たいものが走った。

軽口を叩いた落合は、純一の蒼白な顔に気づいたのか、訝しむようにこちらを見てから語調を改めた。「気の進まないことだとは思うがね、これは義務だからね。法的にも、道義的にも」

「分かりました」答えながら純一は、すぐに彼女に会いに行こうと、そればかりを考えていた。

旗の台にある雑貨店は、変わっていなかった。駅前の商店街。ラベンダー色のビニール張りの庇《ひさし》には、『ファンシーショップ　リリー』と、リボンをほどくような曲線で抜き文字がしてある。

彼女の姿が見えないので、純一はしばらくの間、道の反対側にあるコーヒーショップに腰を下ろして、甘いカフェオレをすすっていた。

やがて、ワンボックスの軽自動車が止まり、運転席から彼女が降りて来るのが見えた。ジーンズにTシャツ、それにデニム地のエプロンをつけている。髪は短くなっていたが、左右に揺れる細い前髪は以前のままだった。それに、白くて柔らかそうな頬も、ぼんやりした印象を人に与える、力を失った黒い瞳も。

木下友里を久しぶりに見た純一は、やつれた感じがなんとなく母に似ていると思った。

友里は、車の荷台から段ボール箱を下ろし、それを店の中に運び込んで、レジの後ろにいる母親と言葉を交わし始めた。

純一は、カフェオレのカップをカウンターに戻して舗道に出た。軽自動車は、これから駐車場に戻すため、エンジンがかけられたままだった。

そこへ友里が出て来た。すぐにこちらを見た。純一の気配を、瞬時に察したかのようだった。

「戻って来たよ」

純一が言うと、驚いた友里の顔は、すぐに泣きそうに歪んだ。それから横を向いて店の中の母親を窺うと、素早く車に乗り込んだ。

避けられているのだろうかと純一は考えたが、そうではなかった。車の中の友里が、助手席に乗るようにと手招きした。

純一が乗り込むと、軽バンはすぐに走り出した。

二人はしばらく無言だった。友里は、駅前の通りを抜け、車を幹線道路に乗せた。

「テレビで見たわ」やがて友里が口を開いた。「最初は信じられなかったけど……純があんなことをしたなんて」

純というのは、彼女だけが使う純一の愛称だった。

「俺のこと、ニュースに出たの？」

「ニュースだけじゃないわ。ワイドショーでもやってた。元非行少年がどうのこうの……馬鹿な顔したレポーターが、嘘ばっかり並べてた。純のこと、悪者に仕立て上げたかったみたい」

世間からすれば、それが自分の実像になったのだろう。純一は、苦い屈辱を感じた。マスコミさえいなければ、弟の明男は周囲の目を気にすることもなく、高校を卒業できたことだろう。

「友里はどうしてた？」純一は、遠回しに訊いた。「相変わらずかい？」

「うん。私ね、あの時から、時間が止まってるの」友里は悲しげに言った。「いつでも戻れちゃうんだ。十年前の、あの時に」

「良くなってはいないの？」

「うん」

失望のあまり、純一は彼女の横顔から視線を逸らせた。

「ごめんね。でも、これから何があっても、前の自分には戻れないと思う」

純一は黙り込んだ。謝らなくてはならないのは彼のほうだった。謝罪はまだ、済んでいなかったのだ。しかしもう言葉は出て来なかった。

ハンドルを握る友里は、二年前まで純一たちが住んでいた家に車を向けているようだった。彼女はまだ、三上家が引っ越したことを知らないらしい。

見慣れた街路を眺めながら、純一は高校生の頃を思い出していた。早朝のジョギング。静まり返った住宅街をひたすらに走り抜ける。そして、店のシャッターが下りたままの友里の家を見て引き返す。それだけで幸せだった。しかし、片道二十分だった距離は、今、車で走ると五分もかからなかった。大人になるにつれて失ったものは、ありあまる時間だ。

「その辺でいいよ」町工場が並んだ一角が近づくと、純一は言った。思い出の詰まったかつての自分の家を、見たくはなかった。

友里は無言のまま、軽バンを歩道に寄せた。

「じゃあな」

車を降りた純一が言うと、友里はこちらに顔を向け、寂しさのこもった声で告げた。「もう終わったんだよ。純と、私は」

純一はそれから五分ほど歩いた。気分が滅入っていただけでなく、はけ口のない性欲が、もやもやとわだかまっていた。

重い足どりのまま、住宅と町工場がまだらに並んでいる一角に入ると、顔なじみに出会った。事件を起こすまで、よく行っていた文房具屋のおばちゃんだ。

純一は、おばちゃんが減刑嘆願書を書いてくれていたことを思い出し、礼を言おうとした。ところが先方は、純一の顔を見るや驚愕《きょうがく》の表情を浮かべ、その場に立ちすくんだ。純一の頭に浮かんでいた感謝の言葉は、瞬時に消え失せた。

おばちゃんは愛想笑いを浮かべ、「純一君、久しぶり」とだけ言って歩き出した。その時、純一は見逃さなかった。相手の顔が、踵《きびす》を返す短い間も待ちきれずに、恐怖と嫌悪の入り交じった表情に変わるのを。

純一君ほどの好青年はいません――

おばちゃんは、減刑嘆願書にそう書いてくれていた。

事件が本当にあったのだとしたら、不幸な事故だったのだと思います――

おばちゃんが書き連ねた、心にもない嘘は、そのまま裁判の証拠として採用されていた。

あの裁判は間違っている。純一の思いは強くなった。裁判長の言い渡した判決は、何も裁いていないに等しい。しかし、そうは考えたものの、自分がどうすればいいのかは分からなかった。

純一は、知った顔に会わないかと、上目遣いに視線を走らせながら歩き出した。

今や、彼の両肩には前科という重い荷物がのしかかっていた。社会復帰は、思ったよりも大変そうだった。区役所や検察庁にある犯罪者名簿、そして警察がコンピューター管理している犯歴データには、三上純一という名前が、犯した罪状とともに記録されている。自分は前科者なのだ。

不意に叫び出したくなった。路上駐車している車のフロントグラスを、叩き割りたくなった。かろうじてそれを思いとどまったのは、自分が今、危険な分岐点に立っていることをはっきりと自覚したからだ。急斜面を転がり落ちるのは簡単だ。難しいのは平坦な道を歩くことだ。その道には、純一を人殺しとして忌避する人々が、石を投げつけようとして身構えている。

しかし友里だけは違った。純一は不意にそれに気がついて、胸の辺りが少しだけ暖かくなった。友里だけは、純一を正しく見てくれていた。事件の前も後も、彼がまったく変わっていなかったということを。何年かあとに振り返れば、先程の友里との短いドライブは忘れ難い思い出になっているかも知れない。そんなことを考えているうちに父の工場に着いた。

三上モデリングの外観は変わっていなかった。プレハブの平家に、サッシの引き戸の入口。中に入ると、父が机に向かって伝票を整理していた。二年前までは、女子事務員がやっていた仕事だ。

「純一」顔を上げた俊男は、驚いたように言った。「どうした?」

「働こうと思って」

「そうか」と言いながら俊男は、開かれたままのドアの外に視線を投げかけた。

準備が整っていないのかも知れない、と純一は察した。前科者の息子がここで働き出すことを、それとなく近所に知らせておく必要があるのだろう。

「そういや、さっき、お前宛てに電話があった」

「誰から？」と訊こうとして、純一は言葉を呑み込んだ。十五坪の作業場の奥に、古ぼけた町工場にはふさわしくない装置を発見したからだった。ガラス張りの筐体《きょうたい》と、下部に取りつけられた淡いクリーム色のパネル。最新鋭の工作機械は、純一が事件を起こしたまさにその日、彼が展示会に出向いて発注してきた品物だった。

浜松町の卸売業者。

同じ日に出会った、佐村恭介。

二年前の記憶が押し寄せて来て、純一は目を閉じた。

「そいつは何の機械だ？」

不意に場違いな声が響いた。

純一は現実に引き戻され、振り返った。戸口に、つば広の黒い帽子をかぶった中年の男が立っていた。

男は悪戯っぽい笑みを浮かべ、首をかしげて帽子を取った。そのいかつい顔を見た途端、純一は反射的に、直立不動になって称呼番号を叫びそうになった。

松山刑務所の首席矯正処遇官は、親しげに笑いながら三上モデリングに入って来た。そして俊男に言った。「先程はお電話で失礼しました。南郷です。松山で、純一君のお世話をさせていただいてました」

「それは、遠い所を」俊男が、恐縮して頭を下げた。

「驚かせて悪かったな」南郷は純一に言った。

純一は、刑務官を職業とする男の口から謝罪の言葉が出たことに、二度驚いていた。「南郷先生、どうしたんですか」

「先生はやめてくれ」南郷は、受刑者に強制される尊称を嫌った。「ちょっと用があってな」

まさか仮釈放が取り消されるのではないかと、純一は不安に襲われた。しかし南郷は、楽しげな様子で作業場を見渡すと、もう一度訊いた。「あの立派な機械は何に使うんだ?」

「光造形システムといって——」純一は、幅一メートル、高さ二メートルの巨大な水槽の前に立った。その中は、透明なアメ色の液体樹脂で満たされている。「横にあるコンピューターにデータを入れるだけで、立体像が作れるんです」

南郷の顔に無邪気な疑問が浮かんだ。「ん?」

刑務官は何をしに来たのか。その理由を早く知るには、光造形システムの概要を説明するのが先決らしかった。「例えば南郷先生の、いや、南郷さんの顔のデータを入れれば、それとそっくりなプラスチックのモデルができ上がるんです」

「つまり、俺の写真から胸像が作れるって訳か?」

「写真よりも、三次元データのほうがいいんですが」純一は、抗弁にならぬように受け答えていた。「平面のデータでも、コンピューター内で凹凸をつけてやれば大丈夫です。レーザー光線が、その形どおりに液体樹脂を固めていってくれるんです」

「ほう？」おもちゃを見つけた子供のように、南郷の目は輝いていた。「鼻毛まで再現されるのかな？」

「この機械なら、百ミクロンまでなら何とか」

「そうか」南郷は、喜色満面で純一を振り返った。「凄いじゃないか。こんな立派な機械を使えるなんて」

純一はようやく、南郷の心遣いに気づいた。最新鋭の工作機械について訊ねたのは、純一を賞賛したかったからなのだろう。

警戒心を解いた純一は、南郷の親切が素直に嬉しくて、正直に告白した。「でも、実はまだ使ったことがないんです。事件を起こした日に発注した機械なんで」

「そうか。そいつはついてなかったな」南郷は残念そうに言って、俊男のほうに向いた。「ちょっと、ご子息をお借りしてもよろしいですか？　いろいろと積もる話がありまして」

「どうぞ、どうぞ」純一の父親は相好を崩した。「よろしく指導してやって下さい。一週間くらいはぶらぶらさせるつもりでおりましたから」

「こんな格好してて驚いただろう」

喫茶店で向き合って座ると、南郷は笑いながら帽子を脱いだ。

「刑務官なんかやってると、殺伐とした雰囲気が身についちまうんだ。だからプライベートじゃ、せいぜいめかしこんでるのさ」

純一は、落ち着いた柄のシャツを着込んだ刑務官を見つめた。刑務所の外で会う南郷には、無骨と洒脱が同居した奇妙な存在感があった。短く刈り込んだ髪と、その下でさかんに動く細い眉。中年男が醸し出す不思議な愛嬌に、純一は驚いていた。金線の入った制服を脱ぐだけで、これほど違って見えるとは。

ウエイトレスに二人分のアイスコーヒーを注文すると、南郷は切り出した。「どうして俺が来たのか、不思議に思ってるだろうな？」

「はい」

「安心してくれ。悪い話じゃないんだ。実はな、期限付きの仕事を頼みに来たんだ」

「期限付きの仕事？　松山からわざわざ、ですか？」

「松山は転任地だ。俺の出身地は、すぐそこの川崎だよ」

「そうだったんですか」

「刑務官は転勤が多過ぎてな」南郷は、困ったように頭をかいた。「で、お前さんに頼みたい仕事なんだが、期限は三ヵ月。つまり、保護観察が終わるまでの間だ。内容は、弁護士事務所の手伝い」

「具体的には、どんなことをやるんですか？」

「死刑囚の冤罪《えんざい》を晴らす」

その言葉の意味を、純一はすぐには呑み込めなかった。

南郷は、周囲の客を気にしたのか、少し声を落として繰り返した。「死刑囚の冤罪を晴らすんだ。どうだ？　俺と一緒にやってみる気はないか？」

純一は、ぽかんとしたまま刑務官の顔を見つめていた。今、二人で向き合っている小さな喫茶店が、急に現実味を失って虚構の存在になったような気がした。「つまり、無実の死刑囚を助ける？」

「そうだ。処刑される前にな」

「南郷さんも、その仕事をするんですか？」

「ああ。もし引き受けてくれるんなら、俺の助手ということになる」

「でも、どうして僕なんかに？」

「ちょうど、仮釈放になったからさ」

「仮釈放になったのは、田崎も一緒でしたよ」純一は、婚約者を殴り殺した刑務所仲間の名前を出した。

「あいつは更生しないよ」勤続二十八年のベテラン刑務官は言った。「法律の条文に従って刑務所を出されただけだ。カッとなれば、またやる」

するとと南郷は、純一の更生は間違いなしと見てくれているのだろうか。これまでの親しげな態度を見るかぎり、こちらに好感を持ってくれているのは間違いないようだった。

「ところで、被害者の遺族への謝罪はすませたか？」

話題が飛んだので、純一は戸惑った。「まだです。二、三日のうちには行こうかと」

「よし。その時には、俺も行く」

「南郷さんも？」

純一が怪訝に感じて言うと、南郷はテーブルの上に両手を置いて身を乗り出した。「さっき言った死刑囚の事件だがな、千葉県中湊郡で起こったんだ。お前さんには、縁のある土地だろ？家出やら、被害者の実家やら」

純一は啞然とした。南郷が持ちかけた仕事への興味は吹き飛んでしまった。彼は思わず訊き返していた。「その事件って、いつ起こったんですか？」

「十年前の八月二九日。お前さんが、彼女と補導された日だよ」

純一はめまいをこらえながら、これは罰なのだろうかと考えた。天が下した、偶然という名の厳罰。

「もし引き受けてくれるなら、三ヵ月間は向こうに滞在することになる。保護司には俺が話をつける。弁護士事務所の仕事なんだから、まさに正業だ。遵守事項にも違反しない」そして南郷は、ためらっている純一を不思議そうに見てから、話の矛先を変えた。「ご両親は、遺族への賠償で大変なんじゃないか？」

純一は顔を上げた。警戒心がふたたび頭をもたげた。南郷は、職務を通じて純一のすべてを知っているのだ。生い立ちも、家族の経済状態も。

南郷は、自分の狡猾さを恥じるように俯くと、遠慮がちにつけ加えた。「立ち入った話で悪かったが、この仕事は報酬も馬鹿にならなくてな。三ヵ月間の手当てが一人につき三百万出る。つまり毎月百万だ。それ以外に三百万までの必要経費。それから、もし死刑囚の冤罪を晴らすことができれば、成功報酬が一千万」

「一千万？」

「ああ。一人につき、一千万だ」

純一は、両親の姿を思い浮かべた。以前なら二十歳《はたち》前の女子事務員にやらせていた伝票整理に没頭する父。めっきり老け込んで、いつも泣いているような顔をしている母。二人は情状証人として裁判に出廷し、被告人席の息子を前にして、裁判長に泣きながら赦しを乞うたのだ。涙を浮かべた純一に、南郷は戸惑った様子を見せたが、説得口調で続けた。「どうだ？ 贖罪《しょくざい》、なんて言葉は使いたくはないが、人一人の命を助ける仕事なんだ。おまけに金にもなる。断わる理由はないと思うが」

もし成功すれば、賠償金の返済額は半分になる。その上、冤罪の死刑囚を救った男として、世間の目も変わるかも知れない。純一は、誇らしげに息子を見つめる両親の顔を思い浮かべた。あとは、自分が決断するだけだった。あの忌まわしい土地に、ふたたび足を踏み入れる勇気さえあれば――

「分かりました」純一は言った。「やります」

「そうか」南郷の顔に、かすかな微笑が浮かんだ。

純一は、無理に笑いを作って言った。「人殺しが更生するには、ちょうどいい仕事かも知れませんね」

「お前さんは更生するよ」南郷は真剣な顔になり、呟くように言った。「俺が保証する」

第二章　事件

1

夜が明けると南郷は、兄夫婦が住んでいる川崎市の実家を出て、最寄り駅の武蔵小杉に向かった。そこでレンタカーを借り、純一との前日の打ち合わせ通り、中原街道を上がってすぐの旗の台に向かって車を走らせた。

午前六時五〇分、教えられた駅前の通りに行くと、早朝から開いているコーヒーショップがあり、中で純一が待っていた。

「待ったか？」

南郷が声をかけると、窓の外を見つめていた純一が顔を上げた。

「いえ。こっちこそ、すみません。こんな所で待ち合わせにして」

「いや、近いから好都合だった」

南郷はカウンターに行って朝食のパンを買い、純一の前に座った。目の前の若者は、白い無地のシャツに綿のズボンを穿いていた。ベルトで腹を絞り込んでいるように見えるのは、刑務所生活で体重が落ちたからだろう。それでも私服姿の純一は、囚人服を着ている時よりも頼もしく見えた。

それにしても、どうして彼はいつも思いつめた顔をしているのだろうと、南郷は不思議に思った。前科者の社会復帰が楽ではないのは分かっているが、二日前に出所したばかりなのだ。もう少し明るい顔をしていてもいいはずだ。

その時、急に純一の表情が動いた。視線を追うと、道の反対側にあるリリーという雑貨屋が目に入った。そこのシャッターがわずかに開き、若い女が下をくぐり抜けて出て来た。素足にサンダルをつっかけているところを見ると、朝食の支度で足りない物に気づき、近所のコンビニにでも走って行くのだろう。

その後ろ姿を追う純一の目には、片想いの相手を見つめる少年のような必死さがあった。色白の若い女は、純一と同年配だった。かつての恋人かも知れない。純一の裁判で、若い女の情状証人はいなかったから、事件発覚と同時に二人の仲は終わったのだろう。

南郷は嘆息したが、これぱかりはどうしようもないことだった。罪を犯す者は、取り返しのつかない形で自分の環境をも破壊してしまうのだ。

かける言葉も思いつかぬまま食事を終え、南郷は純一を連れて店を出た。

中湊郡までは、片道二時間を予定していた。ハンドルを握る南郷は、車を東京湾横断道路に乗せた。房総半島に入る頃になると、それまでの雑談を打ち切って純一が訊いてきた。「事件の詳しいことは、これから現場で教えてもらえるんですよね?」

「ああ」

「どういう経緯で、南郷さんはこの仕事を?」

「今年の春先、出張で東京に出たんだ。その時、顔見知りの弁護士に会ってな。スカウトされたって訳さ」

「でも、大丈夫なんですか? 刑務官をしている人が、死刑囚の無実を証明しようとするなんて」

「俺のこと、心配してくれてんのか」南郷は笑い飛ばしたが、何となく嬉しかった。「大丈夫だよ。もうすぐ刑務官は辞めるから」

「え?」純一は、驚いた様子だ。

「今は、たまりにたまった休暇を吐き出してるところさ。それが終われば正式に退職だ。今回の仕事は、退官まではボランティア扱いになってるから、公務員法にも引っかからない」

「でも、どうして退職なんか」

「いろいろだよ。仕事への不満やら、家族のことやら。本当に、いろいろだ」

純一は頷き、それ以上は訊こうとしなかった。

南郷は話題を変えた。「ところで、もう一つの用件のほうは、覚悟はできたか?」

「ええ、まあ」純一は、自信がなさそうに言った。「一応、ネクタイと上着も用意してきましたけど」

「上等だ」南郷は、これから辛い目に遭うであろう純一に助言を与えた。「被害者への謝罪はな、どれだけけこちらの誠意を見せるか、それだけだ。相手は怒りをぶつけてくるかも知れないが、慌てるんじゃないぞ。申し訳ないという気持ちを、言葉と態度で表すんだ」

「はい」純一は、力のない声で言った。「大丈夫かな」

「お前さんが、本当に申し訳ないと思ってるんなら大丈夫だよ」

しかし返事がないので、南郷は純一を一瞥《いちべつ》して訊いた。「反省してるんだろ?」

「はい」

声が小さい、と南郷は言おうとしたが、ここは刑務所ではないのでやめた。

それから一時間あまり、ドライブは順調に進んだ。国道から鴨川有料道路に入り、房総半島を横断すると、ようやく太平洋が見えてきた。目的地の中湊郡は、勝浦市と安房郡にはさまれた、人口一万人足らずの小さな町だ。沿岸部まで張り出した山地の下、わずかな平地に家や商店が立ち並んでいる。基幹産業は漁業だが、その他に海水浴場や、観光客をもてなすための施設――ホテルや飲食店、ゲームセンターなども揃っていた。すべてにおいて規模は小さいものの、人々が過不足なく生活し、町全体が衰退せずに何とかやっていける、そんな活力が中湊郡にはあった。

鴨川市から海岸線に沿って北東に進路を変えた車は、海風を受けながら、安房郡を抜けていよいよ中湊郡に入った。

助手席の純一は、住所を書いたメモと地図を頼りに、被害者宅に車を誘導して行った。国道を右に折れ、目抜き通りのにぎやかな一角を通り抜けた所に佐村光男の家はあった。商店街と住宅地との境目に、木造家屋がぽつんと孤立したように建っている。道に面した一階の張り出し部分には、『佐村製作所』と看板が出ていた。

純一がネクタイを締めている間、南郷は止めた車の窓から、佐村光男の家を観察した。木製の引き戸の向こうで、作業衣姿の若い男が旋盤に向かっていた。被害者に兄弟はいなかったから、佐村製作所の従業員と思われた。作業場の奥に目を移した南郷は、アメ色に光る水槽を見つけて意外に思った。あれは純一の父親の工場で見たのと、同じ種類の機械ではないのか。事件に関する書類には何度も目を通してきたが、加害者と被害者の実家が同じ家業を営んでいるというのは初めての発見であり、皮肉な暗合を感じさせた。

ルームミラーで襟元をチェックした純一は、車を降り、上着を着込んだ。出所してから服を取り揃える時間がなかったのだろう、そのいでたちは全体にちぐはぐな印象だった。しかし、誠意を見せようという意志は、逆に強く伝わるような気がした。

「どうですか?」純一が心細げに訊いた。

「大丈夫だ。気持ちはきっと伝わる。頑張って行って来い」

車から離れて歩き出すと、足音を聞いた佐村製作所の工員がこちらを振り返った。純一は目で会釈し、ゆっくりと入口に近づいて行った。

佐村光男の顔は覚えていた。被害者の父親は、検察側の証人として裁判に出廷し、「被告人を厳罰に処して下さい」と涙ながらに裁判長に訴えたのだった。「私の大事な一人息子は、もう戻らないんです」と。

引き返したいと何度も思ったが、純一は何とか入口までたどり着いた。そして工員に訊ねた。

「佐村光男さんはいらっしゃいますか？」

「はい、おりますが……そちらは？」

「三上純一と申します」

「ちょっとお待ち下さい」工員は旋盤を止めると、住居部分につながる奥のドアに入って行った。

待っている間、純一は製作所の設備を眺めた。父の工場よりも数段、立派だった。三上家から受け取っている賠償金で、機材を充実させたのだろうか。ここにある光造形システムは、三上モデリングの物よりも、十倍ほど値段も性能も違うはずだった。

そこへ、「三上？」と怒鳴るような声が聞こえてきた。

純一が身構える間もなく、佐村光男が姿を見せた。髪を油で撫でつけた頭、広い額の下で光る大きな目。どっしりとした精力的な印象は、裁判の時と変わっていなかった。

光男は、純一の姿を見ると、その場に立ちすくんだ。彼の口から発せられたのは、「出て来たのか」という呪詛《じゅそ》とも脅しとも取れるような凄みのある声だった。

「松山の刑務所で、罪を償って参りました」純一は直立不動になり、決めておいた言葉を絞り出した。「それで赦されるとは思っておりませんが、せめてもの謝罪に、こうしてお伺い致しました。本当に申し訳ありませんでした」

純一は、深々と頭を下げ、相手の言葉を待った。しかし、何も聞こえなかった。もしかしたら足蹴にされるかも知れない。純一がそう考えたほど、短い沈黙は緊張をはらんでいた。

「顔を上げなさい」やがて光男が言った。その震える声には、憤怒を必死に押えている努力が窺えた。「そちらの謝罪はゆっくり聞こう。中に入りなさい」

「はい」

純一は、佐村製作所に足を踏み入れた。事情を察したらしい工員が、おろおろしながら二人を見比べている。

光男は、純一を連れて製作所の奥に行き、そこにある事務机の前に座らせた。そしていったんは自分も腰かけたが、小さく唸るとふたたび立ち上がった。何をするつもりなのかと純一は不安になったが、光男は壁際の電気ポットで茶を淹れると、純一の前に湯呑みを置いた。加害者が相手では、茶を出すのにも猛烈な意志の力を必要とするのだろう。

「すみません」純一は恐縮して礼を言い、「本当に申し訳ありませんでした」と重ねて謝罪した。

光男はしばらくの間、こちらを睨むように見つめていたが、「いつ出所した?」と訊いた。

「二日前です」

「二日前? どうして、すぐに来なかった?」

「和解契約の内容を、昨日知ったものですから」純一は、正直に答えてしまった。

それを聞いて、光男の脂ぎった額に血管が浮き上がった。「契約がなければ、謝罪には来なかったって訳か?」

「いえ、そんなことは」純一は慌てて言ったが、心の中では相手の言うとおりだと思った。俺が悪いんじゃない。そもそものきっかけを作ったのは、あんたの息子なんだ。

光男はふたたび黙り込んだ。沈黙を使って、こちらをいたぶっているようだった。早く解放されたい一心で、純一はもう一度頭を下げた。「お怒りは解けないと思いますが……本当にすみませんでした」

「和解契約だがな」光男が口を開いた。「そちらの両親の誠意は理解しているつもりだ。こっちは同業者だから、あれだけの慰謝料や賠償金を工面《くめん》する苦労は分かる。それは分かってるんだ」

光男の口調には、自分に言い聞かせているような響きがあった。純一を目の前にして、内面の怒りと必死に戦っているのだろう。

「まあ、お茶でも飲みなさい」と光男が言ってくれたので、純一の心は動いた。多額の賠償金を取りやがってという荒んだ気持ちは、両親の苦境を知った時から純一の心の中でうずいていた。しかし冷静に考えれば、すべては自分自身の行為に端を発しているのだ。光男の見せた小さな親切が、純一の頑なな心に風穴を開けたようだった。

「いただきます」純一は小さく言って、茶碗を手に取った。

「正直言って、お前の顔は二度と見たくはない。ただ、今、こうして顔をつき合わせているんだから、一つだけやってもらいたいことがある」

「何でしょうか？」純一は、おそるおそる訊いた。

「帰る前に、仏壇に手を合わせて行ってもらいたい」

それから十分後、純一はようやく、佐村製作所を出た。全身が疲れきっていて、道の反対側に止まっている車に行き着くのも億劫《おっくう》だった。助手席のドアを開けて中に転がり込むと、大きなため息が口をついて出た。

「どうだった？」運転席の南郷が訊いた。

「何とか、無事に済みました」

「そいつは良かった」南郷は、ねぎらうように言って車を出した。

それから二人は、ファミリーレストランに入って軽食をとった。純一は、佐村光男との会見の模様を南郷に語って聞かせた。しかし、仏壇に置かれた佐村恭介の遺影を見た時の心境は、言葉にできるものではなかった。純一の暴力によってこの世から存在を消された佐村恭介が、写真立ての中から微笑みかけていたのだ。二十五才の若者の笑顔は、事件の時の陰湿な表情とはまったく違うものだった。

この男は、もうこの世にはいない。そう考えた途端、純一の心は空白になった。自分が何を考え、何を感じるべきなのかは分からなくなった。これまで心の中で繰り返してきた自己憐憫や正当化、さらには運命というものへの諦観はすべて消え去り、なす術もない空白に、純一はただ狼狽するばかりだった。

話を聞き終わると、南郷は言った。「これからずっと、遺族の怒りを忘れちゃいかんぞ。今回の事件で一番辛い思いをしたのは、お前さんじゃなく、被害者と遺族なんだからな」

「はい」

「よし。とにかく一区切りついた。これからは仕事に精を出せ」

南郷は伝票を手に立ち上がると、レジへ行き、二人分の勘定を払った。領収書をもらっているところを見ると、弁護士事務所から出る必要経費で賄えるらしかった。

すでに仕事は始まっているのだと考えて、純一は気持ちを引き締めた。しかし、死刑囚の冤罪を晴らすなどということが、本当に可能なのだろうか。

2

ファミリーレストランを出て十分後、南郷の運転する車は、JRの線路を越えて内陸寄りの山地に入った。そこからは細い一本道になった。錆びついたガードレールの向こうには樹木が生い茂り、本来見えるはずの中湊郡のパノラマを覆い隠している。

次から次へと出現する急カーブを曲がって行くと、やがて、停車している白いセダンが前方に現れた。

「あれが雇い主だ」南郷は言って、セダンのすぐ後ろに車をつけた。

二人が路上に降りると、セダンからもスーツ姿の男が出て来た。年齢は五十過ぎ、くたびれたネクタイが、風にそよいでいる。濃い眉の下には、愛想笑いを繰り返して刻み込まれたような皺《しわ》が何本も走っていた。

「お待たせしました」

南郷が言うと、男の顔の皺が、そのまま愛想笑いを形作った。「こちらも今、来たところですよ」

「こいつが三上純一です」南郷が紹介した。「こちらは弁護士の、杉浦先生だ」

純一は頭を下げた。「よろしくお願いします」

「こちらこそ」杉浦は、純一が前科者であるのを知っているのだろうが、少なくとも態度には出さなかった。しばらくの間、南郷と雑談してから、純一に訊いた。「三上さんは、まだ事件の詳しいことはご存知ないんですよね？」

「はい」

「それは良かった。白紙の状態で聞いてもらうのが一番いい。裁判資料は南郷さんに渡してありますから、あとで参照して下さい」杉浦は言って、舗装された道路に目を移した。「では、事件の経過を、順を追って説明します。十年前の夏の夜のことです。今、お二人が立っている辺りに、一人の男が倒れていました」

純一は思わず数歩下がって、舗装された路面を見つめた。

「バイク事故でした。男の横には、ガードレールにぶつかって大破したバイクが転がっていました――」

一九九一年八月二九日午後八時三〇分頃。

中湊郡磯辺町に住む教員、宇津木啓介は、妻の芳枝を連れて、年老いた両親が住む実家への山道を軽自動車で上っていた。あいにくと雨が降っていたが、通い慣れた道なので、とりたてて注意を払うこともなかった。

ところが実家の手前三百メートルの地点で、路上に倒れている男を轢きそうになった。驚いた宇津木夫妻は車から飛び出し、その男のもとへと駆け寄った。

男が苦し気に呻き声を上げていたので、生きているのはすぐに分かった。その後方にはオフロードバイクが投げ出されており、宇津木啓介はバイク事故だと直感した。

後の検証で分かった事故の状況は、時速七十キロ前後で走行していたバイクがカーブを曲がりきれず、ガードレールに接触して転倒、投げ出されたライダーが地面に叩きつけられたというものだった。

この時の状況について、宇津木啓介は後の裁判で争点となる重要な事実を証言している。「倒れていた男はヘルメットを着けておらず、頭から出血しているのが一目で分かりました」

宇津木夫妻は、すぐ先にある実家から一一九番通報しようと、ふたたび車に乗り込んだ。当時はまだ、携帯電話は普及していなかったのである。

ところが実家に駆けつけた夫婦が見たものは、大型の刃物で襲撃された、両親の惨殺死体だった。

「場所を変えましょう」

杉浦弁護士はそこまで説明すると、車に乗り込み、南郷を先導して山道を上った。

三百メートル先の、路面の舗装が切れた地点に、平屋の木造家屋が建っていた。

事件現場となった、宇津木耕平邸である。事件以後は放置されていたらしく、庭には雑草が生い茂り、窓という窓には埃が付着している。こぢんまりとした平たい廃屋は、明るい日差しの下でも十分に凄愴な雰囲気を漂わせていた。

「ちょっと入ってみます？」杉浦は何気ない調子で言って、道路と敷地の境に張られた鎖をまたごうとした。

「待って下さい」純一は思わず止めた。

「どうしました？」

「中に入る許可は、取ってあるんでしょうか？」

「大丈夫ですよ。誰も来やしません」

「いえ、そういうことじゃなくて……」

「あ、そうだったな」と、南郷が口をはさんだ。そして純一に気を遣うように、短く言った。

「彼はまだ、仮釈放中なんですよ」

ところが杉浦には、事情が呑み込めない様子だった。「それで？」

「万が一にも住居侵入ともなれば、刑務所に戻されちまうんです」

「あ、そうか、そうでしたね。弁護士の私としたことが」

杉浦の顔に浮かんだ軽薄ともとれる笑いに、純一は敵意を覚えた。

「じゃあ、ここから説明しましょう」杉浦は敷地に入れた片足を戻し、続けた。「この家の間取りは、玄関を入った右側が台所と風呂場、左側に客間や寝室となってます。老夫婦が殺されていたのは、玄関入ってすぐ左の、客間でした――」


宇津木啓介と芳枝が実家にたどり着いた時、家の明かりは灯っていた。玄関の引き戸も開いていたので、啓介は中に入るなり、下駄箱の上に置かれた電話に取りついた。

芳枝は、夫が救急車を呼ぶ間に、義理の両親に事情を説明しようと中に上がり込んだ。ところが襖を開けてみると、そこには惨殺死体が二体、部屋の両端に倒れていた。

芳枝の悲鳴と同時に、啓介も惨劇の現場を目の当たりにした。彼は通報途中の受話器を投げ出すと、両親が倒れている客間に駆け込んだ。老父、老母ともに死亡しているのは、死体の状況から見て明らかだった。

放心状態から覚めた啓介は、電話に戻り、それでも両親のために救急車を呼んだ。そして電話を切りかかってからバイク事故のことを思い出し、さらにもう一台の出動を要請した。

二十分後、三台の救急車と臨時派出所の巡査が駆けつけて来た。それから十五分後には、勝浦警察署から捜査の第一陣が到着した。南房総を震撼させた強盗殺人事件は、こうして幕を開けた。

現場鑑識と死体観察の結果、次の事実が判明した。

現場の家屋には、ドアや窓をこじ開けた形跡がなかったことから、犯人は玄関から中に入り、客間で凶行に及んだものと考えられた。

被害者は、六十七才の無職、宇津木耕平とその妻、康子。耕平は、定年まで地元の中学校の校長をした後、七年前からはボランティアとして保護司活動に従事していた。死亡推定時刻は、午後七時前後。二人の全身に残された創傷から、凶器は斧や鉈《なた》などの大型の刃物と推定された。致命傷は頭部に振り下ろされた一撃で、その衝撃は頭蓋骨もろとも、二人の脳を完全に破壊するほど強いものだった。また耕平は、短い時間、犯人と格闘したらしく、両腕には無数の防御創が認められたが、こちらの傷痕も大型刃物の破壊力を物語っていた。一刀両断にされた四本の指が現場に飛散し、左腕は筋肉組織一本を残して肘からぶら下がっているという状態だった。

現場検証に立ち会った宇津木啓介の証言で、被害者の預金通帳、印鑑、そしてキャッシュカードを入れた財布が持ち出されていることが分かった。他の部屋にも物色の痕跡は残っていたが、息子夫婦が確認したのは、それらの品々だけだった。

捜査陣は、現場から三百メートル下でバイク事故を起こしていた樹原亮という青年に注目した。当時二十二才だった樹原は、少年の頃の非行歴と、二十歳を過ぎてから起こした軽微な窃盗事件のため、保護観察処分を受けていた。そして彼を担当する保護司が、被害者の宇津木耕平だったのである。

その関係が判明するや、捜査員は、直ちに樹原亮が搬送された救急病院に向かった。そして樹原の持ち物の中に、宇津木耕平のキャッシュカードが入った財布を発見したのである。さらに後の鑑定で、樹原の衣類からは三種類の血液が検出された。事故を起こした樹原本人と、そして二人の被害者のものである。

状況は明らかだった。樹原は、面識のある保護司の家に上がり込み、宇津木夫妻を殺害した後、金品を盗み、バイクで逃走したのである。ところがその途中、カーブを曲がりそこねて転倒し、皮肉にも被害者の遺族によって発見されるという事態となった。

結局、樹原亮は、入院中に強盗殺人の容疑で逮捕され、怪我の回復を待って起訴されたのだった。


「事件そのものは、そんなところでしょうか」杉浦弁護士は言葉を切り、煙草をくわえた。

「疑いは確かなんじゃないですか？」純一は訊いた。「冤罪の証拠のようなものが、他に出てきたんですか？」

「まずは――」杉浦は煙草に火をつけてから喋り始めた。「一審の記録を読むと、争点らしきものは何もありません。樹原君は運が悪かったんですな。国選弁護人に、やる気がなかったんです」

純一は思わず杉浦の顔を見た。「やる気がなかった？」

「そうです。良くあることですよ」杉浦は、事もなげに言った。「裁判なんて全部、運不運です。被告人が出会う弁護人、検察官、裁判官、そうした人々の取り合わせで判決が左右される。これはあくまで噂ですが、被告人が若くてきれいな女性の場合、男の裁判官は甘い判決を出し、女の裁判官は厳罰に処すらしいですよ。これも自由心証主義なんですかね。はは」

杉浦の笑いを無視し、純一は俯いて考え込んだ。傷害致死罪で自分を裁いた法廷は、どうだったのだろう。

「話を戻しますが」杉浦は続けた。「一審の死刑判決に疑いが生じ始めたのは、控訴審からです。新しくついた弁護士が、二つの疑問点を執拗に追究したんです。まず一つは、持ち出された印鑑と預金通帳、それに凶器が発見されなかったことです。これについては事件直後、警察が捜索を行なっておりました。その結果――」

杉浦弁護士は、宇津木邸前の道に出て、山中に向かう未舗装の林道を指さした。「ここから三百メートルほど入った所で、スコップが見つかりました。被害者宅の物置から持ち出されたものです。つまり犯人は、逃げる前に一度、山の中に入り、証拠品を埋めたと考えられるのです」

純一は訊いた。「でも、凶器だけじゃなくて、印鑑と預金通帳も埋めたというのは変じゃないですか？」

「弁護人もその点をつきました。しかし検察側の反論は、キャッシュカードさえあれば、現金を引き出せるだろうと被告人が考えた、というものでした」

南郷が言った。「ちょっと無理があるよな？」

「ええ。しかしですね、スコップの周辺に残っていたタイヤ痕は、間違いなく樹原君のバイクのものだったんです」

「つまり、逃走経路とは逆方向に証拠を埋めに行ったのは、捜査を攪乱《かくらん》するため？」

「そう考えられるんです」

純一が訊いた。「結局、預金通帳と印鑑、それに凶器は発見されなかったんですね?」

「ええ。警察は、スコップに付着していた土の分析も行なって、かなり広い範囲を捜索したんですがね、何も出てきませんでした。しかしスコップの土と、バイクのタイヤに付いていた泥は、やはり一致しました。樹原君のバイクは、スコップを捨てた地点までは間違いなく行ったんです」

純一と南郷が、頭の中を整理する間を取ってから、杉浦は続けた。「二つ目の疑問点は、事故現場で発見された樹原青年が、ヘルメットを着けていなかったという事実です。周囲の者の証言では、バイクを運転する際、樹原君はいつもフルフェイスのヘルメットをかぶっていました。顔を隠すには絶好の品です。それなのになぜ、強盗殺人が起こった日に限って、かぶっていなかったのか」

南郷が、考えてから言った。「第三者がいた?」

「そうです。弁護人の主張はそうでした。事故を起こした時、バイクには二人の人間が乗っていた。そして後ろに乗っていた人間が、樹原君のヘルメットを奪い、着用していたんです。だから事故の時も、致命的な怪我を負わずにすんだ」

「それで、一人だけ逃走した」

「そうです。事故現場周辺は、急斜面になっていますが、木がたくさん生えてますからね。幹につかまりながら行けば、徒歩でも下りられるんです」

純一は訊いた。「警察は、足跡とかは調べなかったんですか？」

「やりました。しかし当日は雨が降っていたので、そうした痕跡はあったとしても見つからなかったでしょう。ただし、ですね、この第三者説にも強力な反論があるんです」杉浦は遠慮がちに言った。「犯行後も、被害者の口座からは現金は引き出されなかったんです。つまり、第三者がいて印鑑と通帳を持ち去ったんなら、どうしてそれを使わなかったのか。そのために、二人の人間を殺しているというのに」

純一も、そして南郷も黙り込んだ。弁護側と検察側が火花を散らした控訴審の様子が目に浮かぶようだった。しかしその結果は――

「第二審では控訴棄却、最高裁でも上告棄却、その後の判決訂正申し立ても却下されて、死刑判決が確定しました」

「ちょっと待って下さい」純一は、重要なことを聞き逃していることに気づいた。「さっきの第三者説ですけど、捕まった本人は何て言ってるんですか？　後ろに誰かを乗っけていたとか、そんなことは証言しなかったんですか？」

「この事件の特異な点は、まさにそこなんです」杉浦は、間をおいてから言った。「被告人は、バイク事故のショックで、犯行時刻の前後数時間の記憶を失っていたんです――」

樹原亮がバイク事故で負った傷は、四肢の打撲の他に、右頬の皮膚が剝がれ落ちるほどの擦り傷、頭蓋骨の骨折、そして脳挫傷だった。しかし、脳内の血腫はその後の手術で取り除かれ、頭部及び顔面の骨折箇所も整復されて、あとは順調に回復した。

ところが、捜査陣を困惑させる後遺症が残った。事件当日の午後五時以降の記憶を完全に失っていたのである。

犯行時刻の前後、四時間の記憶がないと供述する樹原に対し、捜査側は疑いを持った。シラを切っているのではないかと考えたのだ。刑事たちは自供を引き出そうと執拗に追及したが、樹原は何も思い出せないと言い続けた。

被告人の失われた記憶は、後の裁判でも争点となった。詐病を使って供述を拒否していたとなれば、情状面で差が出てくるからである。しかし裁判官は、医療関係者の証言から、被告人の記憶喪失は真実であると推定した。つまり、人間が頭部に打撲を負った場合、事故の瞬間のみならず、過去にさかのぼった時点までの記憶を失う『逆行性健忘』という現象が起こり得ること、しかもそれは稀有な症例ではなく、交通事故の患者などに頻繁に観察されるという証言を、証拠として採用したのだった。

しかし、その推定も、あくまで推定だった。逆行性健忘が起こるメカニズムは解明されておらず、脳の器質的な変化が客観的に観察されることは稀なのである。樹原亮が、間違いなく記憶を失っているという物的証拠はどこにもなかったのだ。

「問題はそこなんだよ」南郷が、杉浦の説明を引き継いだ。「記憶がないってことは、検察側が主張する公訴事実に反論できないってことだ。もっと言うと、記憶がないばっかりに、死刑判決を受けたとも考えられる」

「どういうことですか？」

「量刑基準だ。つまり強盗殺人の場合、被害者が一人ならまず死刑にはならない。無期懲役だ。ところが被害者が三人以上となれば、ほぼ間違いなく死刑判決が出る」

「微妙なのは、今回のように被害者が二名の場合です」杉浦弁護士が言った。「この場合は、どっちに転んでもおかしくはない。しかし、刑を受けるほうからすれば、まさに生きるか死ぬかなんです。死刑を逃れて無期刑になれば、法律上は十年の服役で社会復帰の道が開かれますからね」

純一は、二人の顔を見比べて言った。「それで、今回の事件の記憶のあるなしは、どう関係してくるんですか？」

「改悛の情だ」南郷が言った。「裁判官が死刑判決を避ける一番の理由は、被告人が改悛の情を見せたかどうかなんだ」

改悛の情については、純一は嫌と言うほど知っていた。自分が裁かれた時も問題になったからである。しかしその時は、刑期が数ヵ月ほど左右されるだけの意味しか持っていなかった。死刑か無期かの重大な分水嶺ではなかったのだ。

純一は、かねてからの疑問を口にした。「改悛の情なんて、本当に他人が判断できるんですか？　罪を犯した人間が、心から反省しているかなんて、外から見て分かるものなんですか？」

「過去の判例を見ると、判断基準はいろいろです」杉浦弁護士が、薄笑いを浮かべて言った。

「法廷で流した涙とか、遺族への賠償金の多寡とか、拘置所内に仏壇を作って毎日拝んでいるとか」

「殺されてから拝まれたって、被害者は浮かばれないでしょう。それに、そんなことで判断されるんだったら、金持ちの涙もろい人間が有利なんじゃないですか」

純一がむきになって反論するので、南郷は不思議そうだった。

「それはちょっと言い過ぎだがな」と穏やかにたしなめてから、つけ加えた。「そういう側面があることは否定できない」

「樹原君の記憶喪失に話を戻しますが」杉浦が言った。「本人に記憶がないために、改悛の情なんてないんですよ。自分がやったかどうか、覚えていない訳ですから。本人が自信を持って証言できたのは、記憶を失っていた数時間を除いては、宇津木夫妻を殺そうと考えたことはないということ、それだけなんです」

南郷が言った。「皮肉な話でな。今回と同じ犯罪で起訴されても、自供して改悛の情とやらを見せれば、死刑判決を受けずにすんだかも知れないんだ」

純一は改めて、二年にも満たなかった自分の服役期間を考えた。自分も他人の命を奪った。しかしその結果、純一自身の生命が脅かされることはなかった。強盗致死と傷害致死では、同じ人の命を奪う犯罪でも、量刑にそれだけの差が出てくるのだ。

「逆行性健忘については、判決確定後も不利になりましてね」杉浦が言った。「死刑囚に与えられる救済手段に、再審請求と恩赦出願というのがあるんですが、恩赦については自分の罪を認めた上で赦しを乞うことになりますから、それもできないんです」

「じゃあ、残る手立ては、再審請求だけなんですね？」

「そうです。過去三度の再審請求はすべて棄却、四度目も棄却されましたが、現在、それに抗議する即時抗告というのをやっているところです。しかしそれも、いずれは斥けられるでしょう。南郷さんと、それから三上君にお願いしたいのは、五度目の再審請求のための証拠集めなんです」

　純一は身を乗り出した。樹原亮という死刑囚の命を救ってやりたいと本気で考えるようになっていた。自分が前科を背負わなければ、死刑囚にこれほどの同情は感じなかっただろうとも思った。

「しかし時間がありません。判決確定後、もう七年近くも経っているので、樹原君はいつ処刑されてもおかしくはないんです。危ないのは、現在の再審請求が完全に棄却された瞬間です」

「じゃあ、もしも僕たちが無罪の証拠を見つけたとしても、五度目の再審請求の前に死刑になる可能性があるということですか？」

「そうです。今回、私の所に来た依頼人も、その辺のことを考えて三ヵ月という期限を切ったと思われます」

「依頼人？」南郷が、意外そうな顔をした。「今回の仕事は、杉浦先生が言い出したことじゃないのか」

「ああ、まだ申し上げてませんでしたね」杉浦の顔に、愛想笑いが浮かんだ。「私は、依頼人の希望を取り次いでいるだけなんです。死刑囚の冤罪を晴らしたいから、証拠集めをしてくれという」

「それで、俺たちを実行部隊に選んだ?」

「そういうことです」

「杉浦先生が始めた仕事にしちゃ、報酬が高過ぎると思ってたよ」南郷は、冗談混じりに笑って見せたが、杉浦へのかすかな疑念は目の隅に残っていた。「それで依頼人というのは、どこの誰なんだ?」

「それは秘密でして。申し上げられるのは、匿名の篤志家ということだけです。死刑制度に反対する、気骨のある方なんです」

それでも不審そうな南郷に、杉浦は如才なく言った。「報酬の額は、あれでご満足いただけましたよね?」

「ああ」南郷は、鬱陶《うっとう》しいような顔で頷いた。「他に、俺たちが聞いてないことはないのかな」

「あと一つ。現在、様々なグループが、樹原亮君の支援を行なっています。死刑制度に反対されている方々です。しかし、そうしたグループへの接触は避けて下さい」

「どういう訳で?」

「支援者のほとんどは善意のボランティアなんですが、中には、極端な思想を持った方々もいらっしゃるんです。そうした人たちが証拠集めに関与していたとなると、再審請求のチェックが厳しくなる」

その説明は、純一には納得がいかなかった。「誰がやろうが、証拠は証拠なんじゃないですか?」

「そうはいかないのが、日本社会の難しいところなんですよ」杉浦は、抽象論で逃げた。「とにかく、お二人の活動については、くれぐれも内密に」

「保護司と、保護観察官には言わなきゃならないんですけど」

「それは大丈夫です。彼らには、三上さんの秘密を守る義務がありますから。そこから漏れることはないでしょう」

南郷が訊いた。「杉浦先生は、以前から樹原君の支援を?」

「いえ、今回が初めてです」

南郷が眉をひそめると、杉浦は慌てたように言った。「つまりこういうことなんです。今、樹原君には、別の弁護士がついてます。その先生を軸にして、いろいろな支援が行なわれてるんです。ところが支援者の一人が、今回、特別に私の所にやって来た。おそらく、支援グループ内で意見の違いを感じて、お一人で動こうと決心されたんじゃないですかね」

「なるほどね」南郷は言って、鼻を鳴らしてため息をついた。そして、気持ちを切り替えるように、「さて」と言うと、明るい表情を作って純一に訊いた。「何から手をつける?」

自分に訊いてくれたのは嬉しかったが、純一にも見当がつかなかった。「どうしましょう?」

「最後に一つだけあります」

杉浦が口をはさんだので、純一も、そしてついに南郷も、むっとした顔で弁護士を振り返った。

杉浦は、おどおどしながら言った。「今回、依頼人が行動を起こそうとしたきっかけです。樹原亮君が、失われた記憶の一部を思い出したんです」

「記憶の一部？」

「そうです。樹原君は、思い出せない四時間弱の時間のどこかで、階段を上っていたと言うんです」

「階段？」純一が訊き返した。

「ええ。死ぬかも知れないという恐怖を感じながら、階段を上っていたと」

3

杉浦弁護士が白いセダンに乗り込み、山道を下って行った後も、純一と南郷はしばらくその場に残って宇津木耕平邸を見つめていた。

時刻は午後一時半、傾き始めた日の光が、周囲の新緑を逆光で浮き立たせている。淡い光の中に建つ木造家屋は、時の流れに取り残された古代の遺物のようにも見えた。

「変な話だな」やがて南郷が言った。「この家は平屋だぜ」

「ええ。階段なんて、ありませんよ」

「いずれ遺族の許可を取って、中を確かめなきゃならんだろうが」南郷は、辺りを見回した。宇津木邸の前の一本道は、一方は中湊郡に、一方は証拠品を埋めたとされる山中に伸びている。「とにかく、階段のある建物を探すことだな」

「樹原さんの蘇った記憶なんですけど」純一は訊いた。「漠然とし過ぎてませんか？　思い出したのは、死の恐怖と、階段を踏みしめていた自分の足」

「それ以外の光景は思い出せない、か」

「本人に会って、細かいところを訊く訳にはいかないんですか」

「無理だな。死刑確定囚は、完全に社会から隔離されてる。会えるのは弁護士と、親族の一部だけだ。確定囚になった時点で、この世から消えたも同然になるんだ」

「刑務官の南郷さんでも会えないんですか？」

「ああ」南郷は少し考えてから言った。「同じ死刑囚でも、最高裁の確定前だったら会えたんだが。とにかく、こっちはこっちで、自力でやるしかない」

「南郷さんはどう思います？　樹原さんは、無実だと？」

「可能性の問題だな」南郷は困ったような笑いを浮かべた。「さっきの話から考えられるのは、四通りの筋書きだ。まずは樹原亮の単独犯行。つまり裁判は正しかった。次に、例の第三者がいたって説だがな、それも樹原亮と共同正犯なら、死刑判決は動かない。しかし第三者のほうが主犯で、樹原が従犯となれば、無期懲役以下に減刑される」

以上の三つの仮説は、いずれにせよ、樹原亮を罪人とするものであった。純一は、四番目の仮説に賭けたいと思った。

「四番目は、第三者の単独犯行だ。保護司を訪ねた樹原亮が、強盗に出くわした。強盗は樹原を脅し、証拠品の処分や逃走を手伝わせた。ところが山を下りる途中で事故が起こった」

「ヘルメットの一件が、それを裏づけてるんじゃないですか？　最初から二人組で行ったんなら、ヘルメットは二つあったはずですよ」

南郷は頷いたが、疑問を口にした。「しかしどうして強盗は、事故現場で樹原を殺さなかったんだろう。顔を見られてるかも知れないのに」

「放っておいても死ぬと考えたんじゃないですか。バイク事故の現場にも他殺体があったら、犯人にとっては余計にまずいことになったはずですよ」

「あり得る話だな。あるいは事故直後に、宇津木夫妻が現場を通りかかったとか」

「殺している時間がなかったということですね」

「そうだ。それで罪を着せようとして、キャッシュカードの入った財布だけは残しておいた」

納得のいく推論に、純一は満足を覚えた。

「あと、俺が引っかかるのは、預金通帳と印鑑が消えてることなんだ。凶器と一緒に埋めたっていうのは、どう考えてもおかしい。やはり事故の後、第三者が持ち去ったと考えるのが自然なんだが……どうして犯人は、金を下ろさなかったのか」

「銀行の監視カメラを気にした？」

南郷は笑った。「そんなことを考える奴なら、最初から通帳なんか盗まないぜ」

「あ、そうですね」

「とにかく四番目の仮説を信じるなら、階段を探し出すことだな。消えた凶器ってのは、そこにあるような気がする。もしかしたら、他の証拠もな」

それは純一も同感だった。犯行後、強盗に連れ出された樹原は、階段のあるどこかの場所に連行され、証拠を埋めるのを手伝わされたのだ。バイク事故の後、樹原がそれを証言したとしても、警察は自供通りに証拠が出て来たと考えたに違いない。

しかし、と純一はふと気がついた。階段というのは普通、屋内にある。スコップで穴を掘る行為とは関連しないのではないかと考えたのだ。

「いったん、東京に戻るぞ」

南郷が言って、車に向かって歩き出した。純一は後に続きながら、最後に訊いてみた。「さっきの杉浦さんて弁護士は、信用できるんですか？」

「弁護士ってのは、信用されるためにいるんだぜ」南郷は笑って言ったが、すぐにつけ加えた。

「ま、あくまでこれは理想論だけどな」

南郷は、わざわざ大塚の自宅まで純一を送ってくれた。これから一緒に仕事をするパートナーと、少しでも親睦を深めようと考えたのだろう。翌日からの準備事項を確認すると、南郷は川崎の兄の家へと帰って行った。

純一は、両親と夕食をとりながら、弁護士事務所の仕事が決まったことを言った。彼の期待どおり、俊男も幸恵も目を丸くして喜んでくれた。特に、松山刑務所の首席矯正処遇官が誘ってくれたという点が、両親の喜びと安心を倍加させたようだった。二人の笑顔を見ているうち、あらためて純一の心には、自分を誘ってくれた南郷への感謝の気持ちが湧いてきた。

一家が囲む夕食は質素だったが、明るい雰囲気の中で純一の食は進んだ。高額の報酬については、まだ両親には黙っていた。今後、三ヵ月間の労働で三百万が手に入る。樹原亮の命を救うことができれば、さらに一千万だ。その時には、そっくりそのまま両親に渡すつもりだった。

翌日から二日間、純一は仕事の準備に動いた。刑務作業で稼いだ六万円を手に、着替えや洗面道具などを買い込んだ。

それから保護司の久保老人の自宅に行き、保護観察所に提出する『旅行願』を預けた。

南郷から詳しい報告を受けていたと見えて、久保は相好を崩して言った。「保護観察官の落合さんも喜んでましたよ。立派な仕事ですから、頑張って下さい」

「はい」と、純一も笑顔で答えた。

同じ頃、南郷も、杉浦弁護士に会ったり中湊郡へ戻ったりと、忙しく動いていた。

南郷は与えられた必要経費の枠を考え、三ヵ月間の滞在にアパートを借りようと考えていた。最初は中湊郡の不動産屋に向かったが、場所については考え直した。その町には、純一が起こした事件の被害者の遺族が住んでいるのだ。佐村光男と純一が顔を合わせるようなことがあれば、予想外のトラブルが起こらないとも限らない。

結局、南郷は、車で二十分ほどの距離にある隣の勝浦市で部屋を借りることにした。さらにここでも少し考え、純一に個室を与えるため、二部屋あるアパートを借りた。出所したばかりの純一に、少しでも人間的な生活をさせてやろうという親心である。風呂付きで家賃は五万五千円。一間のアパートに比べて、礼金等を含めると十万円ほど経費はかさむが、許容範囲だろう。

そうした雑務を終えると、最後に南郷は、東京都小菅にある東京拘置所に向かった。そこの新四舎二階にある死刑囚舎房には、樹原亮が収監されているはずだが、もちろん会うことはできない。南郷の目当ては、長い間の転勤生活で顔なじみになった刑務官たちだった。

そのうちの一人、福岡拘置支所で部下をしていた岡崎という看守長を見つけると、彼の勤務が終わるのを待って、近くの居酒屋に呼び出した。内密の頼みごとがあったのだ。

「執行の動きがあったら、すぐに教えてくれないか」

南郷が声をひそめて言うと、七才下の後輩は身を固くした。岡崎看守長は、南郷よりも早いペースで出世の階段を上り、今は企画部門の首席矯正処遇官に就いていた。もしも樹原亮の『死刑執行指揮書』が拘置所に届けば、いち早くそれを知る立場にある。もちろん執行に当たっては、厳重な箝口令《かんこうれい》が敷かれるが、岡崎が黙り込んだのは別の理由からだろうと南郷は考えていた。

「もちろん、誰にも漏らさない。俺に教えてくれるだけでいいんだ」

南郷が重ねて言うと、岡崎は周囲をそっと見回してから小さく頷いた。「分かりました」

「悪いな」

岡崎は、酒をあおった。「南郷さんには、本当にお世話になりましたから」

それを聞いて、南郷も気分が重くなった。

後輩と別れ、川崎の実家に戻った頃には、日付けが変わっていた。

南郷は、兄の家から持ち出す鍋や食器、布団類などを、レンタカーのシビックに積み込んだ。準備は整った。

ほっと一息ついてから、南郷は、ふさいだ気分を振り払うように夜空を見上げた。南天の星が、雲に遮られて見えなくなっていた。

梅雨が、すぐそこまで来ていた。

第三章　調査

1

南房総への出立の朝も、待ち合わせ場所は旗の台のコーヒーショップとなった。

先に店に入った純一は、南郷の到着を待って朝食を摂り、それから家財道具を詰め込んだホンダシビックに乗り込んだ。中湊郡へのルートは前回と同じである。

「さっきの雑貨屋は、彼女の家か？」

走り出してすぐに南郷が訊いたので、純一は驚いた。これも刑務官生活で培われた、南郷独特の勘なのだろうか。

「『リリー』って店だよ」

今朝は、友里の姿を見ることはできなかった。純一は、南郷と打ち解けるには悪くない話題だと思い、話せる範囲で話した。「そうです。高校の時、一緒に家出した彼女です」

「家出？」と南郷は驚いた様子だ。「十年前の？」

「そうです」

「ずっとつき合ってたのか」

「ええ……友人としてですけど」

「可愛い子か？」

「自分はそう思います」

南郷は笑った。

純一は、話題を変えた。「南郷さんは、どうして刑務官になられたんですか？」

「敬語は使わなくていいぞ」南郷は言ってから、東京湾横断道路に向かう車線にハンドルを切り、自分の生い立ちから話し始めた。「うちは実家がパン屋でな、食うには困らなかったが、子供を大学まで出すとなると、教育費は一人分しかなかった。それで親父とお袋は、一人だけ子供を作ろうと考えたんだ」

そこで南郷は間を取り、言った。「ところが、生まれてきたのが双子だったんだ」

純一は思わず南郷の顔を見た。「じゃあ、川崎の実家にいるお兄さんっていうのは」

「俺と同じ顔をした双子の兄貴だよ」

純一は笑ってしまった。

南郷も面白そうに笑いながら、「俺に双子の兄貴がいるって聞くと、みんな笑うんだ。どうしてだろうな？」

「さあ？」

「とにかくそれで、どっちを大学に入れるのかっていう大問題が持ち上がったんだ。結局、親父は、いい大学に受かったほうを進学させると決めた。で、兄貴が大学に入り、俺は高校止まりになった。それで一年、就職浪人だ。そんな時、うちにパンを買いに来てた裁判官が、それなら刑務官はどうかと無責任にも言ったんだな」南郷の語り口には、良く動く細い眉とあいまって、どこか人を楽しませる軽妙さがあった。「話を聞いてみると、刑務官の社会ってのは、意外とフェアな世界でな、学歴が出世に影響しないんだ。高卒の人間だって、矯正管区長っていうトップまで上りつめることができる」

刑務所にいながら、純一はそんなことは知らなかった。「いいですね」

「ああ。それでこっちは、刑務官目指して一直線さ。俺の頃はまだましだったが、今や競争率十五倍の狭き門なんだぜ。給料だって、他の公務員より優遇されてるしな」

それなら、どうして南郷は刑務官を辞めようとしているのか。純一は不思議に思ったが、口に出すのは遠慮した。

「で、一人だけ大学に行った兄貴だがな、今でもそれを心苦しく思ってて、何かあると、俺に借りを返そうとしてくれるんだ」南郷は、布団やら炊飯器やらを詰め込んだ後部座席を顎でしゃくった。「こんな物まで貸してくれてな。いい兄貴だろ？」

「ええ」純一は頷いた。南郷さんと同じ顔をしてる人ですから、と言おうとしたが、お世辞になるような気がしてやめた。

ドライブは順調だった。この朝、梅雨入り宣言が出された空も、曇天のままで雨を降らせる気配はなかった。

車が房総半島に入ると、そろそろ頃合いと見てか、南郷が後部座席のバッグを出すように指示した。「中に携帯電話と名刺が入ってる。それを持っててくれ」

純一は言われたとおり、自分名義の名刺の束と携帯電話を取り出した。名刺には『杉浦弁護士事務所　三上純一』とあり、事務所の住所と電話番号が印刷されていた。あの弁護士には好感を持っていなかったが、こうして見ると、前科者の自分に強力な後ろ盾が現れたような心強さがあった。

南郷は、自分の携帯電話の番号を教え、別行動の時には、それで連絡を取り合うようにと言った。「それから、封筒が入ってるだろう?」

純一がバッグの中を見ると、厚みのある事務用封筒があった。

「中に二十万入ってる。当座の金だ。個人で使う場合には、その分が月末の報酬から差し引かれる。必要経費になりそうなものは、領収書をもらっておいてくれ」

「はい」純一は、その札束を財布に移し、尻ポケットに入れた。

やがて二時間半のドライブは終わり、国道沿いに人家がまばらに見えてきた。中湊郡に入ったのだ。

「地図でここを見てくれ」

南郷が出したメモを、純一は受け取った。『宇津木啓介』という氏名とともに、住所が走り書きされていた。十年前の事件の第一発見者の家は、中湊郡で一番の繁華街、磯辺町の海寄りの一角にあった。

真新しい二階建ての家が、被害者の息子夫婦の家だった。周囲の住宅と比べても一回り大きい。事件現場となった宇津木耕平邸がみすぼらしかっただけに、その新築家屋の壮麗さは意外だった。

車を降りると、南郷が訊いた。「弁護士事務所の人間に見えるか？」

純一は自分たちの服装を眺めた。南郷は、例によって洋行帰りのおじさんといった格好だったし、純一は純一で、いかにも若者らしいカジュアルなシャツとパンツ姿だった。

「服まで気が回らなかったな」南郷は言うと、つば広の帽子を脱いで車に放り込んだ。純一もシャツの皺を伸ばしながら、南郷とともに宇津木啓介邸に向かった。

玄関には、洒落《しゃれ》た木製のノッカーの他に、インターホンもあった。それを押してしばらく待つと、「はい」と声がして、五十過ぎの女性が顔を出した。

「宇津木さんでしょうか」

南郷が訊くと、相手は何の警戒心も見せずに答えた。「はい」

「宇津木、芳枝さん？」

「そうです」

純一は、被害者夫婦の義理の娘を見つめた。見知らぬ客を微笑で迎えるのは、ここが大都市ではないからだろう。

「私ども、東京からお伺いしたんですが」

南郷が名刺を出したので、純一もそれに倣《なら》った。

「南郷、それから三上と申します」

名刺を見た芳枝は、怪訝な顔つきになった。「弁護士事務所？」

「はい。大変、申し上げにくいことなんですが、十年前の事件を調査させていただいておりまして」

芳枝は口を開けたまま、二人の顔を見比べた。

「もしよろしかったら、お義父様のお宅を見せていただく訳には」

「どうして今になって」芳枝が、抑揚のない声で言った。「事件は終わったはずです」

「それなんですが——」と言いよどむ間に、南郷は作戦を変更したようだった。「些細なことなんですがね、あちらのお宅に、階段があったかどうかだけでも教えていただけませんでしょうか」

「階段？」

「そうです。それだけお伺いできればよろしいんですが」

純一には、南郷の苦心が分かった。樹原亮の冤罪を晴らすためなどと言えば、徒《いたずら》に被害者感情を刺激するだけである。しかし芳枝は、その簡単な質問にも答えてくれなかった。「ちょっとお待ち下さい」と短く言うと、家の奥へと引っ込んで行った。

「うまくいかないもんだな」南郷が小声で言った。

しばらくすると、芳枝とともに、背の高い男が出て来た。被害者の息子、宇津木啓介だ。啓介は、すでに胡散《うさん》げにこちらを見つめていた。

「この家の主人ですが、何か？」

「ご主人もご在宅でしたか」

「今日は研究日でね」啓介は言ってから、つけ足した。「高校の教師をしてまして、週に一度は自宅にいるんです」

南郷が、ふたたび自己紹介を繰り返そうとすると、それを遮って啓介は言った。「妻から聞きましたが、何のために事件を掘り返してるんです」

「簡単な事後調査なんです。お父様のお宅に、階段があったかどうかだけでも」

「階段？」

「そうです。あちらは平屋のようですが、例えば地下に下りる階段があったとか——」

「待って下さい。私の質問は、何のために事件を掘り返してるのかということです」そして啓介は、南郷の返答を待たずに核心に触れた。「犯人の再審請求のためじゃないですか？」

南郷が、渋々といった様子で頷いた。「そうです」

「でしたら協力は致しません」

「そうおっしゃられると、こちらとしては何も申し上げられないんですが」南郷としては、無礼にならない程度にのらりくらりするしかないようだった。「私どもは、犯罪者をかばっている訳ではありませんで……裁判の判決に、やや合理的な疑いがあるものですから」

「疑いなんかありませんよ」啓介は、威圧するように南郷と純一を見下ろした。「あの樹原亮という不良が両親を殺したんです。いくばくかの金のために、私の父と母をね」

「裁判の経過については、ご存知でしょうか？　例えば——」

「やめて下さい！」啓介は俄《にわ》かに激昂した。「何が合理的な疑いですか。あの不良が、返り血の付いた服を着て、父の財布を持っていたじゃありませんか。それで十分なんじゃないですか！」

南郷と純一は、宇津木夫妻の食いつくような視線を受けながら、もはや何も言えずに立ち尽くしていた。純一は思い知った。死刑判決に疑義を呈するのは、被害者感情を蹂躪《じゅうりん》する行為なのだ。そこに論理がつけ入る隙はない。

「あなたがたは、両親を殺されたことがあるんですか！　その悲惨な現場を、自分の目で見たことがあるんですか！」宇津木啓介の目には、涙が浮かんでいた。怒りと哀しみの、両方の涙だった。彼は不意に俯き、声を落として言った。「私が見つけた時、父の額からは脳味噌が出ていたんですよ」

それからしばらくの間、声を発する者はいなかった。波の音だけがかすかに聞こえていた。

やがて、視線を落としていた南郷が、「お気の毒でした」と言った。その声には同情がこめられていた。「補償は、十分に行なわれましたか？　国から出る、犯罪被害者への給付金のことですが」

啓介は、弱々しく首を振った。「あれは馬鹿げた制度ですよ。何の助けにもならない。被告人に損害賠償を請求している間に、時効が来てしまったんです」

「時効？」

「ええ。二年経つと請求できなくなるんです。そんなことは、誰も教えてくれなかった」

南郷は小さく頷き、言った。「お気持ちも考えず、いきなり押しかけるような真似をして、申し訳ありませんでした」

「お分かりいただければいいんです。とにかく私の一生の後悔はね、バイク事故の現場に救急車を呼んだことです。そんなことをしなければ、あの場で犯人を死刑にできた」

遺族の見せる応報感情の強さに、純一はいたたまれなくなった。彼の心に浮かんだのは、佐村光男の顔だった。加害者である純一が謝罪に訪れた時、息子を殺された父親は何を感じていたのだろう。今、宇津木啓介が語っているような、犯人への復讐心だろうか。しかし光男は、純一に指一本触れなかった。それは、大変な意志の力を必要としたに違いない。

「幸いなことに、裁判所は死刑の判決を下してくれましたから」宇津木啓介は、独白のような小声で続けた。「そんなことで両親は戻りませんが、犯人が生き延びるよりは、よっぽどいいんです。分かっていただけないかも知れませんが」

「いえ」俯いたままの南郷が、短く答えた。

「大きな声を出して申し訳ありませんでしたが、そういうことです」啓介は言うと、小さく頭を下げて、そのまま家の奥へと戻って行った。

一人残った芳枝が、口を開いた。「言葉が過ぎて申し訳ありませんでしたが、これだけは分かって下さい。私たちは、あの事件から、本当に地獄のような日々を送ってきました。葬儀の準備もできないほどの警察の事情聴取とか、それから明け方まで呼び鈴を鳴らし続けるマスコミの取材とか……報道の自由とかを振りかざす人たちが、犯人と同じく私たちに襲いかかってきたんです。私も主人も、体調を崩して入院しましたが、もちろん、医療費は自己負担です。頭に怪我した犯人は、国が治療費を払って手術を受けられたというのに」

芳枝の両目から涙がこぼれそうになったので、純一は視線を逸らせた。

「取りとめのないことを申し上げてすみません。でも、分かっていただきたいんです。この国では、凶悪犯罪の被害者になった途端、社会全体が加害者に変わるんです。そして、どれだけ被害者をいじめても、誰も謝罪もしないし責任も取りません」表情に嫌悪感をにじませた芳枝は、その顔のままでこちらを見上げた。「結局、遺族としましては、すべての非を犯人に求めるしかないんです。お二人には申し訳ありませんが、再審請求が却下されることを、私は望んでおります」

そして芳枝は、手を伸ばし、そっと玄関のドアを閉めた。

純一は後味の悪さを感じながら、閉じられた木の扉を見つめていた。自分たちを迎えた時の、芳枝の笑顔が目に浮かんでいた。宇津木夫妻は十年前の重い記憶を心の隅に押しやったまま、表面的には何事もない日常生活を送っていたのだ。しかし純一たちの訪問が、彼らが必死にすがりついていた、かりそめの平穏すらをも壊してしまった。

「迂闊《うかつ》だったな」南郷が言った。

純一は頷いた。

「先が思いやられるよ」

純一は、ふたたび頷いた。


その日の午後を、純一と南郷は勝浦市で過ごした。これからの活動拠点となるアパート、『ヴィラ勝浦』の二階の部屋に家財道具を運び込み、ガスの開栓に立ち会い、隣接する一戸建てに住む大家に挨拶して、入居手続きをすませた。

部屋は四畳のキッチンとユニットバス、それに振り分けの六畳間が二つだった。

想像以上の立派な部屋に、純一は驚いていた。一間のアパートで、南郷と雑魚寝《ざこね》する羽目になるだろうと考えていたからである。もし天気さえよければ、純一にあてがわれた部屋からは、遠くに海が見えるはずだった。部屋探しの苦労を南郷に任せきりにしていたことを、純一は申し訳なく思った。

「料理はできるか？」

南郷が訊いたので、純一は正直に答えた。「チャーハンなら」

「俺がやったほうが良さそうだ」南郷は笑って言った。「家事は分担しよう。洗濯やら掃除はそっちがやってくれ」

それから二人は、食料や雑貨などの買い出しに行き、南郷が夕食の準備にかかる頃には午後五時を回っていた。

「南郷さん、一つ訊きたいことがあるんですけど」台所で動く南郷を見ながら、純一は畳の上から声をかけた。

「何だ？」

「さっきの、犯罪被害者への国の補償ですけど……俺の事件についてはどうだったんでしょうか？」

「佐村光男さんが受け取ったのかどうか、か？」

「そうです」

「あの人は受け取ってない。お前さんの両親が賠償に応じたからな。つまり」と南郷は、ちょっと考えてから言った。「こういうことだ。給付金の枠を超えて賠償金を受け取ると、国からは一銭も出なくなるんだ」

純一は、頭の中でその意味を整理してから訊いた。「給付金の枠っていうのは、いくらなんですか？」

「約一千万だ。法律が定《き》めた、人の命の値段だ」そして南郷はつけ加えた。「雀の涙だよな」

純一は頷いた。七千万円もの賠償を受け取っている佐村光男に対しては、両親の苦境を知ってから複雑な思いを感じていた。しかし被害者の立場に立って見れば、当然の要求をしたに過ぎないのだ。先程の宇津木夫妻が見せた怒りを考えれば、佐村光男が純一に対して見せた態度は、寛容と言うしかなかった。自分は赦されたのだという確信を得ることで、純一の心には、申し訳ないという気持ちが湧き上がっていた。

自分は学びつつある。不意に純一は気がついて、思わず南郷の背中を見つめた。今となっては無謀とも思える宇津木邸の訪問は、本当に南郷が迂闊だったからなのだろうか。それとも、何か教育的な狙いがあって、純一をわざわざあそこに連れて行ったのだろうか。

「俺の部屋に、訴訟記録がある」南郷が言った。「かなりの量だが、目を通しておいてくれないか」

「はい」と答えて、純一は南郷の部屋に入った。そこには風呂敷に包まれた、高さ十五センチほどの書類の束があった。

「それでも、ほんの一部なんだぜ」南郷が笑いながら言った。

純一は、どこから手をつけようかと、適当に紙をめくってみた。

中ほどに、第一審の判決書があった。

『主文
被告人樹原亮を死刑に処する。

押収してある一二五CCオートバイ一台（平成三年押第一八四二号の9）、白色男物シャツ一枚（同号の10）、青色男物ズボン一本（同号の11）、黒色男物運動靴（同号の12）を没収する。

押収してある現金二〇〇〇〇円（一〇〇〇〇円紙幣二枚）（同号の1）、現金二〇〇〇円（一〇〇〇円紙幣二枚）（同号の2）、現金四〇円（一〇円硬貨四枚）（同号の3）、被害者宇津木耕平名義の自動車運転免許証（同号の4）、同人名義のキャッシュカード（同号の5）、黒色革の財布（同号の6）をいずれも被害者宇津木耕平の相続人に還付する。』

——それが、樹原亮の受けた判決のすべてであった。

　これを言い渡されている時の被告人の気持ちはどんなだっただろうと、純一は考えてみた。純一自身が懲役二年の判決を受けた時とは、比較にならないほどの恐怖に襲われたことだろう。死刑という言葉が頭の中で反響して、没収や還付などの主文事項は耳に入らなかったに違いない。

『主文』に続く『理由』は、B５判の縦書きの文書で、二十数ページに及んでいた。その中の、『量刑の理由』の項目には、被告人の情状に触れた一文があった。

『被告人が頭部に負った外傷により、逆行性健忘なる記憶喪失症状に陥った情状を斟酌しようにも、その原因となった事故は犯行現場からの逃走途中に起こったものであり、また、結果として被害者の遺族になんらの謝罪及び補償が行なわれていないことを勘案すれば、少しも改悛の情が認められないと言わざるを得ない。

　一方、決して恵まれていたとは言えない被告人の生育歴も、後の非行歴及び窃盗事件の際に更生の機会が与えられていたことを考えれば、酌むべき情状とは言い難い。』

　被告人の生育歴という言葉に、純一は、樹原亮という人間について、自分がまだ何も知らないと思い当たった。ページをめくると、判決書の『罪となるべき事実』の欄に、彼の生い立ちの記載があった。

　樹原亮は、一九六九年に千葉市内で生まれていた。父親は不明で、五才の時、母親が売春行為で逮捕されたのを機に、鴨川市の親戚の家に引き取られた。その後、地元の中学校を卒業するも、引き取り手の一家との折り合いが悪く、また、万引きや恐喝などの非行を繰り返すなどして保護観察処分を受けた。成人してからは千葉市内に出てアルバイトで生計を立てていたが、勤務するファーストフード店のレジから現金を盗んで逮捕され、執行猶予付きの有罪判決を受けた。二度目の保護観察処分である。この時、身元引受人となった小学校時代の担任が中湊郡にいたため、彼はその地に移り住んだ。そして、担当保護司に選任されたのが宇津木耕平であった。

それから一年後に、この保護司夫婦を殺したとして樹原は逮捕されることになる。

純一は、死刑囚と自分が、ほぼ同年代だということに気づいた。樹原亮は五才年上で、事件当時は二十二才だったことになる。

おかしい、と純一は感じた。今のところ、未発見の凶器は、斧や鉈などの大型刃物だったと推定されている。しかし、二十歳《はたち》過ぎの若者がそんな物を使うだろうか。自分ならナイフを使うと純一は考えた。

不審な点が他にもないかと考えて、純一は訴訟記録をめくり、証拠関係の書類を開いた。まず目についたのは、『宇津木』名義の印影だった。銀行への届け出印から複写されたものらしい。その簡素な書体を見ると、犯行現場から持ち去られた印鑑が、実印ではなくて認め印だったということが分かる。

次のページには、『検証調書（甲）』と題された書類があった。勝浦警察署の警察官の署名及び捺印があることから、現場検証の報告書らしい。宇津木耕平邸の位置の特定、周辺の状況などの説明に続き、『現場の模様』と題された項に、家の造りが細かに記載されていた。それを読む限りでは、家の中に階段があるとは明記されていない。しかし『台所の床下に物入れのスペース』

との短い記述が、階段が存在する可能性を匂わせていた。そこで、調書の末尾に添付された間取り図を見てみると、玄関を入って右側にある台所の床に、『物入れ』と説明された四角い枠が書き込まれていた。しかしここにも、階段が設けられていたという記載はない。

純一は、もっと詳しい説明はないかと紙をめくった。その時、まったく唐突に、思いがけぬ写真が目に飛び込んできた。

血の海の中で息絶えている、宇津木耕平の死体写真。

純一は瞬時に目を逸らせたが、その凄まじい光景は脳裏に焼きついていた。

私が見つけた時、父の額からは脳味噌が――

息を整える短い間に、純一は思い直した。これを見るのは、自分の義務だと。台所から漂ってくるコンソメの匂いが気になったが、彼はふたたび現場写真に目を移した。

そのカラープリントは、物凄い色彩を記録していた。薄い小麦色の脳漿《のうしよう》、真っ赤な鮮血、真っ白い頭蓋骨。純一には、被害者の息子がかなり控え目な表現をしていたのだと分かった。そして、母親の惨状については触れなかった理由も分かった。次のページに貼付されている宇津木康子の写真は、前頭部に受けた巨大な衝撃が原因で、眼球が――

純一の喉から呻き声が漏れた。台所にいる南郷が動きを止めたようだったが、何も言わなかった。

純一は思わず口を押え、自分の犯した罪も忘れて、強盗殺人を犯した何者かを呪った。

これは人間のすることではない。

極刑に値する残虐行為だ。

法務省矯正局の広い会議室の片隅に、三人の男が座っていた。天井に付けられている蛍光灯の列は、彼らだけを照らすように、その半分ほどが点灯されていた。

「拘置所の所長から、報告は受けました」参事官は言って、局長と総務課長の顔を順に見た。「身分帳のコピーも、明日には届きます」

局長と総務課長は、浮かない顔で視線をテーブルに落としている。何度やっても、この仕事には慣れないのだろうと参事官は思った。

「所長の報告に問題はなかったか？」総務課長が訊いた。

「教誨を受けていない点を除けば」

「教誨を？」

「ええ。例の、記憶の問題で」

総務課長は納得して頷いた。「身に覚えがない、か」

参事官は訊いた。「記憶喪失は、執行停止の事由にはならないんですか」

「本人が記憶を取り戻すまで、待つべきだと言うのか？」

「少なくとも、検討しておいたほうが良いのではないかと」

そこへ局長が口をはさんだ。「執行を停止するのは妥当ではないと思う。記憶喪失は本当にあったのだろうが、その後に回復したかどうかは本人にしか分からないことだ。記憶が戻っていないという演技を続けられたら、我々は永遠に執行することができなくなる」

「つまり、詐病の可能性ですか」

「そうだ」

参事官は暗い気分になりながら、報告に戻った。「それ以外には、心情の安定を失っているという報告はありませんでした」

「よろしい」と局長は言って、総務課長とともにむっつりと黙り込んだ。

参事官は、二人が口を開くのを待ちながら、死刑囚が発狂することを願った。心神喪失状態になれば、死刑執行は停止される。そのまま回復不能と判断されれば、統計上は『既済』とされ、『執行不能決定』の欄に『1』が計上されるのだ。

本人には気の毒だが、身に覚えがないまま処刑されるよりはいいだろう。少なくとも、死刑執行に関与する三十名ほどの人間にとっては、精神に異常をきたしてくれたほうがましなのだった。

それにしても、と会議室を覆い続けている長い沈黙の中で、参事官は考えた。どうして死刑囚は正気を保っていられるのだろう。それはかねてからの疑問だった。毎朝繰り返される〝お迎え〟の恐怖。時限爆弾を抱えて生きる未来のない日々。しかし参事官が知る限りでは、死刑囚発狂の事例はごくわずかしかない。中でも印象に残るのは、昭和二十六年に確定した、女性死刑囚のケースだ。

貧困のどん底にいた彼女は、隣の家に住む老婆を殺害し、わずかな金を盗んだ罪で起訴された。死刑判決が確定すると、死に別れることになる我が子への未練が高じて、ついに発狂したのだった。意味不明の言動を繰り返し、入浴時に熱湯をかぶるなどの異常行動の末、彼女は刑の執行を免れた。しかし、命拾いはしたものの、その朗報が狂気を回復させることはなかった。心神喪失状態のまま、療養所で生涯を終えたのである。

この事件を思い返すたび、参事官はやりきれない思いになる。彼女の犯行の動機が、自分の家族に満足な食事を与えたいがためだったと推測できるからだ。

「御皇室様、アイゼンハワー様、マッカーサー元帥様……」とは、当時の問診記録に残る彼女の言葉である。「皆さん、私の恩人です……子供のために夫のために有難い御恵みを頂いて」

しかも、この強盗殺人の被害者は一名だった。現在ならば、間違いなく死刑にはならない。大規模なテロ行為に荷担し、無差別に十三名の人間の命を奪った男が、自首が認められて無期判決を受けたのは記憶に新しいところだ。どうしてこの男が死刑にならず、五十年前の女性被告人に死刑判決が下されたのか。刑法がその強制力を以て守ろうとする正義は、実は不公正なのではないのか。そう考える参事官にとって、間違いなく言えることは、人が人を正義の名のもとに裁こうとする時、その正義には普遍的な基準など存在しないということだった。

「身に覚えがないとすれば、恩赦の上申もないな」局長が、ようやく口を開いた。

参事官は、一市民から職業人に戻った。「はい」

「起案書は？」

「ここにあります」

参事官は、つい先程、刑事局から回されてきたばかりの『死刑執行起案書』を差し出した。二センチほど厚みのある書類の表紙に、これまで審査に当たった刑事局の参事官、刑事課長、そして刑事局長の決裁印が捺されてあった。

「樹原亮の身分帳の到着を待って、審査にかかってくれ」局長が参事官に言った。「それから私の審査が終わるまで、拘置所長からの報告を絶やさぬように」

「分かりました」参事官は答えた。

2

勝浦警察署に向かって車を走らせながら、南郷は欠伸《あくび》を嚙み殺した。昨夜はよく眠れなかった。隣の部屋の純一が、一晩中うなされていたからだ。訴訟記録にあった現場写真を見たせいか、それとも自分の犯した事件のことが、未だに頭を離れないのか。

助手席の純一を窺うと、こちらも眠そうな顔をしていた。思わず笑ってしまった南郷は、眠気を払うために窓を開け、純一に訊いた。

「うるさかったか?」

「え?」純一が訊き返した。

「女房の話じゃな、俺は毎晩、うなされてるらしいんだ」

「確かに南郷さん、うなされてました」純一は笑った。「俺も、じゃないですか？」

「ああ」南郷は、二部屋あるアパートを借りて良かったと、つくづく感じた。さもなければ二人の男が、お互いの耳元で夜通し呻き続けることになったはずだ。「昔から抜けない癖でな」

「俺もですよ」しかし純一は、うなされる原因については何も言わなかった。「南郷さんには、奥さんがいたんですか」

「ああ。女房と子供がいる。今は別居中だけどな」

「別居？」と言ったきり、純一は遠慮したのか、言葉を呑み込んだ。

南郷は、相手の好奇心を満たしてやろうと思った。「離婚寸前だよ。女房の奴は、刑務官の妻には向いてなかったんだ」

「と、言うと？」

「刑務官ってのは官舎に住むだろ、刑務所の塀の中の」

「松山でもそうでしたね」

「ああ。そうすると、何だか自分たちも囚人みたいな気分になってくるんだ。それに同業者が固まって住むから、どうしても世界が狭くなる。そういう環境にすぐに慣れる人間と、いつまで経っても慣れない人間がいるんだ」

純一は、納得したように頷いた。

「こっちはこっちで仕事のストレスがあるしな」

「南郷さんが刑務官を辞めるのは、そのせいなんですか。つまり、別居中の奥さんのことを考えて？」

「それだけじゃないが、もちろん大きな原因ではあるな。離婚はしたくない。女房のことを考えると、あいつは俺のそばにいるのが自然のような気がするんだ」南郷は、目の隅に純一の微笑をとらえ、慌ててつけ足した。「好きだの惚れたのって話じゃなくてな。子供も巻き込んで、ずっと一緒に暮らしてきたからな」

「お子さんは？」

「男の子だ。十六になる」

純一は口をつぐみ、考え込むような顔になった。自分が高校生の時に起こした家出の一件でも思い出しているのだろうか。

やがて純一が窓を開けたので、車内いっぱいに南房総の風が入ってきた。

「刑務官を辞めて、今回のこの仕事が終わったら、南郷さんはどうするんですか？」

「パン屋をやる」

「パン屋？」純一が、意表をつかれたかのように南郷を見た。

「この前の話を忘れたか？　うちは実家がパン屋だったんだぜ」南郷は笑った。「パンだけじゃなくて、ケーキやプリンなんかも置いて、子供たちが楽しみに来るような店にするんだ」

純一も、楽しそうに笑った。「店の名前は何にするんですか？」

「南郷ベーカリーだ」

「ちょっと、いかつくないですか？」

「そうか?」南郷は考え、頬に海風を感じて訊いた。「南風って、英語で何て言うんだっけ」

「サウス・ウインドです」

「それだ。サウス・ウインド・ベーカリーだ」

「いい名前だと思います」

純一と一緒になって笑いながら、南郷はつけ加えた。「家族を連れ戻してパン屋を開く。それが今の俺の、ささやかな夢さ」


漁港のすぐそばにある勝浦警察署に着くと、南郷はシビックを駐車場に入れ、自分だけ車を降りた。刑事に話を聞きに行くには、弁護士事務所の人間を名乗るより、刑務官として行ったほうが得策だと考えたのだ。純一も納得し、おとなしく助手席におさまっていた。

玄関を入り、受付で刑事課の所在を訊ねると、婦人警官は来意を訊くまでもなく、すぐに二階を指さした。

刑事部屋は、かなりゆったりとした造りだった。広い事務スペースの一角で、総務課や交通課などと並んで、刑事課と書かれたプレートが天井からぶら下がっている。机の数は十五もない。捜査員は出払っているのか、刑事課にいるのは三人ほどだった。

南郷は、奥の窓際の課長席に向かった。そこでは、半袖のワイシャツ姿の課長が、もう一人の来客と話し込んでいた。

南郷は目で会釈し、二人の話が終わるのを待った。課長と話している三十代の男は、襟元に検察バッヂをつけている。警察官よりも検察官となじみの深い刑務官としては、何となくほっとする思いだった。

やがて、課長が目を上げて南郷に訊いた。「何か？」

「突然、お伺いして失礼致します。私、こういう者なんですが」南郷は、自分と同年配の刑事課長に頭を下げ、名刺を差し出した。「四国の松山から参りました、南郷と申します」

「松山から？」課長は驚いたように言って、眼鏡越しに名刺を見つめた。横にいる若い検事も、好奇心を隠さずにこちらを見上げている。

「刑事課長の船越ですが」と、相手も名刺を渡しながら言った。「どのようなご用件で？」

南郷は、虚実織り混ぜて攻めるつもりだった。「実は、十年前の事件についてお話を伺おうと思いまして。樹原亮君の事件です」

その名前を耳にした途端、船越だけではなく、検事の表情も変わった。相手の驚きが落ち着く前に、南郷は一気に喋った。自分が退官を目前にしている刑務官であること、過去に東京拘置所に勤務して樹原亮と面識があること、そして、「個人的に」一つだけ引っかかることがあること、などを。

「引っかかることというのは？」船越課長が訊いた。

「現場か、もしくは現場付近に、階段はなかったでしょうか」

「階段？　いや、なかった」船越は言ってから、年下の検事に丁寧語で訊いた。「なかったですよね？」

「ええ」検事は言って、南郷の目の前で立ち上がると、親しげな笑みを浮かべて名刺を差し出した。「千葉地検館山支部の中森です。当地に任官して間もなく、あの事件を担当しまして」

「そうでしたか」言いながら南郷は、こいつはついてると思った。

「しかし、どうして階段なんかを？」

南郷が、死刑囚の記憶に蘇った階段の話をすると、中森と船越は顔を見合わせた。

「検証調書には、床下の物入れが記載されてましたが、あそこにも階段はなかったですか？」

「そう言われてみると、ちょっとはっきりしませんね」

頷いた南郷は、すぐに次の質問にかかった。難所は一気に駆け抜けなければならない。「では、裁判で開示されなかった証拠の中に、第三者の存在を窺わせるような物はありませんでしたか」

二人が動きを止めた。

「些細な物でも結構なんですが」南郷は控えめに言ったが、やはり無理な相談だったらしい。その質問が、自白の強要と並んで、冤罪発生のメカニズムの根本に迫るものだったからだ。日本の裁判では、捜査側が集めた証拠を、すべて見せなくてもいいことになっている。もしもそこに悪意が介在すれば、被告人が無罪である証拠を隠すことも可能なのだ。

「ずいぶん、熱心ですな」と船越が笑いながら言った。「南郷さんは、どうしてそんなことを？」

「ただ一つの心残りなんですよ。今まで私は、何万人という犯罪者の更生に立ち会ってきました。その中で、樹原亮君だけは特別な存在なんです」

中森が訊いた。「記憶がないこと、ですか？」

「そうです。まさに身に覚えのない罪で裁かれた。これでは、本人に改悛を促そうにも無理な話です。それに、こちらとしても納得しておきたいんです。樹原亮という死刑囚が、本当に極刑に値する罪を犯していたんだとね」

その台詞は、中森の顔を見ながら言った。犯罪者に刑罰を与えるのは、警察官ではなく検察官なのだ。死刑執行の指揮も彼らが執る。

「お気持ちは良く分かりますが」中森が困惑気味に言った。そして、その目が年上の刑事課長に向かった。

「証拠を隠したりはしませんよ」船越の顔からは、もう笑みは消えていた。「樹原亮の事件については、捜査に間違いはありません」

「そうですか」

「南郷さんは、本当に松山から？」船越が、受け取った名刺に目を落としながら訊いた。

「ええ」

「確認させていただいてもよろしいですか？」

「どうぞ」勤務先には、休暇願も他行外泊届も提出してある。外泊目的は適当に書いてしまったが、もし不実記載で戒告処分を食らっても、退職金が少し減るだけの話だった。

「お手数をかけました」南郷は短く言って、刑事課を辞去した。

駐車場に戻ると、シビックの助手席の傍らに、制服警官が立っていた。純一と何か話している。無断駐車を咎められたのかと南郷は思ったが、純一の顔色がおかしいことに気づいた。顔面蒼白になり、吐き気をこらえるように口を押えている。

南郷は早足になり、車に駆け寄った。

「大丈夫かね？」と助手席に語りかけていた年配の警官が、南郷に気づいて振り返った。

「どうしました？」南郷は訊いた。

「気分が悪いようなんです」警官は、心配そうに言った。「お連れの方ですか？」

「ええ。保護者代わりですが」

「そうでしたか。実は、三上君とは古い知り合いでして」

南郷は訳が分からず、警官と純一の顔を見比べた。

「十年前に一度、会ってるんですわ。私、隣の中湊郡で駐在をしておりましてね」

南郷には、ようやく事情が呑み込めた。この駐在が、家出した純一と、恋人の女子高生を補導したのだ。

「久しぶりなんで、びっくりしちゃって」駐在は笑った。

東京から家出して来た少年と少女を補導するだけでも、この警官にとっては大事件だったのだろうと南郷は察した。それにしても、どうして純一は真っ青な顔をしているのだろう。

「車酔いらしいんですが」

「ご心配をおかけしてすみません。あとは私が」

南郷が言うと、駐在は頷いた。そして助手席の純一に、「これからも真面目にやるんだよ」と声をかけて、警察署の中に入って行った。

運転席に乗り込んだ南郷は、純一に訊いた。「大丈夫か？」

純一は、息を詰まらせながら答えた。「はい」

「車酔い？」

「何だか、急に気分が悪くなっちゃって」

「あのお巡りさんを見た途端にか」

すると、純一は口をつぐんだ。南郷は不審に思い、冗談混じりに探りを入れてみた。「彼女との切ない日々でも思い出したか？」

純一は、驚いたようにこちらを見た。

「十年前、あのお巡りさんに補導されたんだろ？」

「多分」

「多分？」

「こっちは、良く覚えてないんです。頭の中に、霧がかかったみたいで」

「記憶がないのか？　樹原亮みたいだな」南郷は言ったが、純一の言葉を信じた訳ではなかった。何か隠していると直感したが、今、訊き出そうとしても純一は答えないだろう。思春期に特有の羞恥を含んだ思い出かとも思ったが、そんなことで、体調に変調をきたすものだろうか。

やがて気分が落ち着いてきたのか、純一が訊いた。「どうでした、中は」

「空振りだったよ」南郷は言って、船越課長と中森検事との会見の内容を話した。そうしながら南郷は、時間を稼いでいた。

話が終わっても車のエンジンがかからないので、純一が不思議そうに訊いた。「誰か待ってるんですか?」

「ああ」

南郷が答えた時、玄関から中森が出て来た。

「以心伝心だ」南郷は笑って、後部ドアのロックを外した。

検事は、目だけ動かして辺りを見回すと、やがてこちらに気づいた。そのまま歩き出しながら、手を小さく動かして沿道を指さした。

南郷は車のエンジンをかけ、中森を追い越して、警察署の敷地の外に出た。

やがて、停車したシビックに追いついた中森は、細身の体を後部座席に滑り込ませた。そして南郷が車を出すと、「助手席の方は?」と訊いた。

「三上といいまして、手伝いをさせてるんです。ちなみに、口は固いです」

中森は頷いた。「で、南郷さんは、個人的な興味で動いてらっしゃる訳ではないですね?」

「そのようですね」南郷は、遠回しに肯定した。

「まあ、いいでしょう」検事は、それ以上訊こうとはしなかった。事務的な口調になると、すぐに本題に入った。「さっきの話ですが、裁判所に出さなかった証拠が一つだけありました。樹原亮のバイク事故の現場で、黒い繊維片が採取されたんです」

「黒い繊維片?」

「ええ。それは木綿の繊維で、樹原亮の着衣には該当しないものでした。しかし一方で、バイク事故が原因で現場に落ちたという確証もなかった」

「いつからそこにあったのか、分からないということですね」

「そうです。もちろん我々は、共犯者がいた可能性も徹底的に洗いました。その結果、殺害現場の床から、何本かの黒い繊維が見つかっていたんです」

「それは一致しなかったんですか？」

「微妙なんです。まず、事故現場の繊維片を鑑定した結果、ある衣料メーカーのポロシャツだということが分かりました。ところがその服は、襟や裾の所だけに合成繊維が使われていたんです。殺害現場から採取されたのは、その合成繊維のほうで、これはポロシャツ以外にも、靴下や手袋といった別の製品にも使われていたんです」

「完全には一致しなかった」

「そうです。一応、ポロシャツの入手ルートも洗いましたが、メーカーの販売網が、関東全域に渡っていたので特定は不可能でした。そんな事情で、問題の繊維片は、提出する証拠から削除されたんです。捜査側に悪意があった訳ではありませんよ」

「それは良く分かりました。ところで、問題の繊維片には、血痕などはなかったんですか？」

「血痕はありませんでしたが、汗がしみ込んでました。ポロシャツを着ていた人物の血液型は、B型です」中森は言って、少し間をおいた。言い残したことがないかを確認している様子だった。「未提出の証拠については、それだけですね」

「その証拠が開示されたとしても、再審開始の決め手にはなりませんね？」

「ええ。冤罪を晴らすには弱過ぎる」

「分かりました。ありがとうございます」

「では、適当な所で」

南郷はそのまま直進して、勝浦駅前のロータリーに乗り入れた。

「ここなら好都合でした」中森は言って、軽く頭を下げた。

南郷は、素早く弁護士事務所の名刺を出した。「何かありましたら、こちらの携帯電話にお願いします」

中森は少しためらった様子だったが、やがて名刺を受け取った。そして車を降りると、「冤罪の可能性が消えることを祈りますよ」と言ってドアを閉め、駅の階段に向かって歩き出した。

「刑事部屋で会った検事だよ」南郷は、ようやく純一に紹介した。「中森さんていうんだ」

純一は怪訝そうに訊き返した。「検事が、どうして協力してくれたんでしょうね？」

「事件を担当してたからだろ」南郷は、重い気分になりながら言った。「樹原亮に対する死刑の求刑を書いたのは、あの人だ」

純一が驚いたように、階段を上がって行く中森を見つめた。「つまり、樹原亮を死刑にしろと、最初に言い出した人ですか？」

「そうだ。一生、忘れないだろうよ」南郷には、検察官が背負った重たい荷物がどんなものか、良く分かっていた。

中湊郡に向かう間、純一は黙り込んでいた。考えていたのは、どこか颯爽《さっそう》とした感じの検事のことだった。

中森の年齢は、三十代後半にしか見えなかった。となると、樹原亮に対して死刑を求刑した時には、二十代後半だったことになる。今の純一と同じ年頃で、凶悪事件の被告人と対峙し、相手に死の宣告を突きつけたのだ。

裁かれる身だった純一は、検察官に対していい印象を持っていなかった。司法試験を突破したエリート。感情を交えず、法律だけを武器に正義を振りかざす人々。しかし、樹原亮の死刑判決が冤罪ではないことを祈る中森の様子には、間違いなく苦悩が窺えた。あの人は、別の職業に就いていたら、死刑制度に反対していたかも知れないと純一は考えた。

車が中湊郡に入り、繁華街の磯辺町を抜ける頃、曇っていた空から雨が降り始めた。

ワイパーのスイッチを入れた南郷に、純一は訊ねた。「これからどうするんですか？」

「階段を探す」

シビックは、宇津木耕平邸への山道を上り始めていた。

「免許は持ってるな？」

純一は尻ポケットから財布を出した。免許証は入っていたが、その内容を確かめて驚いた。

「あ！　住所が松山刑務所になってますけど」

「俺と同じ住所だ」南郷は笑った。「二週間以内に書き換えれば問題ない。これから車を運転してもらうからな」

「俺が？」

「ああ」南郷は、横目で純一を見た。「分かってるよ。不安なんだろ？」

「はい」今の純一は、スピード違反や駐車違反を起こしただけで、刑務所に逆戻りになるのだ。

「だが、やってもらうしかないんだな。俺はこれから、あの家に入る。つまり住居侵入だ」

純一は驚いて、南郷の顔を見た。

「階段がないことを確かめないと、何も始まらないからな」

「でも、いいんですか？」

「仕方ないだろ」南郷は笑った。「それでだ、万が一、誰かに見つかった時のことを考えると、お前さんが近くにいるのはまずい。共犯にされる。それに家の近くに車があれば、どうしても人目につく。そこで俺が家の中に入ったら、お前さんは車ごと山を下りてくれ。いいな？」

従うしかなさそうだった。「南郷さん、帰りはどうするんですか？」

「こっちの仕事が終わったら、携帯に電話する。バイク事故の現場まで迎えに来てくれ」

純一は頷いた。

南郷は気の進まない様子でため息をつき、言い訳した。「廃屋への侵入と、死刑囚の冤罪と、どっちが大事なのかってことさ」

前に来た時と同じく、宇津木耕平邸前には人気はなかった。シビックが上って来た一本道は、昔は内陸部への要路だったらしいが、その後の交通路の発達で見捨てられていた。

霧雨の中、車を降りた南郷は、トランクを開けて必要な道具を取り出した。折りたたみ式の傘とスコップ、筆記用具、懐中電灯。それから少し考えて、軍手を両手にはめた。

傘をさし、木造家屋を振り返ると、その陰気さは際立って見えた。軒先から滴り落ちる雨の粒は、まるで家が流す血か涙のようだった。

シビックの運転席では、純一が緊張気味に、シートの位置を調節していた。

「大丈夫だろ？」南郷は言ったが、その声が背後の家に吸い込まれたような気がして、思わず振り返った。

「何とかなるでしょう」純一は頼りなげに言ってアクセルを踏み、前進と後退を小刻みに繰り返して、車をUターンさせた。

「上出来だ」

「じゃあ、あとで」純一は言い残して、山道を下って行った。

車が見えなくなると、南郷は家に向き直った。忍び寄ってくる不吉な予感を振り払い、検証調書の間取り図を思い起こす。

勝手口だ、と考えて、南郷は雑草をかき分けて家の裏手に向かった。

そこにある扉は、ドアというよりは板だった。検証調書には、『家の内側から木製のかんぬき』と書かれていた。

南郷は、傘を壁に立てかけ、折りたたみ式のスコップを伸ばすと、その柄で板戸を叩いてみた。すると、押し込まれた板戸が跳ね返り、何の抵抗もなく南郷に向かって開いた。

最初から開いていたんだ、と気がついて、南郷は自分に言い聞かせた。落ち着け。慌てるんじゃないぞ。

中の暗がりを覗き込むと、六畳ほどの広さがある台所が見えた。懐中電灯を点灯させ、家の中に入って背後の板戸を閉める。その途端、かすかではあるが金属的な異臭が鼻をついた。嫌な予感がしたが、勝手口で靴を脱ぎ、そのまま台所に上がり込んだ。

床は埃まみれだった。足跡がつくのは避けられないと考え、南郷は靴を履き直し、土足で台所を歩き回った。目当ての物入れはすぐに見つかった。半間ほどの正方形の床板が、食器棚の前にはめ込まれていた。

南郷は、取っ手を摑み、床板を引き上げた。舞い上がった埃が、懐中電灯の光の束を浮き上がらせた。

しかしそこには階段はなかった。穴の深さは五十センチほどしかなく、そこにあるのは食器の類と調味料のびん、そして干からびたゴキブリの死骸だった。

念のため、穴の底と側面を手で叩いてみたが、裏側からコンクリートで補強されていて、証拠を隠すのは不可能と分かった。

さて、と立ち上がった南郷は、奥の引き戸に目をやった。このまま帰るつもりはなかった。現場を自分の目で見ておきたかった。

引き戸を開けて廊下に出る。暗闇の中、左手に玄関が見えた。下駄箱の上には宇津木啓介が救急車を呼んだ電話機が、そのまま残されていた。

異臭が強くなったので、南郷は顔をしかめた。しかし、やらなくてはならない。彼は意を決して、客間に続く襖を開けた。

部屋の中は、一面がどす黒かった。この家は、被害者二名の大量の血を吸ったまま、うち捨てられたのだ。死臭すらもが当時のままに漂っているようだった。

それでも南郷は、懐中電灯の光を頼りに、殺害現場へと足を踏み入れた。


山を下りた純一は、磯辺町に入るとすぐに、駐車場を探した。南郷を迎えに行くまで時間を潰さなくてはならない。その間、ずっとハンドルを握っているというのは危険が大き過ぎた。

目抜き通りの商店街を走りながら、十年前に友里とここへ来た時の土地鑑を呼び戻そうとしたが、すぐに吐き気がこみ上げてきたのでやめた。

結局、純一は、駅前に喫茶店を見つけると、そこの駐車場に車を入れた。

店の中ではアイスコーヒーを頼んだ。甘い飲み物は緊張をほぐしてくれたが、自分だけが休んでいることに罪悪感を覚えた。南郷は今、幽霊屋敷のような廃屋の中で孤軍奮闘しているのだ。

何か自分にできることは、と考えてシビックに戻り、南郷がグローブボックスに入れておいた中湊郡の地形図を出した。

もし、あの家の中に階段がなければ、付近を探さなくてはならない。店に戻った純一は、捜索場所の見当をつけておこうと、地図をたどった。

磯辺町から宇津木邸までは一本道だった。車で十分ほどの距離である。宇津木邸の前から舗装が切れる林道は、そのまま山間部を蛇行し、三キロほど内陸に入った所で三方に分かれる。右に行けば勝浦市に抜け、左に行けば安房郡に向かい、直進すれば養老川沿いの道に合流して房総半島を縦断するルートとなる。

警察が、地面を掘り返したと思われるスコップを発見したのは、宇津木邸から三百メートル奥に入った地点だ。証拠品はその近辺に埋められたと考えられるが、地形図の等高線を見る限りでは、家屋があるとは思えない。だとすると、死刑囚樹原亮の記憶に蘇った階段は、どこにあるのか。

純一は、時間経過を追ってみた。被害者の死亡推定時刻は、午後七時前後だった。そして、バイク事故の現場で樹原亮が発見されたのが午後八時三〇分。つまり一時間三〇分の間に、樹原は階段を上ったことになる。

真犯人が誰にせよ、移動の手段に樹原のバイクが使われたのは間違いない。となると、バイクで片道四十五分の範囲内に、階段は存在することになる。ただし、穴を掘って証拠を埋める時間を考えれば、該当する範囲はもっと狭くなる。多めに見積もっても、片道三十五分の範囲がせいぜいではないか。

磯辺町から車で十分かかる宇津木邸への道も、直線距離では一キロちょっとしかない。道が険しい山間部の条件を考えれば、犯人が移動できた距離は、三キロ以内と推定された。階段があるとすれば、その範囲内だ。

純一は顔を上げ、役場への問い合わせなど、今後の計画を練り始めた。そうしているうちに、窓の外に、思いがけない人物がいるのに気づいた。

佐村光男だった。

純一は体を強張らせた。光男は、T字路の向こうの信用金庫から、作業衣姿で出て来たところだった。こちらに気づいている様子はない。彼の手には、現金や伝票などを入れるポーチが握られている。通りかかった老人に笑顔で挨拶すると、光男は、『佐村製作所』とロゴの入った軽トラックに乗り込んだ。

その何気ない光景が、純一を激しく動揺させた。

たとえ息子を殺されても、残された父親には守らなくてはならない生活があるのだ。毎日三度の食事をとり、排泄し、眠る。知人に会えば笑顔で挨拶し、仕事をして収入を得なければならない。そうやってこの世で生き続けるのだ。海辺の一軒家に住む宇津木夫妻や、そして純一の両親も、同じように日々の営みを繰り返してきたに違いなかった。時折、こみあげてくる辛い記憶に仕事の手を休め、誰にも気づかれないように俯きながら。

純一は切なさを感じた。

佐村光男に対して、もっと誠意をこめて謝れなかったのかと後悔した。

犯罪は、目に見える形で何かを破壊するのではない。人々の心の中に侵入し、その土台を抜き取ってしまうのだ。

しかし、と長い間、繰り返されてきた煩悶《はんもん》が心をよぎる。

あの時、自分は、他にどうすれば良かったのか。

佐村恭介の命を奪うしかなかったのではないのか。


血に染まった畳からは、鉄と黴《かび》の混ざった強烈な臭気が漂っていた。

ハンカチで鼻を押えながら家全体を見て回った南郷は、階段がないことを自分の目で確認した。それから、床板を剝がした痕があちこちにあるのも発見した。消えた証拠が埋められていないかと、警察が血眼になって床下を掘り返したのだろう。

とりあえず目的を果たした南郷は、最後の仕上げにかかった。客間の座卓に投げ出されるようにして置かれている封筒の束である。その大判の封筒は、捜査側が押収した証拠を鎖置する時に使われるものだった。おそらく、裁判で使われずに返還された証拠品を、相続人の宇津木啓介がここに戻したのだろう。

封筒はどれも開封されており、中を覗いていくうちに住所録が見つかった。被害者の交友関係を示す重要な資料だ。

そのまま持ち帰ろうかとも思ったが、窃盗になってしまうと考え直した。南郷はボールペンとメモを出し、座卓に置いた懐中電灯の光を頼りに、そこに書かれてある氏名と連絡先を写し始めた。今後の付近一帯の調査で、どこにも階段が見つからなければ、この写しが役に立ってくれるはずだった。

しかし作業は手間取った。軍手をはめていては筆記もままならず、紙をめくることも出来ない。やむなく素手になった南郷は、ふと気がついた。

消えた預金通帳。

犯人は通帳を盗んだ時、中身を確かめようとしたに違いない。その時、手袋を脱いだのではないかと考えたのだ。

そうだ、と南郷は確信した。血染めの手袋をはめていては、通帳をめくれないどころか、間違いなく血痕が付着する。金を下ろそうとする時に、怪しまれないとも限らない。犯人は間違いなく、素手で通帳に触ったはずだ。

これまで数千例の犯罪記録に目を通してきた南郷は、指紋を完全に払拭するのがどれだけ困難であるかを知っていた。犯人が現場で手袋をはずせば、必ず潜在指紋が残る。それは目に見えない上に、物に触るのが完全に無意識の行動なので、あとで拭き取ろうにも必ず見落としが起こるのである。消えた預金通帳、そして印鑑を発見すれば、真犯人の指紋が残っている可能性は高い。

南郷は、住所録から目を上げ、宇津木耕平と康子の死体が残されていた客間の両端に目をやった。そこの畳にはどす黒い染みが残っていたが、二人の体の分だけ変色を免れていた。南郷は、その曖昧な人型に語りかけた。あんたたちを殺した本当の犯人を、見つけ出せるかも知れない、と。

南郷は筆記に戻った。腕時計に目をやると、この家に入ってから一時間が経過していた。

黙々とボールペンを走らせているうちに、住所録の中に意外な名前を発見した。

佐村光男と恭介。

純一が死に追いやってしまった若者とその父親は、被害者夫婦の知人だった。


南郷からの電話を受けた純一は、バイク事故の地点へと向かった。

曲がりくねった山道を慎重に上って行くと、傘をさして待っている南郷の姿が見えた。

純一はほっとした。無事故無違反で、ここまで来ることができた。

シビックを止めた純一は、すぐに運転席を南郷に譲り、訊いた。

「どうでした?」

南郷は、被害者の住所録の中に、佐村親子の名前があったことを告げた。

「佐村光男と恭介?」純一は驚いて訊き返した。

「俺も最初は意外に思ったがな、考えてみると、それほど不思議じゃない。殺された宇津木耕平の前歴を覚えているだろ?」

「保護司、ですか?」

「その前だ」

純一は、杉浦弁護士の説明を思い出した。「中学校の校長?」

「ああ。おそらく、教え子の中に佐村恭介がいたんだろう」

純一は納得した。

「それから、家の中に階段はなかった。今後、俺たちは野良仕事だ。山の中を駆けずり回るぞ」

「覚悟はできてます」純一は言って、地図と睨めっこして出した結論を伝えた。今後の捜索範囲である。

それを聞いて、南郷は早くもうんざりしたようだった。「三キロ四方?」

「ですけど、遠くに行けば行くほど、森の中に入る時間は少なくなりますから、捜索範囲は三角形になるんじゃないですか」

「ん?」南郷が訊き返した。

「つまり、三キロ先まで行ったとすると、行って帰って来る時間しかありませんよね。証拠を埋めに森の中に入ったとしても、道のすぐそばってことになります」

「ああ、分かった。こういうことだな? 宇津木邸の近くなら、犯人にとっては森の奥まで入る時間があった。遠くに行けば行くほど、その場所は道に近づいてくる」

「そうです。それで計算すると、森の中を徒歩で進む時間も考えて、底辺一キロ、高さ三キロの三角形の範囲を探せばいいんじゃないですか?」

南郷は笑った。「理系の人間には、かなわないな」

「それからもう一つ、役場に行って訊いてみたんですが、その範囲に住宅はないそうです。ただし、昭和三十年代に作られた、営林事業なんかの設備が残っている可能性はあると」

「よし、とりあえずそいつを捜そう」南郷は言って、シビックのエンジンをかけた。

捜索は、その日の午後から始まった。

いったん二人は勝浦市に戻り、登山靴と厚手のソックス、それにロープや雨合羽など、必要な装備を買い込んだ。それから中湊郡の山中に戻り、道端に車を残して森の中に入って行った。

しかしそれは、予想を上回る苦行となった。雨でぬかるんだ地面は足を取られやすく、露出した木の根が容赦なく二人の脛《すね》を打った。さらに南郷は年齢のせいで、純一は刑務所暮らしの食生活が影響して、自分でも信じられぬほどに体力が落ちていたのだった。

「南郷さん」十五分も経たぬうちに、息も絶え絶えになった純一が言った。「水筒を買うのを忘れてましたね」

「うっかりしてた」南郷も荒い息をつきながら、自分たちの間抜けぶりに笑いがこみあげている様子だった。「それに、磁石がないんじゃどうしようもないな」

「こんな所で遭難したんじゃ、目も当てられないですよ」

「まったくだ」南郷は言って、地図を持っている純一に訊いた。「俺たちは、どれくらい進んだんだ？」

「二百メートルくらいじゃないですか？」

南郷は笑い出した。「先が思いやられるよ」

翌日から、二人の仕事は一気に増えた。朝起きると南郷は、遠足へ行く子供を送り出す母親のように、水筒の飲み物と二人分の弁当を用意した。一方の純一は、山中の捜索を終えて勝浦市のアパートに戻って来るたびに、泥だらけになった二人分の衣類を抱えてコインランドリーに走らなければならなかった。

その他にも経費の計算や訴訟記録の精読、そして杉浦弁護士への経過報告など、息つく暇もなかった。

肝心の山中の捜索は、日を追うごとに一日にこなせる範囲が広くなっていった。二人とも、足腰が鍛えられていたのだ。それでも楽しいハイキングという訳にはいかなかった。森の中では猟銃を構えたハンターにも出くわしたし、蛇や百足《むかで》、蛭《ひる》など、都会育ちの純一には身の毛もよだつような生き物がたくさんいたのだった。

ある日、純一は、消えた証拠品を探すために警察が山狩りをしたのを思い出し、どんな作業をしたのかと訴訟記録を繰ってみた。すると、刑事や鑑識課員の他に七十名の機動隊員が動員され、総勢百二十名の捜査員が十日間にわたって四キロ四方を虱潰《しらみ》しにしたのが分かった。日本警察お得意のローラー作戦だ。しかも彼らは、階段を探す純一たちとは違って、埋没している凶器を探し出すため、地面に掘り返された痕跡を探し、疑わしい所はすべて掘り返し、さらには金属探知機を使って一帯を隈なく走査していた。そこまでしても、凶器の大型刃物や預金通帳、印鑑は発見されなかったのだった。

純一は訴訟記録の中に、階段が設置された山小屋などの記述がないかと期待したのだが、そんなことはいっさい書かれていなかった。

二人が山に入るようになってから十日が過ぎ、地図の上の三角形が半分ほど塗り潰された頃、山側の小川のそばに、木造の小屋があるのが発見された。

それを遠目に見つけた時、純一は思わず叫んでいた。「南郷さん、あった!」

南郷も、ようやく苦役から解放されるかと思ったのか、目を輝かせて、「行ってみよう！」と叫んだ。

二人が駆けつけたその小屋は、建坪は三坪ほどだが二階建てという、縦に細長い建物だった。入口の横には、風雨にさらされて判読困難になった看板が掲げられていた。なんとか営林署と書かれているらしい。扉には錆びついた南京錠が設置されていたが、南郷が力任せに引っ張ると、止め金ごと弾け飛んだ。

「二度目の住居侵入だ」

南郷の言葉に純一は我に返り、思わず周囲を見回した。

「誰も見てないよ」南郷は笑って言うと、勢いよくドアを開けた。

中を覗き込んだ二人は、しかし瞬時に失望した。小屋は間違いなく二階建てだったのだが、昇降のための設備は階段ではなかった。

「梯子《はしご》かよ？」

南郷は中に入りながら階上を見上げた。純一も後に続き、六畳間ほどのスペースを見渡した。割れたコップや角材、砂まみれの布団などが散乱している。営林署の作業員が、休息を取るための小屋らしかった。

諦めきれない二人は、小屋の中はもちろん、床下なども含めて、階段と証拠品の類がないかを探し回った。しかし何も見つからなかった。

捜索が終わると、南郷も純一も、やや呆然として立ちすくんでいた。ドアの向こうの森の中にもう一度出て行かなくてはならないのだが、寒い朝に布団から抜け出すのと同様に、それは困難なことだった。

やがて南郷が、板敷きの床に寝転んで言った。「少し休んでいこう」

「はい」と、純一も壁にもたれて座り込んだ。水筒に入れたスポーツドリンクを飲むと、足のだるさが少し和らいだようだった。野鳥の声を聞きながら、純一は言った。「ちょっと考えてみたんですけど」

「何を？」疲れた様子の南郷は、目だけ動かして純一を見た。

「第三者がいたっていう仮説ですよ。強盗は樹原亮を脅して、森の中に入った訳ですよね」

「証拠を埋めるためにな」

「その時、樹原は階段を上った」

「そうだ」

「問題はそこなんです。証拠を埋めに行った場所に階段があったのは、偶然でしょうか？」

「ははあ……犯人は最初から、階段のある場所を目指した。つまり土地鑑があった」

「そう思うんですが」

「犯人は営林署の職員かよ？」

南郷の冗談は、しかし鋭い反論となっていた。純一はそれに気づいた。「そうか。地元の人間でも、こんな森の中のことは分かりませんよね」

「そう思うんだがな。それにしても、階段の記憶っていうのは、考えれば考えるほど妙な話だぜ。樹原は本当に階段を上ったのかな？」

「夢とか幻とか？」

「分からんが」南郷も困惑気味に言った。彼はしばらく考え込んでいたが、「さて」と気合いを入れるように言って立ち上がった。そして、細い眉を上げて愛嬌のある笑顔を浮かべると、純一に訊いた。「いいニュースと悪いニュースがあるが、どっちから聞きたい？」

「ん？　じゃあ、いいニュースから」

「俺たちの作業は、もう半分終わった」

「悪いニュースは？」

「俺たちの作業は、まだ半分しか終わってない」

3

『死刑執行起案書』が法務省保護局に送られてきたのは、七月が間近に迫った金曜日のことだった。

参事官はすぐに恩赦課の課長の所に出向き、樹原亮に関する恩赦出願の状況を確認した。

「中央更生保護審査会にも確認を取ったが、恩赦出願は一度もない。本人が、犯行時の記憶がないと主張しているんでな」恩赦課の課長は言った。

「記憶喪失に関しては、執行停止の事由にならないんですか」

「それは、うちが考えることじゃない。心情の安定に関する問題だが、矯正局の審査は終わってるからな」

参事官は、矯正局の局長以下、三名の決裁印を見つめた。彼らは、記憶を失っている樹原亮に対して、死刑執行のゴーサインを出したのだ。恩赦相当の事由を審査する保護局としては、矯正局の結論に異議をはさむ権限はなかった。

課長のもとを辞去すると、参事官は起案書に目を通し始めた。それを読んだところで、もはや執行を停止させられないのは分かっていたが、職業上の良心は満足させておきたかった。詳しい事情も把握せずに、一人の人間を死刑台に押しやることはできない。

それにしても、と起案書を読み進めるうちに、いつもの虚しさを感じ始める。恩赦という制度が、本当に機能しているのかという疑問である。恩赦とは、司法の出した結論に対し、行政の判断によって刑事裁判の効力を変更させようというものである。簡単に言えば、内閣の判断によって、犯罪者の刑罰を消失させたり減刑させたりすることができるのだ。三権分立に反するという批判もあるが、この制度が維持されているのは、その高邁な理念――法の画一性によって妥当でない判決が出された場合や、他の方法では救い得ない誤判への救済など――が支持されているからだ。

しかし、現実に目を向ければ、マイナス面ばかりが目につく。

恩赦には、大別して政令恩赦と個別恩赦の二つがある。政令恩赦のほうは、皇室や国家の慶弔の際に、一律に行なわれる恩赦である。

　昭和六三年に、昭和天皇の病状悪化が伝えられた時、死刑執行に関するすべての業務が停止されたことがあった。天皇崩御となれば政令恩赦が出されるのは確実で、それが死刑囚にも適用される場合を考慮して、執行を見合わせたのである。それは行政側の温情と言えたが、その裏で、実はとんでもない悲劇が起こっていた。裁判で死刑判決を争っていた数名の被告人が、自ら控訴や上告を取り下げ、死刑判決を確定させてしまったのだ。

　これは恩赦が、確定囚にしか適用されないために起こった悲劇であった。政令恩赦が出された時点で、まだ裁判で争っていると、判決が確定していないために恩赦に浴することができないのである。被告人たちは、上級審で死刑判決が破棄されるよりも、政令恩赦によって死刑判決が減刑される可能性に賭けたのだった。

　しかし結果は、政令恩赦は出されたものの、対象者は軽微な罪を犯した者に限定され、無期や死刑相当の凶悪犯罪者には適用されなかった。控訴や上告を取り下げた被告人たちは、そうして自らの死期を早めてしまったのだった。

　どうしてこんなことが起こるのか。原因ははっきりしている。恩赦の適用に関して、基準が明確ではないからだ。つまりは行政権者のその時々の恣意によって、いかようにも運用できるのである。その証拠が、過去の実績にはっきりと現れている。恩赦によって釈放されたり復権されたりする者は、選挙違反の事案に圧倒的に多い。つまり、政治家を選挙で当選させるために犯罪に手を染めた者たちが、優先的に赦されているのである。

それに対し、死刑囚はどうかと言うと、過去二十五年間に恩赦が適用された例は一つもない。これは、裁判所の量刑基準が緩くなったことも原因している。よほどの非道な罪を犯さない限り、死刑判決が言い渡されることはなくなったのだ。現在の日本では、年間千三百名あまりの殺人者たちが逮捕投獄されるが、そのうち死刑判決を受ける者はわずか数名である。人殺しの中の、さらに〇・五パーセント以下という低い確率である。総人口から考えれば、数千万人に一人という奇跡のような割合で、死刑囚が出ることになる。その数名は、まさに『極刑を以て臨む他ない』残虐な者たちであり、彼らに恩赦を与えようとするのは過分な措置と言えるだろう。

そうした事情があるにも拘わらず、参事官がわだかまりを感じるのは、政令恩赦、個別恩赦の双方に明確な基準がないからだった。『確定裁判後の個別的犯情を考慮する』とはどういうことなのか。拘置所長の報告は、正しく死刑囚の内面を把握しているのか。恩赦制度の基本理念に照らした時、実は救済すべき者をも処刑してきたのではないかという疑いが、参事官の頭から離れないのだった。

樹原亮の『死刑執行起案書』は読み終えた。決裁印を捺したところで、どこからも文句は出ないだろう。

参事官は、自分の人生を顧みて、かすかな反省を覚えた。法務省に入省した時、まさか死刑執行の決定に自分が関与するなどとは思いもしなかったのだ。

軽率だったなと考えながら、彼は起案書に判を捺しつけた。

「万歳三唱でもするか？」

最終地点に到達した時、南郷はそう言った。

山の中で階段を探し始めてから三週間、梅雨がもうすぐ明けようかという頃、ようやく純一たちは、予定された範囲の捜索を終えた。

その間、休んだのは、純一が東京に戻って保護観察所に出頭した半日だけだった。連日の雨の中、筋肉痛の体に鞭を打って探し回ったというのに、階段は見つからなかった。

シビックを止めてある山道に出ると、純一は道端に座り込んだ。下半身は泥だらけで、雨合羽のフードからは雨のしずくが滴り落ちている。彼は荒い息をつきながら言った。「どういうことなんですかね。階段の記憶っていうのは、錯覚だったんでしょうか」

「そう考えるしかないよな」南郷は、雨合羽の下にタオルを入れて、体中の汗を拭いていた。

「これだけやって、見つからなかったんだから」

「じゃあ、俺たちの仕事は失敗に終わったんですか？　つまり、樹原亮の冤罪は晴らせなかった」

「いや、万策尽きた訳じゃない。今夜、杉浦先生が来るから相談してみよう」

純一は、愛想笑いが板についた弁護士の顔を思い出した。捜索が一区切りつく今日、杉浦が詳しい経過報告を聞きに勝浦市まで来ることになっていたのである。

まだ時間はある。純一は、自分たちに課せられた三ヵ月のタイムリミットを思い出した。まだ二ヵ月あまりが残っている。「このまま引き下がる訳にはいきませんよね」

南郷が、感心したようにこちらを見たので、純一は慌ててつけ足した。「樹原亮の命を助けたいのはもちろんなんですが……成功報酬もあるし」

「そうだよな。親御さんに楽をさせたいよな」

「はい」純一は、素直に頷いた。

「こっちは、サウス・ウインド・ベーカリーの開業資金だ」南郷は笑った。「金目当てだって悪いことじゃない。人の命が助かるんだからな」

「そうですよね」

それから純一と南郷は、重い腰を上げるとシビックに乗り込み、宇津木耕平邸の前を通って下山した。捜索が昼過ぎに終了したので、いつもより四時間も早く、午後三時には勝浦市のアパートに戻ることができた。

シャワーを浴び、洗濯などの雑事を終えた頃、東京から杉浦弁護士が到着した。

「テレビもないんですか？」

杉浦は玄関に突っ立ったまま、驚いたように言った。その目は、布団が敷いてあるだけの二つの六畳間を行ったり来たりしている。

南郷も、今さらながらに殺風景な部屋に気づいたらしく、苦笑混じりに言った。「野山を這いずり回って、寝るだけの生活だったんで」

「それはお疲れ様でした。お二人とも、さぞ鍛えられたことでしょう」

その軽口には純一も笑ってしまった。南郷の中年太りの腹が、日に日に引っ込んでいくのを見ていたからである。

「ところで、階段は見つかりませんでしたよ」

南郷の報告に、杉浦は真顔に戻った。「食事にでも行きましょうか。善後策を検討しないと」

アパートを出た三人は、杉浦の案内で駅前のホテルにある寿司屋に入った。すぐに座敷に通されたのを見ると、弁護士があらかじめ予約していたらしかった。南郷と純一の労をねぎらってくれるつもりなのだろう。

座敷に腰を落ち着けると、とりあえずビールで乾杯した。それからしばらくは雑談が続いた。純一は、何年かぶりで食べる寿司に舌鼓を打ちながら、両親にも食べさせてやれたらなと考えていた。

寿司桶の半分ほどが空になった頃、南郷がいよいよ本題に入った。「それで、今後のことなんですがね」

「ちょっと待って下さい」と杉浦が止めた。「その前に私から申し上げたいことが」

「何です？」

杉浦の目は、言い出しにくいことを切り出そうとしているかのように、南郷と純一の顔を往復していた。「ちょっと問題が持ち上がりまして」

「どんな？」

「ここは政治抜きで、オープンにお話ししますがね。実地調査は、南郷さんお一人でやっていただきたいと、依頼人が言っているんです」

「俺一人で？」訊き返した南郷は、気づかうように純一を見た。

「理由は私にも分からないんですが、とにかくそういう希望なんです」

純一は箸を置いた。あれほど美味しかった寿司が、急に喉を通らなくなった。自分だけが外される理由が、彼には分かっていた。

「三上に、前科があるからか」南郷が、怒りを押し殺したような声で言った。「前科者が集めた証拠は、再審の審査を通らないのか？」

「依頼人がどういうつもりで言ったのかは分かりませんが――」

「どうもこうもない。三上の前歴を、先方には報告したんだろ？」

「しました」杉浦弁護士は、素直に認めた。

南郷は視線を泳がせ、誰にともなく言った。「糞ったれめ」

純一は、怒りをあらわにする南郷を初めて見た。それは驚きだった。逮捕されてからの二年間、自分のために怒ってくれる人間など、この世に一人もいなかったのだから。

険悪な雰囲気の中で、しかし急に笑顔を浮かべた南郷は、杉浦のコップにビールをつぎ足しながら言った。「杉浦先生も俺も、困ったことになったな」

「困ったこと？」

「例えば今回の階段探しもな、三上がいなければ倍の時間がかかってた。これからもそうだ。一人でやるとなれば、冤罪を晴らせる可能性は二分の一に減る」

「そうでしょうな」

「報酬にしたって、こっちは倍の額を要求した訳じゃない。三上と二人で分け合おうって言うんだ」

初めて知る事実に純一は驚いた。今回の仕事は南郷一人に持ち込まれ、報酬が半分に減ることを承知で、彼は純一を引き入れたのか。

「それに」南郷は、さらに悪戯っぽい笑みを浮かべて言った。「杉浦先生だって、成功報酬で契約してるんだろ?」

杉浦は、困ったように含み笑いをした。

「こういうのはどうだろうな? 俺一人が杉浦先生の依頼を受けた。そして勝手に助手を雇った。それについては、杉浦先生はいっさい関知してない」

「うーん」と杉浦が首をひねった。

「悪い話じゃないぜ。この三人全員が、成功報酬を受け取れるチャンスが増えるんだからな。それに」と南郷は急に真顔に戻った。「三上が降ろされるんなら、俺も降りる。そちらは人選からやり直しだ」

「え、本気ですか?」

「もちろんだよ。どっちを選ぶ?」

「参りましたなあ。いやあ、参りました、参りました」と繰り返しながら、杉浦は結論を出す時間を稼いでいるようだった。

南郷は笑みを浮かべて、辛抱強く相手の答を待っていた。

「分かりました」杉浦は言った。「私は、南郷さんだけを雇いました。それでいいですね？」

「ああ」南郷は嬉しそうに頷いた。そして口を開こうとした純一に、「何も気にする必要はないからな」と言った。

純一は、黙ったまま頭を下げた。

「変な話題で悪かったね」杉浦は純一に言うと、おしぼりで口元の醤油を拭った。「では、今後のことについて話しましょう。樹原君の記憶に信憑性《しんぴょうせい》がないとすると、作戦を変更したほうが良さそうですね」

「そう思うな」と南郷。

「つまり、樹原君の記憶の内容を確かめるのではなく、真犯人を探す方向に」

南郷は頷いた。

純一は緊張を覚えた。

「勝算はありますか？」

「やってみないと分からんが」南郷は、少し考えてから訊いた。「杉浦先生は、刑事専門の弁護士だったよな？」

「だから貧乏なんです」

「十年前の指紋っていうのは、検出できるのかな？」

「証拠の保存状況にもよりますが、不可能ではないはずですよ」

「アルミ粉末でやるのかい？」

「それは潜在指紋が新しい場合ですよね」

「アルミニウムの粉末なら」と、純一が口をはさんだ。「うちの工場で仕入れられるかも」

杉浦は頷いた。「ただ、十年前の指紋となると、その方法では無理かも知れませんね。確か、ガスを吹きつけたりレーザー光線を使ったりするはずですよ」

「ふうん」

「それが何か？」

「いや、ちょっと参考までにな」

杉浦は頷き、居ずまいを正して言った。「ここで、一つ言っておきたいことがあるんですが。例のタイムリミットです」

「三ヵ月の期限？」

「そうです。実は二日前、樹原亮君の即時抗告が棄却されました。すぐに特別抗告の申し立てが行なわれましたが、それが棄却された時にどうなるか……つまり、第四次再審請求が、完全に棄却された場合です」

間を置いて、南郷が言った。「執行？」

「ええ。いよいよ危険水域に入りました。安全なのは、今後、一ヵ月くらいのものでしょう」

「その後は、いつ処刑されてもおかしくはない」

「そうです」

東京に戻る杉浦を勝浦駅まで送ってから、純一と南郷は、アパートまで歩いて帰った。時刻は夜の九時を回っていた。二階の殺風景な部屋に入ってすぐ、窓の外が急に土砂降りになった。梅雨明け前の雷雨が来たらしい。

純一は、小型冷蔵庫から缶ビールを二本出して、南郷の部屋に入った。

蛍光灯の下、あぐらをかいた南郷は、「時間がないな」と暗然とした様子で呟いた。

純一は南郷の前に座り込み、ビールの蓋を開けて訊いた。「死刑執行の時期っていうのは、はっきり決まってる訳じゃないんですか」

「法律によるとだな、判決が確定してから、六ヵ月以内に法務大臣が命令を出す。その命令が出たら、拘置所は五日以内に執行しなくてはならない」

「つまり、六ヵ月と五日が期限なんですか」

「ああ。だが、再審請求や恩赦出願の期間は勘定に入らない。仮に、再審請求で二年かかったとすれば、二年と六ヵ月と五日が期限だ」

「樹原亮の場合は、どうでしたっけ?」と、純一は、自分の部屋に訴訟記録を取りに行こうとした。

「期限は過ぎてる。判決確定後の樹原の拘置期間は七年弱。再審請求の期間を除いても、十一ヵ月が過ぎてる」

「どうして今まで、執行されてないんです?」

「法務大臣が、法律を守ってないからさ」南郷は笑った。「その辺はいい加減なんだよ。今、行なわれてるほとんどの死刑は、そういう意味では違法行為なんだ」

「でも、どうしてそんなことが」

「誰も文句を言わないからさ。死刑囚の側からすれば、一日でも長く生きたいだろ。執行する側にとっても、本人が落ち着くまでの時間が欲しい」

純一は頷いたが、まだ分からないことがあった。「そんなに曖昧なら、樹原亮はまだ大丈夫なんじゃないですか？　すぐに執行されるって保証もないのでは」

「ところが、執行までの平均データがあってな。それによると、確定から七年前後が一番危ないんだ」

純一は納得した。南郷と杉浦弁護士が焦っていた理由が、ようやく分かった。

南郷はビールをすすり、団扇《うちわ》を使いながら、その場に横になった。純一も急に暑さを感じて、台所の窓を開けに行った。土砂降りの雨が網戸を抜けて吹き込んで来たが構わなかった。エアコンが付いていない部屋ではどうしようもない。

部屋に戻ると、純一は訊いた。「さっきの話ですけど、十年前の凶器に指紋が残ってますかね？」

「俺が考えてるのは、通帳と印鑑のほうでな。ただ、凶器も含めて、あれだけ警察が捜したのに見つかってないからな。つまり俺たちにとっちゃ、いいニュースと悪いニュースだ」

「いいニュースは何ですか？」

「凶器も通帳も印鑑も、まだ山のどこかに眠ってる。捜索が終わった範囲ってのは、もっとも安全な隠し場所だからな」

「じゃあ、悪いニュースは？」

「俺たちが見つけようとしても無理だ」

純一は、力なく笑った。問題の証拠は、機動隊員を含めた百二十名による山狩りでも発見されなかったのだ。

「あとは検事の中森さんが言ってた、B型の血液型だな。バイク事故の現場にあった繊維片ってのは、犯人の物のような気がする」

「俺もそう思います」

南郷は、やる気を取り戻してきたのか、体を起こして言った。「とりあえず今後は、二つの線で考えよう。宇津木夫妻を殺した強盗が顔見知りだった場合と、そうでない場合」

「顔見知りってことも、やっぱりあるんですかね？」それは純一が、何となく感じていた予感だった。

「問題はあの家の位置だな。あんな人里離れた一軒家に、流しの強盗がわざわざ行くだろうか。それとも、人里離れていたから狙われたのか。それからもう一つ、樹原亮が最初から狙われていたという可能性も考える必要がある」

「つまり、犯人は最初から罪を着せるつもりだった？」

「そうだ」

南郷は、部屋の隅にある泥のついたデイパックから、メモ帳を取り出した。「こいつが被害者の住所録の写しだ。顔見知り説が正しいとすれば、犯人はこの中にいる」

純一は、それをめくって、佐村光男の名前があるのを確かめた。彼が犯人ということもあり得るのだろうか。そう考えた時、純一の頭に何かが引っかかった。

最初に感じたのは、何かがおかしいという感覚だった。正しい道を進んでいたはずなのに、気がついたら全然別の場所にいたというような違和感。

純一は顔を上げた。彼が感じた違和感は、突如として凶暴な姿に形を変え、油断していた背後から襲いかかってきたようだった。

「どうかしたか？」南郷が訊いた。

「ちょっと待って下さい、南郷さん」純一は、混乱する頭を必死になだめようとした。「もし真犯人が見つかったとしたら……それで裁判になったら、判決はどうなります？」

「死刑だ」

「情状酌量の余地があってもですか？　つまり生い立ちとか犯行の動機が、樹原亮の場合と違っていても？」

「ああ。犯罪事実そのものは変わらないからな。情状がどうであれ、裁判所は前の判決に固執するだろうよ」

「変ですよ、これは」純一は、必死になって言っている自分に気づいていた。「俺は、死刑囚の冤罪を晴らすという仕事を引き受けたんです。一人の人間の、命を救う仕事をね。ところが、もし真犯人を見つけてしまったら、結局は別の人間を死刑台に送り込むことになるんじゃないですか？」

「そうだ。死刑制度のある国で凶悪犯を捕まえるってのは、相手を殺すのと同じことだ。俺たちが真犯人を見つければ、そいつは間違いなく処刑される」

「いいんですか、そんなことになっても？」

「仕方がないだろう」南郷は強い口調で言い返した。「他にどうすればいいんだ？　このまま何もしなければ、無実の人間が死刑になるんだぞ」

「でも——」

「いいか。こいつは二者択一なんだ。今、俺たちの目の前では、二人の人間が溺れてる。一方は冤罪の死刑囚、もう一方は強盗殺人犯だ。一人しか助けられないとしたら、どっちを助ける？」

純一は、その答を頭の中で出した。そして思い知らされた。犯罪者の命は、犯した罪の重さに反比例して軽くなるのだ。それなら、と考えて純一の背筋を冷たいものが走った。傷害致死罪を犯した自分の命は、それだけ軽くなったのか。

「俺なら、人殺しは見捨てる」南郷は言い切った。

「南郷さんはそれでいいんでしょうが」純一は、人殺しという言葉に反発を覚えて言った。「俺にはできません。俺だって、過去に人を殺してるんですよ。俺は人殺しなんです」

しかし南郷は、表情を変えなかった。

「これ以上、他人の命を奪うなんて」

ほんの束の間、部屋の中に響くのは雨の音だけとなった。しかしそれも長くは続かなかった。

「人殺しはお前だけじゃない」南郷が言った。「俺も二人殺してる」

純一は、耳を疑って南郷を見た。「え？」

「俺はこの手で、二人の人間を殺したのさ」

純一には、南郷の言っていることが分からなかった。冗談かとも思ったが、南郷の表情は固く、瞳は光を失っていた。その暗くよどんだ目を見た時、毎夜うなされている南郷の声を聞いたような気がした。

「どういうことです？」

「死刑執行だよ」南郷は視線を落として言った。「あれは刑務官の仕事なんだ」

純一は、言葉を失って南郷を見つめた。

第四章　過去

1

一九七三年、十九才の南郷正二が見た刑務官の募集ポスターには、その業務に死刑執行が含まれていることなど、いっさい書かれていなかった。

やりがいのある仕事。犯罪者を矯正し、社会復帰に導く。犯罪の証拠隠滅を防ぐとともに、勾留中の被告人に公正な裁判を――

刑務官試験に受かった南郷は、千葉刑務所に配属となった。この矯正施設にいる受刑者たちは、刑務所に入るのは初めてだが、八年以上の長期刑を受けた者たち（ＬＡ級）だった。

保安課に入った南郷は、そこで雑務をこなした後、矯正研修所で七十日間の初等科研修を受け、ようやく見習いの立場を卒業した。関連法や護身術などを学び、いっぱしの刑務官になったつもりだった。

ところが千葉刑務所に戻った南郷は、理想から乖離《かいり》した現実に打ちのめされることになる。当時、全国の刑務所は混乱していた。受刑者たちは、全員が罪を悔い改めようとしている訳では決してなく、取り締まる看守の側も、彼らを真っ当な人間に教育して社会復帰させようと考えている者ばかりではなかった。

行き過ぎた処遇やそれに対する訴訟、受刑者に同情して親身になった挙げ句に逆に利用され、懲戒処分となる看守たち。そこは教育の場ではなく、人間の裏の裏を知り尽くした者たちが繰り広げる駆け引きの場所であったのだ。

この混乱に終止符を打つべく、大阪で始まった『管理行刑』の方法論が、全国の監獄行政を一変させた。軍隊式の行進や、脇見や雑談の取り締まりなど、受刑者を徹底的に締め上げようという方針である。看守全員が『小票』と呼ばれるメモを持たされ、どんな些細な規律違反をも摘発するように命じられた。

南郷が法務事務官看守を拝命した年は、まさに日本の行刑制度の一大転機となった年なのであった。

そして南郷は、職務をこなしながら、自分は一体、何をしているのかという疑問をいつも感じていた。

受刑者が整列の際に脇見を繰り返しただけで、懲罰を科さなくてはならない。同僚の中には、受刑者を「懲役」と呼んで蔑み、刑務作業のノルマを達成させることしか考えていない者もいた。

多くの仲間たちが、そうした風潮に眉をひそめていることを、南郷は肌で感じていた。自分たちの仕事に誇りを持ちたい。犯罪者を矯正させ、社会復帰への道を開き、ひいては社会的脅威を取り除く——教育刑の高邁な理念は、どこへ行ってしまったのか。しかし一方で、厳しい規律を少しでも緩めれば、受刑者の側からもつけ上がる者が出てくるのは間違いないことだった。管理行刑が導入される前は、刑務所内のヤクザが、看守に屋台のラーメンを買いに行かせるようなことまで起こっていたのである。

目の前に現実に存在する犯罪者たちを、どのように処遇すればいいのか。監獄行政の最前線に立たされた看守たちは、そうしたジレンマに直面していたのだった。

そして働き始めてから五年後、南郷の内面に変化が起こった。きっかけとなったのは、刑務所内で行われた年に一度の運動会だった。これは受刑者たちにとっては楽しみな行事で、この日ばかりは看守との緊張関係も忘れ、大の大人が駆けっこなどをしてはしゃぎ回る特別な日である。

運動場でその行事を見守っていた南郷は、不意に気づいたのだった。ここには三百名あまりの殺人犯が収容されていると。それはつまり、彼らによってこの世から消された三百名の犠牲者がいるということでもあった。

そう考えた途端、南郷の目の前の光景は一変した。特別配給の饅頭《まんじゅう》に相好を崩し、うまそうにむしゃぶりついている殺人犯たち。どうして彼らを喜ばせなくてはならないのか。これでは犠牲者は浮かばれないのではないかと、南郷は一種の衝撃とともに直感したのだ。

時折りしも、南郷は昇進の最初の関門である中等科試験合格を目指して、猛勉強を始めていたところだった。その過程で学んだ、刑法史に残る歴史的論争が頭をかすめた。近代刑法の揺籃《ようらん》期《き》、ヨーロッパ大陸で、刑罰は何のためにあるのかという問題をめぐって激論が交わされていたのである。

それは犯罪者への報復であるとする応報刑思想、一方には、犯罪者を教育改善して、社会的脅威を取り除くという目的刑思想。この二つの主張は長い論争の末、両者の長所を止揚させる方向で決着した。そして現在の刑罰体系の基礎が作られた。

だがもちろん、それぞれの国の法律によって、どちらに主眼を置くかの違いはある。欧米諸国の多くは応報刑思想に、一方、日本は、目的刑思想に傾いていると言える。

それを学んだ時、南郷は、自分が感じているジレンマが何であったのかがようやく理解できた。あの厳しい『管理行刑』は、表向きには教育刑を標榜《ひょうぼう》しながら実際には受刑者を締めつけるという、まさに分裂した処遇方針だったのだ。

そして今、殺人者たちの背後に浮かばれぬ魂を見た南郷は、自分の取るべき道をはっきりと自覚した。犯罪者を懲らしめるのが自分の仕事であると。被害者たちのことを考える限り、応報刑思想は絶対的な正義のはずだった。

以来、南郷は、まさに管理行刑の指針に沿って職務を全うした。中等科試験にも合格し、研修を修了した時点で、階級は一ランク上の看守部長に上がった。上司の間でも評判は高まり、東京拘置所への転勤が決まった。

人生で最初の死刑執行を経験したのは、そんな時であった。

東京小菅にある拘置所に赴任した時、二十五才の南郷は意気揚々としていた。彼が本気で出世の階段を上ろうと考えたのは、刑務官の世界が、上命下服の絶対的な階級社会であると気づいたからだった。上に立たなければ何もできない。そして彼は、その最初のステップを踏んだのだ。今の南郷にとって、管理行刑の推進こそが、自らに託した使命だった。そして新しい職場には、改善の余地なしとして死刑を言い渡された者たちが収監されていた。

死刑確定囚がいるのは、刑務所ではなく拘置所である。彼らは死刑になって初めて刑を執行されることになるので、それまでは未決囚として拘置所に収監されるのだ。死刑囚たちは末尾にゼロがつく称呼番号を与えられて一ヵ所に集められ、重監視の対象となる。東京拘置所の新四舎二階が死刑囚舎房、通称『ゼロ番区』なのであった。

刑務官となってから六年間、南郷は、死刑について深く考えたことはなかった。一般の人々と同じく、別の世界の話だろうと思っていた。したがって新しい職場に赴任して間もなく、同僚となった保安課員の案内で『ゼロ番区』を視察した時も、まだ実感は湧かなかった。

だがその時の、同僚の押し殺した声は印象に残った。廊下を歩き出す前に彼は言った。「足音はなるべくたてないで下さい。それから、絶対にドアの前で立ち止まらないように」

「どうしてですか?」

「お迎えが来たと思って、パニックに陥る者が出るからです」

そして新四舎二階を見て回った後、同僚は、過去に起こった恐ろしい話を南郷に聞かせた。ある看守が、事務手続きの都合で、死刑確定囚の独居房に向かった。それは迂闊《うかつ》にも、お迎えが来るとされている時刻、午前九時から十時の間だった。鉄扉の外から呼びかけても応答がないので、不審に思った看守は視察口から中を覗き込んだ。すると房の中の死刑囚は失禁し、失神寸前の状態だった。数日後になって、今度はその房の報知器が上がった。報知器というのは、看守との連絡用に使われる木製の札で、房の中のレバーを上げると、廊下側の札が持ち上がるようになっているのである。呼び出された看守は、すぐに房に向かい、何事かと視察口から中を覗き込んだ。その時、不意に中から指が伸びて、看守の目を潰したのだった。

「死刑囚が置かれているのは、まさに極限状態なんです」と同僚は説明した。「それを分かってやらないと、適切な処遇はできません」

南郷は頷いたが、まだ彼の頭の中には、運動会でうまそうに饅頭を食べていた殺人犯の姿が焼きついていた。あの男は、人を殺したとはいえ、懲役十五年だった。死刑囚舎房にいるのは、さらに残虐非道な罪を犯した者たちなのだ。同情して何になる、というのが南郷の率直な感想だった。

それから一週間経って、同じ保安課員と敷地内を歩いていた時だった。南郷は、木立の中に建つ、アイボリー色の小さな建物を見つけた。森林公園の管理事務所といった趣《おもむき》だった。

「あの建物は何ですか？」

何気なく訊くと、同僚は答えた。「刑場です」

南郷は思わず足を止めた。それは死刑囚を絞首刑にするために造られた施設だった。瀟洒《しょうしゃ》な外観と、それに不釣り合いな頑丈な鉄扉は、見る者に残酷な童話を思い起こさせた。南郷の胸に漠然とした不安が押し寄せた。執行の業務が、自分に課されることがあるのだろうか。その時、あの扉の中では、一体、どんなことが行なわれるのだろうか。

刑場を目の当たりにした日から南郷は、仕事を終えて官舎に戻ると、死刑囚処遇について学び始めた。中でも執行については、自分で勉強するしかなかった。先輩に訊いても満足な答えは返ってこないのである。全員が何か、後ろ暗いことを隠すかのように口をつぐんでしまうのだ。こうしたことの背景には、執行経験を持つ刑務官が、ごく少数に限られているという事情もあった。

ただ一人、千葉刑務所時代に知り合った老看守の呟きだけは耳に残っていた。「あいつらは、決まって夕暮れ時に来るんだ。死神だよ。黒塗りの車が、すーっと本部の前に止まったら、もう危ない」

その時には何の話をしているのか分からなかったが、あれは死刑執行に関する重要な情報だったのではないかと、今の南郷には察しがついた。

死刑囚処遇について調べ始めた南郷は、ここでも制度運営上の問題に突き当たる。法律では、死刑囚の処遇は刑事被告人に準ずるとなっている。つまり、まだ確定判決を受けていない一般の収容者と同じようにせよ、というのが法律の定めるところなのだ。しかし現実はそうではなかった。一九六三年に出された法務省の通達によって、ほとんどの死刑囚は外界との連絡を遮断され、隣房の者と口をきくことすらも許されない。さらに言えば、信書の授受などの細かい規則は拘置所長の裁量にゆだねられており、死刑囚全員が公平に同じ処遇を受けている訳でもなかった。

凶悪犯には厳罰を、と考える南郷にも、このやり方は疑問だった。法律の条文よりも組織の内部文書のほうが効力を持つというのは、法治国家では許されないことだ。

そうした矛盾を、南郷はこの時も自分を駆り立てる道具にした。次の高等科試験に合格すれば、出世の上限は取り払われる。そのまま矯正管区長まで上りつめれば、高校しか出ていない自分でも、法務官僚と対等に渡り合うことができるのだ。

ところが、一心不乱に勉強に励むようになった南郷の前に、ついに死神がその姿を現した。あの老看守が言っていたまさに夕暮れ時、本部前の車寄せに、黒塗りの公用車が止まった。車からは、ダークスーツを着込んだ三十代の男が、風呂敷包みを持って降り立った。

その男の胸に、銀色に光るバッヂを見た時、南郷は死神の正体を知った。東京高等検察庁の検事が、『死刑執行指揮書』を携えて拘置所にやって来たのだ。南郷が見た検察バッヂは、別名『秋霜烈日バッヂ』ともいい、刑罰を発動させる志操の厳しさを、秋の霜や夏の日差しに例えた検察のシンボルだった。

南郷は執行が近いことを確信した。しかし、収監されている十名の死刑囚のうち、誰が執行されるのかは分からなかった。

それから二日間、南郷の身辺には何も起こらなかった。ただ、保安課の上司や、ベテランの刑務官たちが、普段よりも表情を固くしているのが目についた。

そして三日目の夕刻、南郷は保安課長に呼び出された。会議室に出頭すると、課長は暗く厳しい表情で切り出した。

「明日、四七〇番に刑が執行されることになった」

南郷は咄嗟に、四七〇番の顔を思い浮かべた。二件の強姦殺人で、死刑を言い渡された二十代の男だった。

しばらく間をおいた課長は、じっと南郷の顔を見て続けた。「様々な事情を勘案した結果、私は君を、執行担当者として推薦することにした」

ついに来た。それが南郷の第一感だった。その時、彼の頭には、不思議なことに小学生の頃の記憶が蘇っていた。歯医者の待合室で、順番を待っていた時の不安。そして看護婦によって呼び出された時の、逃げ出したいような緊張感。

課長は続けて、選考基準を率直に明かした。普段の職務遂行が特に優秀な者。本人に持病がなく、家族にも病人がいない者。妻が妊娠中ではない者。喪中ではない者――そうした条件を満たした七名の刑務官が、課長の推薦枠に残ったのだった。

「しかしこれは、絶対的な命令ではない」と課長は言った。「辞退する事情があるようなら、忌《き》憚《たん》なく言って欲しい」

その口調には、部下を気づかう誠意が感じられた。おそらく南郷が首を横に振れば、それは受け入れられただろう。しかし、他に選ばれた六名の仲間のことを考えると、南郷には断わることはできなかった。

「大丈夫です」と、彼は言った。

「そうか」と頷いた課長の表情には、苦悩の人選が報われたことに対する感謝の色が浮かんでいた。「ありがとう」

それから一時間後、所長室に集合した七名の死刑執行官は、所長から正式に命令を受けた。続いて保安課長が作成した『計画案』と題された手書きの文書を渡された。そこには、今後二十四時間にしなければならないこと——刑場の点検から始まって、当日の人員配置、死刑囚本人への即日言い渡しと連行手順、執行担当者一人一人に割り当てられる役割、遺体の処理からその後の報道関係者への対応に至るまで——が、こと細かに記載されてあった。

南郷たちはそれに従い、あの公園管理事務所のような建物に向かった。刑場の準備と、死刑執行のリハーサルのためだった。

鉄扉を開錠し、押し開けると、夜の木立の中に低い音がかすかに響いた。一同の中で最年長の四十才の看守部長が、壁のスイッチを入れて蛍光灯をつけた。

建物の中はベージュ色で統一されていた。床一面にも同色の絨緞《じゅうたん》が敷きつめられていて、見た感じは上品な住宅のようだった。しかしその構造は、一般住宅とはかなり違っていた。南郷たちが入った一階には、入口と廊下しかない。廊下の左右には、中二階と半地下に続く短い階段があった。つまり二階建ての建物が、半階分だけ地面にもぐり込んだような構造になっていて、南郷たちはその中間の高さから中に入ったのだ。

七名の執行官たちは、黙り込んだまま、五段しかない階段を上がって中二階に向かった。

まず目についたのは、廊下の壁に取りつけられた三つのボタンだった。それは執行ボタンと呼ばれ、刑場の踏み板を外すためのスイッチである。三つあるのは、どれが死刑囚に引導を渡すのか、ボタンを押す三名の担当者にも分からないようにするためである。

その係を命じられた三名が廊下に残り、南郷を含めた四名が、壁の反対側にある仏間と呼ばれる部屋に入った。

そこはアコーディオン・カーテンで仕切られた、六畳間ほどの空間だった。正面には祭壇、部屋の中央にはテーブルと椅子が六脚。教誨師が読経を上げ、死刑囚に最後の食事をさせるための場所である。

仏間に入った四名の執行官のうち、そこで仕事を行なうのは二名だった。いよいよ執行という時、一人が死刑囚に目隠しをし、もう一人が後ろ手に手錠をかける。

そして南郷は、自分に与えられた任務の予行演習をするため、仏間奥のアコーディオン・カーテンを開いて中に入ろうとした。

しかし刑場を目の当たりにした瞬間、南郷は思わず一歩後ろに下がった。

カーテンからすぐ、ほんの一メートルの所に踏み板があった。そこにも絨緞が敷かれているので、目隠しをされた死刑囚が立たされたとしても分からないだろう。

一メートル四方の踏み板の真上には、太さ二センチほどの麻のロープがぶら下がっていた。縄の全長は八メートルほどだろうか。その末端は側壁の柱に結ばれており、天井の滑車を通って、踏み板の上に垂れ下がっているのだった。

南郷に与えられた任務は、そのロープを、死刑囚の首にかけることだった。彼はしばらくの間、カーテンの手前で立ちすくんでいた。他の六名の同僚たちは、無言のまま待機してくれていた。南郷は唾を呑み込もうとしたが、唾液は口の中から消え失せていた。仕方なく喘ぐように息をすると、南郷は刑場に入り、輪になっている縄の先端を手に取った。

死刑囚の首に当たる部分には、黒い革が巻きつけられていた。その表面の鈍い光沢を見た時、南郷は死臭を嗅いだような気がした。輪の根本の部分には、小判の形をした鉄の板があり、二つの穴が穿《うが》ってあった。天井から降りてきたロープと、輪を形作って戻ってくる先端部を通すようになっているのである。つまり輪を死刑囚の首にかけた時、この板を押しつけてやれば、縄が相手の首から外れなくなるのだった。

その作業を頭の中に思い描いて、南郷は吐き気を覚えた。しかしそれが彼の仕事だった。法の定めるところによって死刑制度が維持されている以上、誰かがそれをやらなければならない。

南郷は、計画案に記載された命令——落下した時、死刑囚の足が床から三十センチの高さに来るよう、ロープを調整すること——を思い出し、作業に取りかかった。死刑囚となる四七〇番の身長も、計画案に書かれてあった。

ロープの調整が終わると、年長の看守部長の指導でリハーサルが始まった。廊下に残っていた三名のうち、一番若い看守が死刑囚に見立てられた。彼に手錠をかけ、目隠しをし、アコーディオン・カーテンを開ける。それから刑場に連行し、踏み板の上に立たせる。左右に立つ看守部長と南郷が、それぞれ足を縛り、首に輪をかける。そして踏み板の上から一歩下がる。実際に執行される時には、それを見届けた保安課長が、廊下の三名に合図を送る手筈となっていた。そして三名が同時に執行ボタンを押し、死刑囚の体は二・七メートル下の半地下に向かって落下する。以上の執行手順が何度も繰り返され、所要時間は短縮されていった。その時間のあまりの短さに、南郷は驚いていた。四七〇番が刑場に入ってから踏み板が抜けるまで、五秒もかからないだろう。南郷は、死刑囚の首に縄をかける作業に熟練したのだった。

夜十時が過ぎた頃、リハーサルは終了した。七名の執行官たちは、官舎地帯まで歩いて行き、そこで解散した。二名は自分たちの住居に戻り、四名は『倶楽部』と呼ばれる刑務官たちのたまり場に入って行った。

南郷だけは新四舎に戻り、当直長にかけ合って、四七〇番の身分帳閲覧の許可を得た。執行を前にして、自分が殺すことになる男の罪状を、頭に叩き込んでおきたかった。

会議室に一人座り込み、黙々とページをめくる。四七〇番の罪状は二件の強姦殺人で、犯行当時の年齢は二十一才。都内の大学の三年生だった。一方、強姦されて殺されたのは、二名の少女、当時五才と七才の幼女だった。

そうした記録を読み進めるうちに、南郷は少しだけだが気が楽になるのを感じた。死刑確定囚への憎悪が、意志の力によらないまでも、自然と湧き上がってきたからである。元来が子供好きだった南郷は、幼児が犠牲となる犯罪に、人一倍の憤りを感じていた。川崎の双子の兄を訪ねる時、父親と同じ顔をした叔父さんが来たと言ってはしゃぎ回る姪。あの子がこんな犯罪に巻き込まれたらと考えるだけで、遺族と、そして社会全体の憤激は想像がついた。

しかも四七〇番はその公判中、精神異常を装ったり、あるいは犯行時に被害者が性的な誘惑をしたなどと証言し、裁判長の怒りを買っていた。『更生の可能性は見いだせない』とした死刑判決も当然のように思われた。

こうなると南郷の気がかりはただ一点、証拠が揃っているかどうかだった。四七〇番は冤罪ではないのか。無実の人間を殺すことになりはしないか。

身分帳に綴じられている訴訟記録を読む限り、その心配はなかった。被害者の体内に残された精液は、被告人の血液型と、複数の型式で一致していた。さらに捜査段階で押収された被告人の下着には、血液を含む被害者の膣分泌液が付着していた。こうした強姦罪を立証する証拠に加え、殺害の凶器として使われた岩石のかけらが、被告人の毛糸のセーターに付着しているのも発見されていた。

それらの物証が示唆する犯行の態様に、南郷は思わず目を閉じた。二名の幼女は、性的に陵辱《りようじよく》された挙げ句、岩石で頭を叩き割られたのだ。人間がやることではない。ましてや獣すらもそんなことはしない。南郷が処刑しようとしているのは、まさに畜生以下の存在だった。

だがその晩、南郷は寝つけなかった。後で思い知ることになるのだが、前夜の眠りこそが、彼の人生で最後の安眠だった。

翌朝、午前八時の点呼には、青白い顔をした七名の執行官と彼らの上司が並んでいた。熟睡できた者など一人もいなかったのだろう。

点呼が終わると、七名の執行官は刑場に向かった。そして最後のリハーサルを終えると、祭壇上に設けられた仏壇に線香をあげた。南郷をはじめ、刑務官たちは仏壇に向かって手を合わせた。彼らは合掌しながら、戸惑いを隠せなかった。まだ生きている人間を弔っているのである。それが終わると、一同は椅子に腰を下ろして執行の時を待った。

午前九時三十五分、一階の鉄扉が開いた。仏間で待機していた南郷の耳に、教誨師の読経が聞こえてきた。その声とともに、階段を上がって来た一団——警備隊長に先導された教誨師、四七〇番、そして所長以下五名の幹部と、検察官、検察事務官たち——が仏間に到着した。

南郷は、初めて間近に四七〇番を見た。幼女二名に対する強姦殺人という凶悪犯罪を犯した男は、細面の華奢な風貌だった。この男が押し倒せるのは、まさに年端もいかない子供しかいないと思わせるほど、その腕は細かった。

彼はお迎えを受けた後、講堂に連れて行かれ、すでに執行の言い渡しを受けていた。そして執行を目前にした今、死刑囚は、体の前で手錠をはめられたまま泣いていた。口をへの字に曲げ、しかめた眉の下からは次から次へと涙があふれ出ている。

「美味しいものをたくさん用意しておいたよ」保安課長が四七〇番の手錠を外してやり、穏やかな声を出した。「どれでも好きなものを食べなさい」

四七〇番は、テーブルの上に並べられた食べ物に目をやった。野菜や肉、白米のご飯に、果物。甘味は特に念入りに準備され、和菓子、洋菓子、ケーキやチョコレートなどが並んでいる。

死刑囚は泣きながら手を伸ばし、大福を自分の口に押しつけた。しかし、「うえっ」という小さな声とともに吐き出した。そして床に落ちた大福を慌てて拾おうとしてから、不意に手を止め、自分を取り囲む男たちを順に見た。

その目が、こちらに向かったまま動かなくなったので、南郷は体を強張らせた。執行のためにはめた真新しい白手袋に、汗がにじむのを感じた。

「助けて下さい」四七〇番が南郷の目を見たまま、嗚咽の中からかぼそい声を絞り出した。「僕を殺さないで下さい」

南郷は、色白の青年への憎悪を必死に思い出そうとした。

四七〇番は、制止しようとした警備隊員の手を振り切ると、南郷の目の前で土下座した。「助けて下さい！　お願いです！　僕を殺さないで！」

南郷は身じろぎもせず、四七〇番を見下ろしていた。彼の目の前にいるのは、ただひたすらに矮小《わいしょう》で惨めな人間だった。必死に命乞いをする四七〇番に、南郷は心の中で、前夜から感じていた憎悪を叩きつけた。

お前が幼女の体を、そして命を犯した時、どんな快感を味わったんだ？

その快感は、今、お前が味わっている死の恐怖に見合うものだったのか？

死刑囚の体は、警備隊長の手によって引き起こされた。その場にいる男たちの間に目配せが飛び交い、四七〇番の死期を早めることが全員に伝達された。彼らは四七〇番を殺すことで団結した集団だった。

「お別れの前に、何か言っておきたいことは？」それでも保安課長は、努めて穏やかな声を出した。「あるいは、書き残してもいいんだよ」

それと同時に、ずっと続いていた読経の声が止んだ。四七〇番の最後の言葉を聞き取るための配慮らしかった。

突如訪れた静寂の中で、四七〇番が口を開いた。「僕はやってない」

その一瞬、仏間にいる二十名近い男たちが動きを止めた。

「本当に僕はやってないんです」

「それだけかね？」保安課長が言った。「それで全部かね？」

「僕はやってない！　助けて下さい！」

暴れ出そうとした四七〇番に、三名の警備隊員が飛びついた。同時に所長の口から「執行せよ！」との短い命令が飛んだ。

複数の足音が入り乱れた。教誨師がひときわ大きな声で読経を再開した。

四七〇番の頭部に、目隠しのための覆いがかぶせられた。それを見届けた南郷は、アコーディオン・カーテンを開け、刑場に駆け込んだ。

目の前に、長さの調節されたロープがぶら下がっていた。

南郷は思わず背後を振り返った。四七〇番は、床の上に押し倒され、後ろ手に手錠をかけられようとしているところだった。

この縄を、奴の首にかけなければならない。そう考えた途端、南郷の顔から血の気が引いた。刑場全体を覆う教誨師の読経が、南郷の動揺に追い討ちをかけた。死者を弔うための経文は、心の安息をもたらさなかった。弔う相手が生きている今、それは人間の猟奇を呼び醒ますような呪術的な効果しか上げていなかった。

「助けて！　助けて！」と叫びながら、四七〇番がその場に立たされた。

そこへ所長の声が飛んだ。「声を出していると、舌を嚙み切るぞ！」

しかし四七〇番は黙らなかった。叫び声を上げたまま、両腕を摑む警備隊員に絶望的な抵抗を繰り返しながら、刑場に連れ込まれて来た。

南郷は、出来るだけ素早い動きで、絞縄の輪を摑んだつもりだった。しかし彼の目に映る手の動きは、事故を目撃する人間の視界のようにもどかしかった。

四七〇番の足が踏み板の手前に来た。南郷は、耳を聾《ろう》する読経の声と死刑囚の悲鳴を、心の中から締め出そうとした。この期に及んで彼がすがりついたのは、応報刑思想を側面から支援した哲学者カントの言葉だった。

絶対応報こそ正義である――

四七〇番の足が踏み板にかかった。

絶対応報こそ刑罰の根本義である――

その言葉を心の中で繰り返しながら、南郷は手にした麻縄を振り上げた。

たとえ市民社会が解散し、世界が滅びる最後の瞬間においても――

南郷は、黒革で覆われた輪を、四七〇番の首にかけた。

殺人者は処刑されなければならない――

「僕はやってない」

南郷の目前、目隠しの覆いの下から四七〇番の声が聞こえた。

「助けて――」

南郷は、小判型の金具を死刑囚の首筋に押しつけた。そして、その場から一歩飛びのいた。

直後、地響きのような衝撃音が刑場に響き渡り、踏み板が外れて、刑場と奈落の底とを直結させた。四七〇番の体は、突然出現した穴に吸い込まれるように消え去った。そしてロープが伸び切ると同時に、息が詰まる音、骨が折れる音、ギシギシと縄が軋む音が聞こえてきた。

南郷が周到に調節した麻縄は、彼の目の前で、完璧な職務遂行を物語るかのようにゆっくりと左右に揺れていた。

「どうぞ、下へ」検察官と検察事務官を案内する所長の声が聞こえてきた。彼らは半地下に下りて、四七〇番の死亡を確認しなければならないのだ。

南郷は、未だ続く読経の声を疎ましく思いながら、その場に突っ立ったままでいた。しばらくして、不意に縄の揺れが止まった。執行ボタンを押した三名が半地下に行き、痙攣《けいれん》を続けている四七〇番の体を抑えたのだ。今、床下では、医務官が四七〇番の胸に聴診器を当て、心臓の鼓動が止まるのを待っているはずだった。

それから十六分かかって、四七〇番の心拍停止が確認された。次に監獄法の規定により、死刑囚の体はさらに五分間、縄からぶら下がったままの状態に置かれた。

遺体処理のため、南郷たちが半地下に降りたのは午前十時ちょうどだった。既決囚の亡骸は、十五分ほどかかってアルコールで浄められ、死装束を着せられた。そして納棺されたその遺体を、刑場に隣接する遺体安置所に運び込んだ時、南郷たちの仕事は終わった。彼らは特殊勤務手当として現金一万二千円を支給され、刑場で起こったことを決して口外するなと言い含められ、清めの酒を飲んだ後に、官舎地帯にある『倶楽部』に行って入浴した。

そうした一連の行動を、南郷は、他人がすることのように見ていた。

七名の執行官たちは、連れ立って拘置所の外に出た。時刻はまだ昼の十二時だった。一同は言葉少なに町を歩いた後、一緒にいるのがいたたまれなくなって解散した。南郷は飲食店街を一人で歩きながら、昼から酒を飲める店を探した。

次に彼が気がついたのは、夜の路上だった。舗装された地面に四つん這いになり、南郷は胃の中の物を吐き出していた。

酒を飲み過ぎたのだろうか。朦朧《もうろう》とした意識の中で、彼はほんの数分前の記憶を探った。バーのカウンターで、ウイスキーを飲んでいたのではなかったか。

しばらく吐き続けているうちに、ようやく南郷は、気分が悪くなった理由を思い出した。酒を飲んでいた時、突然、遺体処理の光景が頭に蘇ったのだ。死相を確認するため、縄からぶら下がっている四七〇番の顔の覆いを取った時、嚙み切られた舌の先端が南郷の足元に転がり落ちたのだった。

俺は人を殺した。

飛び出した両眼と、落下の衝撃で十五センチほどに伸びきった首。

その悽惨な現実に、彼が信じたはずの正義は何も答えてはくれなかった。

南郷は、路上に胃液をぶちまけながら泣き始めた。取り返しのつかぬことをしたという悔恨が胸に押し寄せ、少年時代の家族との食卓を思い出しては、どうしてこんなことになったんだろうと繰り返し自問し続けた。もしも自分が、兄貴よりもいい大学に受かっていたら、人を殺さずにすんだのだろうか。それともこれは避けられない運命で、生まれてきた時から決められていたことなのだろうか。自分は、殺人者になるようにこの世に生まれついたのだろうか。

涙は止まるどころか、その勢いを増して両目からあふれ出た。地面に這いつくばって反吐《へど》を吐いている自分がことさら惨めに思え、やがて南郷は声を上げて泣いた。

それから一週間は、以前と同じように勤務を続けた。八日目になってもう限界だと思い、南郷は休みを取って病院に行き、睡眠薬の処方を受けた。

その時、薬を調剤してくれた薬局員の胸に、小さな十字架のペンダントが光っているのを見た。キリスト教徒なのかと訊くと、その娘は内気そうな笑みを浮かべて首を振った。ただのアクセサリーです、と。しかし南郷には、その出来事が何かの啓示のように感じられた。

南郷はそれから、毎夜睡眠薬を飲み、眠りに落ちるまでの時間を使って、あらゆる宗教書に目を通した。そこに書かれてある言葉は美しく、慈愛に満ち、時にはこちらを叱咤した。そこにとてつもない居心地の良さを感じた南郷は、やがて宗教書を捨てた。

神にすがるのは卑怯な気がした。

すべては人間がやったことなのだ。幼女二名に対する残虐な犯行も、それを犯した者への処刑も。罪と罰は、すべて人間の手で行なわれた。人間がやったことに対しては、人間自身が答を出すべきではないのか。

その答が出るまで、七年の歳月を要した。

南郷は、十字架のペンダントをしていた娘と結婚した。知り合ってから籍を入れるまで五年もかかった。初めて彼女と一夜を過ごした後、「一晩中、うなされてた」と言われてから、彼は結婚をためらうようになったのだった。執行のことは誰にも言っていなかった。それを隠したまま、彼女を妻にしていいのかという疑問があった。だが、彼女が与えてくれる安らぎを失いたくはないと思い、南郷は結婚を決意した。

そして二年後、二人の間には男の子が生まれた。

子供は、可愛くて可愛くて仕方がなかった。その子の寝顔を眺めていると、いつしか諦めていた高等科試験への意欲も湧いてきた。同時に、七年前に自分がしたことが、正しいことだったのではないかと思えてきた。

もしも自分の子供が殺されでもしたら、そして犯人が目の前にいたとしたら、南郷は相手を同じ目に遭わせるだろう。しかしそのような私刑を認めれば、社会は完全な無秩序状態となる。国家という第三者が、刑罰権を発動させて、代わりにやってやらなければならない。人間の心に復讐心があり、その復讐心が喪われた他者に対する愛情であり、そして法というものが人間のためにある限り、生命刑を含む応報刑思想は是認されるのではないのか。

南郷は、この七年間、死刑制度に疑問を感じるようになっていた。しかしそれは、自分の手で人を殺すという不快感を混同させた過ちだったのだと気づいた。執行の直前までは、彼は死刑制度を支持していたのである。

南郷は、七年間の日々を逆戻りして、あの時に戻った。土下座して命乞いをする四七〇番を見下ろし、心の中の憎悪を叩きつけていたあの時に。

したがって、生涯で二度目の執行を命じられた時も、心の動揺を抑えることができた。人を殺すという生理的な嫌悪感さえ我慢すればいいのだ。たとえそれが、この先四十年間の安眠を奪うものであったとしても、正義は行なわれなければならない。

命令を受けた時、南郷は福岡拘置支所に転勤していた。勤務地が頻繁に変わるということは、彼が未だ出世コースに乗っていることを意味していた。

執行前夜、官舎地帯の『倶楽部』に行くと、若い看守が蒼白い顔をして酒を飲んでいた。後輩の岡崎だった。彼も執行官に選抜されていたのである。南郷と岡崎は、他一名の執行官とともに、踏み板を外すための執行ボタンを同時に押すという任務を与えられていた。

南郷は、過去の自分を見る思いで、岡崎の隣に座った。話しかけてきたのは岡崎のほうからだった。彼が死刑囚処遇全般の話を持ち出したのは、明日の処刑について直接的な会話を避けようとしたからだろう。若い看守は、南郷がかつて感じたのと同じ疑問、監獄法の条文を無視して、どうして法務省の通達が優先されているのかという問題に触れた。

「それについては、ずいぶん考えた」南郷は、自分なりの結論を言った。「法務省はおそらく、監獄法の改正を望んでる。ところが政治家が動かないんで、法律を変えることができない。それで仕方なく、あんな通達を出したんじゃないのかな」

「じゃあ悪いのは、法改正をしない政治家ということですか？」

「表向きにはな。ただ、国会議員が動かない理由も考えなくちゃな。あいつらが動かないのは、犯罪者の処遇、特に死刑囚に関する問題を口にした途端、世間のイメージが悪くなるからなんだ。自分たちの人気取りの邪魔になる」

「やっぱり悪いのは政治家じゃないですか」

「お前、死刑制度に関する国民のアンケートを見たことはないのか？」

「国民の過半数が支持でしょう？」

「それだよ」南郷は言った。「日本人はな、悪人を死刑にしようと心の中では思いながら、それを口にする人間を白い目で見るんだ。本音と建前を使い分ける民族の陰湿さだよ」

岡崎は何かに気がついたように口を開け、やがて頷いた。「テレビなんかを見てても、死刑反対の人しか出て来ないですもんね」

「ああ。それに白い目で見られるのは政治家だけじゃない。俺たちもそうだ。国民の期待に添ってやってるのに、後ろ指をさされるのさ。極悪人を殺してくれてありがとうなんて、誰も言っちゃくれない」南郷はため息混じりに言った。「だがな、誰かがやらなきゃならないんだ」

「じゃあ」と岡崎は、周囲を見回してから声をひそめて訊いた。「南郷さんは、死刑制度に賛成なんですか？」

「そうだ」

「明日の、一六〇番の執行についても？」

南郷は、岡崎を見つめた。相手の顔には、抜き差しならない切迫した様子が窺えた。「一六〇番に、何か特別な事情でもあるのか？」

岡崎は答えなかった。

南郷は、嫌な予感がした。「まさか冤罪じゃ」

「違います。証拠関係に間違いはないです。でも——」と言いかけて岡崎は言葉を呑み込み、考えてから言った。「奴の身分帳を見て下さい。一番最後のページです」

南郷は死刑囚舎房に向かった。一六〇番の罪状については、すでに把握しているつもりだった。五十代の男性で、知人の借金の連帯保証人になったことから自らも借金まみれとなり、一家心中をするか強盗をするかと迷った挙げ句に、後者を選んだ犯罪者だった。被害者の数は三名、資産家の老夫婦とその息子だった。もしも一家心中を選んで三人の妻子を殺していれば、死刑はおろか、無期判決を受けることもなかっただろう。

身分帳閲覧の許可を得た南郷は、誰もいない夜の会議室に分厚いバインダーを持ち込み、七年前と同じように目を通し始めた。岡崎が言っていた最後のページに行く前に、宗教教誨に関する一六〇番の記述が目についた。

『逮捕直後から罪を認め、第一審公判中にキリスト教カトリックに帰依』

南郷は記載事項を指でたどった。

『複数の宗教をかけもちするような、所謂「コウモリ信者」ではなく、担当教誨師の教えに真摯に従い、被害者のために祈りを捧げる毎日』

南郷は、岡崎が言っていたのはこれだったのかと考えた。改悛の情が甚《はなは》だしい死刑囚を、処刑する必要があるのかという問題である。

それに関しては、南郷は自分なりの答を用意していた。職務で知り合った多数の無期懲役囚と死刑囚を比較しての結論だった。

どんなに凶悪な罪を犯しても、無期囚の中にはかなりの割合で、改悛の情など見せない連中がいる。心の中にあるのは自分への言い訳ばかりで、犯行現場に居合わせた被害者を恨む者さえ少なくない。彼らは、刑務所内ではただひたすらおとなしく振る舞い、模範囚として仮出所することを狙っているのだ。

その一方で、改悛を態度に表わす者たちもいる。こちらのほうが多数派と言って良い。しかし彼らの態度は、一部の死刑確定囚が見せるような、ある種の熱情に駆られるような悔恨とは違うものである。まさに宗教的法悦に達するかのような熱烈な改悛は、死刑囚にしか見られないものであった。

そうした一連の観察で南郷が得た結論は、死刑囚が罪を悔い改めたからと言っても、それは死刑判決を受けたからこその結果ではないのか、というものだった。つまり応報刑思想に支えられた死刑判決によって、目的刑思想の目標である悔悟《かいご》の情を引き出したという皮肉な現象なのではないのか。

そして今、一六〇番の教誨に関する記述に接して、南郷はもう一つの皮肉な感慨を持った。教誨に対する態度は、死刑確定囚の心情の安定を図る目安であり、それは刑の執行時期の決定要因となる。教誨師の教えに従い、心の安息を得た者ほど、早く処刑されてしまうのだ。

おそらく岡崎は、そうした制度上の矛盾にためらいを覚えているのではないか。南郷はそんなことを考えながら、最後のページをめくった。

そこには、一通の信書のコピーが綴じられていた。宛て先は福岡地方裁判所の裁判長であり、差出人は一六〇番によって両親と兄を殺された女性だった。

被害者の遺族が、裁判長に宛てた手紙。上質紙の便箋に手書きの文字で書かれた、『私は死刑判決を望みません』との一文を目にした時、南郷は自分の目を疑った。

なぜだ、というのが第一感だった。自分の子供が殺されたら、犯人を同じ目に遭わせようと考える南郷にとって、それは理解不能で衝撃的な一文であった。

『被告人は、すでに十分な慰謝を表明してくれました』との記述を見た南郷は、慌てて身分帳をめくった。被害者の遺族が、すでに十分な経済的見返りを受けたのではないかと考えたのである。だが、借金苦から犯罪に走った一六〇番には、高額の慰謝料を払うような経済的な余裕はなかった。逮捕から現在まで、死刑囚から遺族に送られたのは、十一年間の請願作業で稼いだ二十万円程度の金でしかなかった。

南郷は、裁判長宛ての信書に戻った。そこには遺族の心情が綴られていた。

『はじめは私も、被告人に対し、憎んでも憎みきれない激しい感情を持ちました。でも、貧しい家庭に生まれ育ち、学歴もなく世間の荒波に耐え、友人を信じたばかりに借金苦に陥った被告人の境遇を考えると、死刑を望むことにためらいを覚えます。もしも私が同じ人生を歩んだとしたら、彼が私の家族にしたのと同じことを、他の誰かにしたかも知れません。だからと言って、被告人を無罪放免にしてくださいと申し上げているわけではありません。被告人には、このまま刑務所の中で生き続け、私の両親と兄の冥福を祈り続けてほしいと考えます』

それは、どんな死刑反対論者の理論武装よりも強力だった。強力なだけに南郷は、その手紙を忌ま忌ましく思った。俺たちが、あんな辛い思いをしてまで執行してやろうとしているのに、どうしてこんなことを――

そして南郷は、自分の心の中に、この遺族を憎む気持ちがあるのに気づいて我に返った。

南郷は、第一審の判決を見た。遺族の手紙を受け取った裁判長が言い渡した判決は、無期懲役だった。ところがこれに対して検察側が控訴し、迎えた第二審では原判決が破棄され、極刑が言い渡されていた。判決書の量刑の理由にはこうあった。『被告人には捜査、公判の段階を通じ、一貫して改悛の情が顕著であること、また被害者の遺族による減刑嘆願などは酌むべき情状ではあるが、被告人の犯行は残虐非道であり、社会に与えた衝撃は甚大で、もはや情状酌量の余地は全くなく、たとえ極刑を言い渡したとしても、著しく正義にもとるとはいえない』

そして上告審では、最高裁判所が被告人の上告を棄却し、その後の判決訂正申立ても斥けられて死刑判決が確定した。

裁判所の出した結論は、正義ではないと南郷は直感した。彼が死刑制度を支持し、七年前に行なった処刑を正当化できたのは、被害者の応報感情を考えたからこそだった。それが取り払われた今、残るのは法学者たちが築き上げた法理だけである。一六〇番は、法が守るべき利益、法益を侵害したために処刑される。

だが、それでいいのか。そうした画一的な判決を是正するための救済措置、恩赦の制度も、一六〇番にはまるで機能していなかった。

南郷は、遺族の信書に目を戻した。この女性は、家族を皆殺しにされながら、被告人への死刑を望んでいない。その事実が、思いもよらなかった問題を突きつけた。

明日の処刑は、誰のために行なわれるのか。南郷や岡崎が、一六〇番を殺さなくてはならない理由はあるのか。被害者の遺族の意志に反し、犯罪者に絶対応報を科すことは、さらに犯罪被害者を傷つける行為ではないのか。

その夜、南郷は一睡もしなかった。彼は辞職を考えていた。二LDKの官舎の中を行ったり来たりしながら、何度も妻子の寝顔を見に行った。

彼には守らなくてはならない家庭があった。

そして南郷は考えあぐねた挙げ句、自分の真情に背いて辞職を思い止まった。それは死刑囚の命よりも、家族の生活を優先させるという決断だった。

翌日の朝、刑場で執行のリハーサルを終えた南郷は、一六〇番の到着を待った。心に浮かんでいたのは、七年前の執行の模様であった。

僕はやってない——

命乞いをする四七〇番の首に縄をかけた行為は、それでも正しかったと南郷は考えていた。しかし、今回の一六〇番の場合はどうなのか。減刑を訴える遺族の手紙が物語るのは、一律の法制度で裁きを行なうには、人間の心は多様過ぎるという事実だった。

刑場の扉が開いた。僧衣を着た神父の先導で、一六〇番が細く短い階段を上がって来た。三人の人間を殺した五十代後半の男。その顔は痩せ、目は落ちくぼんでいたが、決然とした表情は生気を感じさせた。死刑囚は確かな足取りで、仏間に入って来た。

南郷は、すぐ横にいる岡崎を気遣った。若い看守は、すでに苦痛に耐えられないかのように、体を小刻みに震わせていた。

手錠を外された一六〇番は、しばらくの間、祭壇に設けられた十字架に見入っていた。やがて企画課長から、最後の食事をとるように勧められると、その心遣いに礼を言ってから、菓子や果物など、少量の食べ物を口にした。

一六〇番の落ち着いた態度に、立ち会いの検察官以下、二十名の男たちは安堵の色を浮かべていた。

やがて喫煙を許された死刑確定囚は、煙草を吸いながら、拘置支所長と最後の話し合いを持った。遺品は彼の家族に引き渡すこと。遺書はすでに担当看守に預けてあること。所有するわずかな現金は、被害者の遺族への補償に当てること。彼は自分の遺体を大学病院へ献体することを申し出ており、その見返りとして五万円程度の現金を前払いで受け取っていた。

四十分が過ぎた頃、保安課長が切り出した。「では、そろそろお別れだ」

一六〇番は、一瞬、動きを止めたが、やがて「はい」と頷いた。

それと同時に、七年間も死刑確定囚とつき合って来た担当看守が、こらえきれずに泣き始めた。

一六〇番も悲しげに目を伏せたが、やがて教誨師に向き直り、「神父様、告解の秘跡をお願いします」と言った。「私は罪を犯しました」

神父は頷き、跪《ひざまず》いた死刑囚の前に進み出た。そして祭壇の十字架を背にし、厳かな口調で言った。「あなたの生涯の罪、全能の神に背いたことを悔いりますか」

「はい」

「われは、汝の罪を赦します」

その神の言葉を聞いて、南郷は頭を殴られるような思いだった。一六〇番の犯した罪を、神は赦したが人間は赦さない。

「聖父と聖子と聖霊の御名によって。アーメン」

「アーメン」一六〇番は唱和し、胸の前で十字を切って立ち上がった。

そこへ二名の執行官が歩み寄り、彼の頭部に覆いをかぶせ、後ろ手に手錠をかけた。

南郷と岡崎、そしてもう一人の看守が、仏間の壁の裏側にある執行ボタンに向かった。そこからは刑場は見えない。あとは保安課長の合図を待って、執行ボタンを押すだけだった。

カーテンの開く音がした。刑場への扉が開かれたのだ。南郷は目の前のボタンを見つめながら、これが辞職する最後のチャンスだと考えていた。ここで職務を放棄すれば、そして辞表を提出すれば、少なくとも一六〇番を殺さずにすむ。

しかし家族はどうなるのか。そして苦痛に耐え、南郷とともにボタンを押そうとしている二人の後輩を裏切るのか。

その時、保安課長が、挙げていた手を振り下ろした。

南郷は反射的に、目の前のボタンを押した。

ところが何も起こらなかった。

南郷は目を上げた。踏み板が外れる音が聞こえてこない。仏間では、保安課長が愕然とした面持ちで、こちらと、そして刑場を見比べている。異変が起こったのは確かだった。しかし何が起こったのか。慌ただしく周囲を見回した南郷は、やがてその原因に気づいて慄然とした。

岡崎の指が、執行ボタンの直前で止まっていた。

南郷は、ボタンを押したままの姿勢で小さな声を出した。「岡崎」

しかし、若い看守の顔面は蒼白で、指先を震わせながら、何も聞くまいとするかのように固く目を閉じていた。

もはやこの男にボタンを押させるのは無理だと南郷は気づいた。岡崎が躊躇《ちゅうちょ》したことにより、三つあるボタンの、どれが一六〇番を殺すことになるのかを暴露してしまったのだ。

南郷は、仏間を見た。保安課長が、南郷の右側にいる看守を手招きしていた。執行ボタンが作動しない時には、刑場にある手動レバーを引くことになっている。そして手動レバーも作動しなければ、執行官のうちの誰かが、その手で死刑囚を絞め殺すことになるのだ。

呼ばれた看守が、あたふたとその場を駆け出した。だが南郷は待ちきれなかった。首に縄をかけられたまま死の恐怖にさらされている一六〇番を、一秒たりとも放っておくことは残酷過ぎた。南郷は、凍りついたままの岡崎の指をはねのけると、自分の手で執行ボタンを押した。

重い衝撃音が響いた。

それを最後に、南郷の耳には何も聞こえなくなった。

これで二人殺した。

頭に浮かぶのは、それだけだった。

刑場の外で同じことをやれば、自分に死刑判決が下されてもおかしくはない。

そして翌日から、南郷が死刑囚の命に代えて守ろうとした家庭が、ゆっくりと壊れ始めた。

それを目にした南郷の妻は、夫がどうして前夜に深酒して帰って来たのか、理由を知ってしまったようだった。口には出さなかったが、態度が微妙に変わり始めた。

『福岡拘置支所で死刑執行』との記事が、全国紙に載ったのだった。

はじめ南郷は、死刑執行に関与したことで責められているのではないかと考えた。しかし時が経つにつれ、妻の不満が別の所にあると気づいた。彼女は、夫が打ち明けてくれないことに苛立っているのだ。南郷が自分の苦悩を正直に言えば、彼女は一緒になって苦しんでくれただろう。

しかし南郷は、執行の事実を言うことはできなかった。七年前の処刑の事実を隠したまま結婚したという負い目もあったし、帰宅した時に足元にまとわりついて来る子供を見ると、父親が人を殺したという事実は口が裂けても言えなかった。結局、彼は、刑場で起こったことは誰にも言うなという、職場の箝口令を守り続けた。

やがて息子が幼稚園に通うようになり、南郷が高等科試験に合格した頃、夫婦の間では離婚の話し合いが持たれた。結論は、子供が小学校に上がる時にもう一度考えるというものだった。そしてその時が来ると、今度は中学校に上がるまで我慢しようということになった。南郷は、離婚だけは何としても避けるつもりだった。刑務所送りとなる犯罪者の多くが、家庭不和の環境で育っていることを知っていたからである。二十年後に自分の息子が裁判にかけられ、両親の離婚が情状として酌量されることなど、南郷には耐え難い想像だった。子供の将来を第一に考える限り、もはや夫婦に要求されているのは心情的な愛ではなく、意志の力による団結だった。

妻は、そのために努力してくれた。夫の転勤で日本各地を転々とすることになっても、官舎住まいの人間関係に疲れ果てても、子供の前では不機嫌な顔一つ見せず、家庭を守り続けてくれた。

そして二〇〇一年、子供が高校に入学し、南郷が松山刑務所に転勤となったのを機に、夫婦は別居に踏み切った。息子には、父親の単身赴任としか言っていなかった。

子供が高校を卒業する三年後、家庭は完全に壊れてしまうのかも知れないと南郷は考えた。一六〇番の命と引き換えに守ろうとした家庭が――

そんな時、意外な話を耳にした。

死刑囚の冤罪を晴らす。そのための調査員を、名もない弁護士が探している。

南郷は、それこそが自分の仕事だと考えた。彼は激しい衝動に突き動かされるようにして、自分から弁護士に連絡を取った。実際に会ってみて初めて気づいたのだが、相手の杉浦は、東京拘置所時代に顔を合わせていた男だった。

杉浦弁護士は、刑務官が応募してきたことに驚き、そして歓迎した。南郷がその職務上、再審請求を含む死刑囚処遇全般に精通していたからである。

南郷は辞職の覚悟を決めた。退職金と成功報酬をつぎ込めば、子供を大学にやり、家業のパン屋を再建することができる。その時には妻にすべてを話し、もう一度家族全員で暮らそうと言うつもりだった。

困難な仕事に乗り出すに当たって、残された仕事は一つだけだった。死刑囚を絞首台から生還させるため、一緒に調査に当たってくれる相棒を探し出す。

そして彼の前には、三上純一という二十七才の受刑者がいた。


「服務規定違反だ」長い物語の最後に、南郷は言った。「全部、喋っちまった。でも、少しは楽になった」

すでに日付けは変わり、激しかった雨は止んでいた。網戸からは涼しげな風が吹き込んでいる。

純一は、目の前の四十七才の刑務官を見つめた。二人の犯罪者を処刑し、壊れかけた自分の家庭を必死になって守ろうとしている男の顔を。いつもの愛嬌のある笑みは消え、殉教者を思わせるような厳しい顔つきだった。これが南郷の本当の顔なのかも知れないと純一は考えた。

「それで南郷さんは」疲れた様子の相手を気遣いながら、純一は言った。「今でも死刑制度に賛成なんですか？」

南郷は、ちらっと純一を見てから言った。「どっちでもないんだ」

「どっちでもない？」

「ああ。逃げてる訳じゃない。本当にどっちでもないんだ。死刑制度なんて、あってもなくても同じなんだよ」

「どういうことです」南郷の返事がなげやりに聞こえたので、純一は詰問調になった。

「おいおい、気をつけようぜ」南郷は、懐柔するように笑みを浮かべた。「死刑の存廃論議には な、人を感情的にさせる何かがあるんだ。おそらくそれが、本能と理性の戦いだからだろう」

その言葉の意味を考え、純一は納得して頷いた。「すいません」

「それで」と南郷は続けた。「他人を殺せば死刑になることくらい、小学生だって知ってるよな？」

「ええ」

「重要なのはそれなんだ。罪の内容とそれに対する罰は、あらかじめみんなに伝えられてる。ところが死刑になる奴ってのはな、捕まれば死刑になると分かっていながら、敢えてやった連中なのさ。分かるか、この意味が？　つまりあいつらは、誰かを殺した段階で、自分自身を死刑台に追い込んでるんだ。捕まってから泣き叫んだって、もう遅い」南郷は、苛立ったような口調になった。頬のあたりの筋肉が、心の奥底の憎悪を押し殺そうとするかのように硬く緊張している。

「どうしてあんな馬鹿どもが、次から次に出てくるんだろうな？　あんな奴らがいなくなれば、制度があろうがなかろうが、死刑は行なわれなくなるんだ。死刑制度を維持してるのは、国民でも国家でもなく、他人を殺しまくる犯罪者自身なんだ」

「でも――」と言いかけて、純一は慌てて口をつぐんだ。彼は思わず、一六〇番の場合はどうだったのかと訊き返そうとしていた。

「もちろん、現行の制度にも問題はある」南郷は、純一の疑問を察したかのように答えた。「誤判の可能性、妥当でない判決、全然機能していない救済措置の問題。特に今回の樹原亮のケースは、ものの見事にそこにはまり込んだ実例だよな」

「その件ですけど」純一は本題に戻った。「やはり南郷さんは、樹原亮の代わりに真犯人が見つかった場合、その人が死刑になってもいいと？」

少したためらってから、南郷は頷いた。「それ以外に、樹原を救う手立てがないならな。もしもこのまま、奴が刑場に連れて行かれれば、首に縄をかけられた時に言うだろうよ。『僕はやってない。助けて下さい』ってな。それこそ必死になって、執行官に命乞いを――」

そこまで言いかけて、南郷は不意に口をつぐんだ。その時、彼の両手は、まさに死刑囚の首に縄をかけるような形で止まっていた。

純一は、南郷の瞳の中に辛い過去を見た。

「それだけは避けたい。何としてもな。樹原亮を死刑台から連れ戻す。俺がやりたいのは、それだけなんだ」

「分かりました」と、純一は言った。ようやく踏ん切りはついた。「俺も協力させてもらいます」

それを聞いた刑務官は、かすかに笑みを浮かべて頷いた。「悪いな」

網戸の向こうから、暑さを癒す冷たい風が流れてきた。二人はしばらくの間、そよ風に体を浸していた。

「不思議なことに」夜の静けさの中で、南郷がささやくように言った。「あの二人の名前が、今でも思い出せない。四七〇番と一六〇番の名前がな」

そして首をひねり、呟いた。「どうしてなんだろうな」

名前を思い出せばもっと辛いことになるだろうと純一は考えたが、口に出すことはしなかった。

2

前夜の豪雨が梅雨前線の別れの挨拶だったらしく、翌朝の房総半島は快晴に恵まれた。

純一と南郷は、陽光を浴びながらシビックに乗り込んだ。勝浦市内には、サーフボードを車に載せた海水浴客の姿が目立った。観光シーズンの到来だった。

二人は中湊郡を素通りし、東京を目指した。方針転換に伴う下準備のため、房総半島の外で済ませておくべき仕事があったのである。数日の間、二人は別行動をとることになっていた。

「政治ニュースに気を配ってくれ」ハンドルを握る南郷が言った。「特に内閣改造の動きだ」

突然の話題に、純一は面食らった。「どうしてですか?」

「死刑が行なわれるのは、国会の閉幕中がほとんどでな」

純一は、もう一度訊いた。「どうしてですか?」

「会期中に執行すると、野党の質問が集中するからだろう。ちょっと前に通常国会が終わったからな、いよいよ危険ゾーンに突入だ」

政治に疎い純一は、良く分からなかったが頷いた。「内閣改造っていうのは?」

「内閣改造となると法務大臣が替わるかも知れないだろ?」

「法務大臣って、死刑執行を命令する人ですよね?」

「そうだ。奴らは、辞める直前に命令書にサインするんだ」

純一は三度訊いた。「どうしてですか?」

「歯の治療と一緒だよ。気の進まないことは、できるだけ先延ばしにする。で、後がないと分かったら、一気に片づける」

「法務大臣にとっての執行命令って、そんな次元のことなんですか?」

「そうだ」南郷は笑った。「再審請求棄却のタイミングといい、政治情勢といい、樹原亮にはかなり不利になってきた。なるべく時間を無駄にしないでいこう」

「はい」

車は房総半島の内側に入って多少の渋滞に巻き込まれたものの、昼過ぎには東京湾を横断して神奈川県下に入った。

南郷の兄の家がある武蔵小杉で下車した純一は、そのまま電車に乗り換えて霞が関に向かっ

その日は、保護観察所への出頭を義務づけられた日だった。地下鉄の駅から地上に出て、皇居外苑に続く道を歩くこと数分、目指す合同庁舎6号館に着いた。中に入ろうとした純一は、そこが法務省のビルであることに初めて気づいた。この建物の中のどこかで、樹原亮の死刑執行に関する審査が行なわれている。法務省の役人が怠け者であることを祈りつつ、彼はビルの中に入った。

「それで、生活は順調なんだね？」保護観察官の落合が、恰幅のいい体を椅子に預けたまま訊いた。

「はい」と、純一は頷いた。毎日の食生活や健康状態、南郷との仕事など、充実した暮らしについて報告すると、実務家の保護観察官の顔には嬉しそうな笑みが浮かんだ。

横にいる保護司の久保老人も、日焼けした純一を目を細めて眺めていた。「大分、逞しくなったようですな」

「女遊びなんかもしてないだろうね」落合が訊いた。

「そんな暇はなかったです」

「よろしい。君は麻薬に溺れるような心配はないから、酒の量だけ気をつけてくれよ」

「はい」

近況報告が一通りすむと、純一は二人に言った。「保護観察について、ちょっとお訊ねしたいことがあるんですけど」

「何だね？」落合が訊いた。

「保護観察官の落合先生はお役人で、保護司の久保先生は民間の方なんですよね？」

「そうだよ。我々はお互いに協力しながら、君たちの社会復帰を助けてるんだ。役所の都合だけではなかなか地域密着とはいかないからね。どうしても民間の篤志家の力が必要になる」

純一は、刑務所で受けた出所教育の内容を思い出しながら、曖昧な点を訊きにかかった。「保護司の先生は、完全なボランティアなんですよね」

「そうです」と久保老人が答えた。「交通費などの実費をいただくだけです」

「保護司の選考は、保護観察所で行なうんですか？」

「いや」と落合が答えた。「地域によって多少の違いはあるが、ほとんどは前任者の推薦だ。保護司をやってた人が、自分の後任者を選んでバトンを渡すんだな」

「では、保護司の先生が実際に観るのは、どういった人たちなんです？」

「非行少年や少年院を出た者、君のような3号観察と呼ばれる仮出獄者、それから有罪判決を受けたが執行猶予のついた者。子供から大人まで、幅広い人たちだよ」そして落合は訊いた。「どうしてそんなことを？」

「今、調べてる事件の被害者が、保護司の先生だったんです」

「ほう？」と、落合も久保も、興味をそそられたようだった。

純一は頭の中で、素早く内容を整理した。殺された宇津木耕平は、地元中学校の元校長だった。その後、保護司として、非行と軽犯罪歴のある樹原亮と関わっていた。すべては自然な流れだ。

「保護司の先生は、定期的に観察者と面会するんですよね」

「そうです」と久保老人。「こちらの自宅に来ていただいて、近況や悩みなんかを聞かせていただきます」

樹原亮が、被害者の家を訪れていたのも不自然ではない。では、彼が宇津木耕平邸に行った時、そこにはどんな客がいたのか。

「ちょっと、訊きにくい質問なんですけど――」

「我々が人に恨みを買うようなことがないか、だな?」落合が言った。

「そうです」

「それなら一つだけあるよ」

「どんなことですか?」

「仮釈放の取り消しだ。君も出所する時、それからここに来た時に、遵守事項を言い渡されただろ」

「はい」

「あれに違反しているのを知ったら、我々としては仮釈放を取り消さねばならん。君の場合だったら残り三ヵ月の服役期間ですむが、無期囚の場合は深刻な事態になる」

「無期囚?」純一は、意外な感じがして訊き返した。

「無期懲役囚だよ。死刑の次に重い罪を犯した人間だが、海外にあるような終身刑じゃないんだ。一生、牢屋に閉じ込められる訳じゃない。法律の上では、服役してから十年で仮釈放審査の対象になる。まあ実際には、平均十八年で、社会に出て来てるみたいだね」

「十八年」純一は驚いた。死刑の次に重い罪が、そんなものなのか。「無期囚が仮釈放を取り消された場合はどうなるんです？」

「もちろん、刑務所に逆戻りだ。次にいつ出られるかは、誰にも分からない。だから深刻なんだよ」そして落合は、少しだけ表情を曇らせた。「仮釈放の取り消しを聞いて、自殺した者もいるとか」

「まさに生きるか死ぬか、ですな」久保老人が、微笑を含んだまま言った。「しかし、どんなに恨みを買うとしても、私どもとしてはやらなくてはなりません。法の定めるところなので」

仮釈放の取り消しは、保護司を殺す動機になる。そう考えた純一は、身を乗り出した。「僕が調べてる事件は、宇津木耕平さんという方が殺された事件なんですが」

「やはりそうか」落合が言った。「覚えてるよ。房総半島の外側で起こった事件だね？」

「そうです。宇津木さんは当時、樹原亮という元非行少年を観ていたんですけど、その他に保護観察者がいたかどうか、分かりませんかね？　それこそ無期懲役囚とか」

すると落合は笑った。「たとえ知っていたとしても、それは言えないよ。秘密保持は、我々の仕事の絶対条件だ。保護観察者については、いかなる情報も外部には漏らせない」

「じゃあ、こちらで調べる手立てはないですか？」

「ないね」と落合は、あっさり言った。「君の仕事に協力してあげたいのはやまやまだが、こればっかりはどうしようもない」

純一は失望しながら、容疑者をあぶり出す方法がないかと考えた。南郷の刑務官としてのコネで、何とかならないだろうか。

そこへ久保老人が、遠慮がちに落合に言った。「出過ぎた真似かも知れませんが、一つだけ、三上君にアドバイスさせていただいてよろしいでしょうか？」

「何です？」落合が、不安げに訊いた。

久保は、純一に顔を向けて言った。「あの事件は、確か被害者の自宅で起こったんですよね？」

「そうです」

「家の中には、どんな物があったんでしょうね？」

純一は、久保の真意が分からず、戸惑って相手の顔を見た。

「保護司は、ですね、観察者の記録を細かくつけているものなんですよ」

「観察者の記録？」純一は、おうむ返しに言った。あの廃屋に南郷が忍び込んだ時、それを見なかったのだろうか。早急に確かめなくてはならない。

落合がたしなめるように言った。「久保先生」

「すみませんでした」老人は微笑を浮かべて言った。「私は、探偵小説が大好きな性分でして」

南郷は、純一からの電話を松山で受け取った。川崎でレンタカーを返した彼は、そのまま空路、松山に向かったのだった。刑務官を退職し、官舎を引き払うのが目的だった。休暇が切れるのが目前となった今、雑事を一度に片づけておこうと考えたのである。

二ＬＤＫの官舎で、南郷は荷造りする手を休め、携帯電話に訊き返していた。「観察者の記録？　ちょっと待ってくれよ」

南郷は、記憶を探ってから言った。「なかった。間違いない。返還された証拠も見たが、見当たらなかった」

電話の向こうから聞こえる純一の声は、興奮気味だった。「証拠として保管されたままってことは」

「それもない。裁判で使われなかった証拠は、返還されるからな」

「じゃあ、やっぱり変ですよ。記録が何も残ってないっていうのは」

「犯人が持ち出したか？」

「そう思います。被害者との関係が、ばれないように」

そして純一は、真犯人が宇津木耕平邸に出入りしていた無期懲役囚ではないかという推理を語った。「そうした人間がいなかったか、調べられませんかね？」

「難しいが、考えてみる」

電話を切った南郷は、家族のいない六畳間に座り込んで、頭の中を整理した。

純一の推理は、正しいような気がした。何らかの理由で、仮出獄を取り消されそうになった人間が、それを阻止しようと保護司を殺した。その際、被害者との関係を示す記録を、犯行現場から持ち出した。おそらく保護観察者の記録には、真犯人の仮釈放を取り消す旨が書かれてあったのだろう。犯人にとっては、動機の隠蔽にもなる。これならば、預金通帳と印鑑が持ち出されていながら、どうして使われなかったのかという謎にも答が出る。つまりは偽装である。犯人の目的は、最初から金ではなかったのだ。

純一は、金の鉱脈を発見したのかも知れない。南郷はそう考えて顔をほころばせたが、一つだけ疑問が残った。金目当てではないとしたら、そして樹原亮に罪を着せようと咄嗟に考えたのなら、どうして通帳と印鑑をバイク事故の現場に残しておかなかったのだろうか。

油断は禁物だ、と南郷は考えた。決め打ちするには、まだ手掛かりが少な過ぎる。

南郷に電話を入れてから、純一は新橋に向かった。彼自身の個人的な謎の解明のためだった。純一は、自分の名刺に印刷された住所を見ながら、杉浦弁護士事務所を訪ねた。

そこは純一が考えていたとおり、古びた雑居ビルだった。がたがたと震動するエレベーターを使って五階に上がり、磨りガラスのはめ込まれたドアをノックした。

「はい」と杉浦の声がして、扉が開いた。弁護士は、純一を見て意外そうに言った。「どうしたんです？」

「ちょっとお訊きしたいことがあって」

「何ですか？」と言ってから杉浦は、「まあ、どうぞ」と、純一を事務所の中に招き入れた。こんな時も、弁護士は愛想笑いを浮かべるのを忘れてはいなかった。

事務所は、十畳ほどの広さだった。タイル敷きの床の上に机や本棚が並んでいる。『日本現行法規』や『最高裁判所判例集』といった書物が並んでいるところは、さすがに弁護士事務所だった。

「南郷さんはどうしました？」古びたソファを勧めながら、杉浦が訊いた。

「いったん、松山に帰られました」

「ああ、そうか。いよいよ退官？」

「ええ」純一は、刑務官が退職に至った理由を思い出し、少しの間、口をつぐんだ。

「それで今日は？」

純一は控えめに申し出た。「差し障りなかったら、教えていただきたいんですけど、南郷さんはどうして、俺を選んだんでしょう」

杉浦は、やや困ったように純一を見た。

「刑務官の仲間とか、他にも仕事を持ちかける相手はいたと思うんですが……どうして前科者の自分なんかを？」

「南郷さんが依頼人という訳ではないですから、守秘義務はない」杉浦は、自分に言い聞かせるように呟くと、顔を上げた。「いいでしょう、お話しします。南郷さんは、これが刑務官としての最後の仕事だと言ってました」

「最後の仕事？」

「そうです。あの方は、基本的には応報刑思想を支持してらっしゃる。ところがその一方で、教育刑の理想も捨ててはいないのです。罪を犯しても、大多数の人間は更生できる、生まれ変われるんだとね。その二つの考え方の間で、揺れ動いているのが南郷さんなんです」

純一には、少し意外な話だった。

「ところが、刑務所で行われている受刑者の処遇も、同じように曖昧なんです。犯罪者を懲らしめるためにやってるのか、それとも教育を施して、反社会的な人格を矯正してやるのか。実際には、人格教育なんかはほとんど行なわれず、規則で縛って働かせているだけですけどね。その結果が、再犯率四十八パーセントという惨憺《さんたん》たる数字になっています。つまり出所者の二人に一人が、また罪を犯して刑務所に戻って来るんです。南郷さんは、そうした現場の最前線で、随分、悩んでおられた。それでいつしか夢を抱き始めたんですね。自分の手で、自分の思う方法で、犯罪者を更生させたい。一人の人間が、正しく生まれ変わる様をその目で見届けたい、とね」

それが刑務官としての最後の仕事。純一は身を乗り出した。「それで俺が選ばれたんですか？」

「そのようです。三上さんは、ご自分の仮釈放が早まったのをご存知でしたか？」

「何となく」それは純一が不思議に思っていたことだった。懲役二年の短期刑では、一度懲罰を食らえば仮釈放はないと聞かされていたからである。しかし彼は、反りの合わない矯正処遇官に保護房送りにされながら、模範囚と同じ扱いで仮出獄を手にしていた。

「三上さんの仮釈放の上申書はね、南郷さんが書いたんですよ」

「そうだったんですか。でも、どうしてそこまでして」

「実際のところ、どうして他の人ではなく三上さんだったのかは、私にも分かりませんが……ただ一度、南郷さんが冗談混じりに言ってるのを聞いたことがあります。『三上ってのは俺に似て、いい奴なんだ』とね」

「南郷さんに似て？」その言葉には、何となく思い当たるところがあった。

弁護士事務所を出た純一は、電車を乗り継いで父の工場に向かった。今夜は大塚の実家で一泊することになるため、その前に『三上モデリング』に顔を出しておこうと考えたのである。

電車の吊り皮につかまりながら、考えていたのは杉浦弁護士の言葉だった。南郷と自分との共通点。それは前夜、南郷の過去を聞いていた時に、漠然と感じていたものだった。

南郷も純一も、二十五才の時に他人の命を奪っている。南郷は死刑執行で、純一は傷害致死で。そして、一度は宗教の慰めを求めながら、やがてそれを拒否した点も似ていた。服役中に純一が宗教教誨を断わったのを、首席矯正処遇官の南郷は、何かの折りに知ったのだろう。

そうした表向きの理由の裏に、南郷と似ている自分が選ばれたことに関しては、もっと深い動機が潜んでいるように思えた。南郷は自分自身を罪人と感じ、その贖罪を純一に託しているのではないのか。刑務官が職務として死刑を執行し、罪の意識を感じたとしても、それは永遠に贖われることはない。なぜなら法の裁きを受けないからである。そこで自分が罰を受ける代わりに別の贖罪の方法、他者のためになることを選択したのではないだろうか。

そう考えると、独り占めにできたはずの高額の報酬を純一と分け合おうとしていることにも納得がいく。前科者の社会復帰を阻む大きな要因に、経済的な困窮が挙げられるからだ。それに加えて、今回の仕事から純一が外されそうになった時の、南郷の憤り——純一は自分の推測が、決して穿ちすぎではないと確信できた。

南郷が自分にしてくれていることに関して、純一は素直にありがたいと思った。そう思うからこそ、逆に気持ちは沈んだ。

純一は、自分が更生するとは思っていなかった。

両親が殺されたことに対して、宇津木夫妻が見せた憎しみ。そして、同じ感情を必死に抑えながら、謝罪に訪れた純一を迎えた佐村光男の苦渋に満ちた顔。そうした人々の苦悩を、純一は自分の目で見た。彼らの姿は、罪の意識を促すには十分だった。本当に申し訳ないことをしたと思う。しかし二年前の状況を考えると、佐村恭介を殺す他に、どんな選択肢があったのか。悪いのは自分じゃない。被害者のほうだ。

電車が大岡山駅に近づいた。純一は下車しようかと迷った。そこで乗り換えれば、友里のいる旗の台までは二駅だ。

しかしそれが未練がましいことのような気がして、純一は思い止まった。もう自分には何もできないことは分かっていた。友里に対する自分の罪を贖うために、できるだけのことはやった。彼女には、このまま無事に生きていてくれれば、と願うしかなかった。

純一は、三上モデリングの最寄り駅で電車を降りた。町工場が並んだ一角を歩きながら、南郷の帰りを待ち侘びている自分に気づいた。早く房総半島に戻りたい。そこで何もかも忘れて、死刑囚の命を救う仕事に没頭したい。

父の工場に着くと、金型の設計図面と睨めっこしている俊男の姿があった。

「おお、来たか」父は、運勢の弱そうな顔に笑みを浮かべ、「どうだ、弁護士事務所の仕事は？」と訊いた。

「何とか続いてるよ」純一も笑顔で答えた。父親が、こちらの仕事を誇りに思ってくれていることが分かった。それに先月分の百万円の報酬は、実費を除いたその九割ほどを、すでに家に入れてある。

「今夜はうちに泊まれるんだろ？」

「うん」

「じゃあ、大塚まで一緒に帰ろう」

純一は頷き、言った。「それまでに手伝うことがあれば、やるよ」

「そうだな」俊男は言って、狭い作業場を見渡した。そして、急にきまり悪そうに純一を見た。

怪訝に思った純一は、すぐにその理由に気づいた。この工場にあった唯一のハイテク装置、光造形システムが消えていた。

「あんまり役に立たないんでな、売っ払ったんだ」俊男が、言い訳がましく言った。

その場に突っ立ったまま、純一は、もう後がないと思った。月に百万程度の金では足りなくなっているのだ。死刑囚の冤罪を晴らし、成功報酬を手にしなければ、自分の家は経済的に破綻する。

南郷は、松山での残務処理を終え、川崎に戻って来た。この一両日は、目の回るような忙しさだった。官舎にあった家財道具を別居中の妻の家へと送り、早朝から起き出して、刑務官として最後の点呼に出た。

制服を着るのもこれで最後だと思ったが、何の未練も感じなかった。逆に気分は清々していた。職場の仲間も、快く彼を送り出してくれた。部下の女性刑務官から花束を渡された南郷は、簡単な挨拶を述べて、二十八年間の刑務官生活に終止符を打った。あとは待ったなしの仕事、樹原亮の冤罪を晴らすことに全力を尽くすだけだった。

南郷は、兄の家に寄って荷物を置いてから、東京の官庁街に向かった。目当ては大手新聞社の記事検索室だった。これは予定の行動で、宇津木夫妻を殺したのが、流しの強盗だったという可能性を探るためのものだった。

あらかじめ電話で申し込みをすませていた南郷は、コンピューター端末の並んだ小部屋に通された。そして機械の使い方について女性社員のガイダンスを受け、記事の検索にかかった。

宇津木夫妻が殺された前後十年間に期間を限定し、『強盗殺人』『斧』『鉈』などのキーワードと、千葉、埼玉、東京、神奈川の四つの都県名を打ち込んで、コンピューターの返答を待った。すると、ほんの数秒で、数えきれないほどの記事のリストが画面に浮かび上がった。

便利な世の中になったもんだと感心しながら、南郷は記事の絞り込みにかかった。追加したキーワードは、『捜索』『凶器』『発見』などの単語だった。つまり、指定された十年間に、千葉県の周辺で起こった強盗殺人事件で、斧や鉈などの刃物が使われ、さらにその凶器が捜索の末に発見されたものを調べようというのである。

ディスプレイに浮かび上がった記事の数は十二本。しかし扱われている事件の数はたったの二つで、記事の本数が多いのは、続報が含まれているからだと分かった。そこから中湊郡の事件を除外し、残る一件を画面に呼び出した。

『主婦殺害される』の見出しの下に、埼玉県下で起こった強盗殺人事件の詳報が載っていた。事件発生は、宇津木耕平が殺される二ヵ月前で、深夜、人里離れた民家に強盗が押し入り、手斧を使って主婦を殺害、金品を盗み出したという事件だった。その時使われた凶器は、後の警察の捜索で、現場から二百メートル離れた山中に埋められているのが発見された。

犯行手口は同一と言っていい。狙い通りの収穫に、南郷の心は躍った。宇津木耕平の事件で、捜査陣があれほど徹底した山狩りを行なったのも、この前例があったからに違いない。

記事の中に、『埼玉県警は、福島・茨城両県での事件との類似性を考え、広域重要準指定31号事件と認定』との一文を見つけた南郷は、慌てて検索画面に戻った。似たような事件が、福島と茨城でも起こっていたのだ。それらの記事を呼び出すと、埼玉での事件のさらに二ヵ月前と四ヵ月前、まったく同じ状況、同じ凶器で、強盗殺人事件が起こっていたことが分かった。被害者はいずれも一名ずつ、この時も凶器の手斧は、現場付近の畑や雑木林から掘り出されている。

間違いない、と南郷は確信を持った。この事件の犯人は、福島から茨城、埼玉、そして房総半島へと、南下しながら犯行を重ねていったのだ。もし中湊郡の事件で、樹原亮という有力な被疑者が発見されていなければ、間違いなく『31号事件』と認定されていたことだろう。

この事件の真犯人を探し出せば、と考えた南郷は、ふと思いたって、『広域重要準指定31号事件』のキーワードで検索してみた。すると、『犯人逮捕』の記事が浮かび上がった。

すでに犯人は捕まっていた。驚いた南郷は、そこに掲載されている犯人の顔写真を見つめた。競馬場にいそうな顔だ、というのが第一印象だった。頬骨の出た、ごつごつした岩のような顔をした中年男。『小原容疑者』とキャプションがついている。

南郷は記事に目を移した。

埼玉の事件から半年後、静岡市内で、住居侵入の男が現行犯逮捕された。深夜の物音に気づいた被害者宅の主人の通報によるものだった。

捕まったのは、住所不定、無職の小原歳三という四十六才の男で、手斧を携行していたことから『31号事件』との関連を追及され、やがて自供した。

南郷は、小原という男の逮捕から起訴までの記事を入念にたどった。この強盗犯が自供したのは、福島、茨城、埼玉の三件だけであった。中湊郡での事件との関連については、樹原亮がすでに捕まっていたせいか、警察も追及しなかったらしい。

南郷は焦燥に駆られながら、今度は『小原歳三』のキーワードで、裁判の経過を追った。すると逮捕から四年後に、一審判決で死刑が言い渡されていることが分かった。さらにその三年後、一九九八年には、二審で控訴棄却。

まずい、と南郷は次の記事を画面に呼び出した。この小原歳三がすでに処刑されていれば、中湊郡の事件の真犯人かも知れぬ男が、この世から消されていることになる。南郷は、残るすべての記事をチェックした。すると小原に関する報道は、控訴棄却から三日後の『小原被告上告』の短い記事を最後に途絶えていた。

ということは、まだ最高裁は、小原歳三の上告を棄却していない。つまり、まだ死刑確定囚ではないのだ。裏から手を回せば、面会することも可能なはずだった。

南郷は、ほっと息をついた。そして皮肉な笑みを漏らした。同じ年に逮捕された樹原亮が、すでに死刑執行を待つばかりとなっているのに、こちらの小原は確定もしていない。それは日本の裁判制度が抱える問題だった。死刑相当事件を犯した場合、一人でも多くの人間を殺したほうが審理が長引き、被告人は長生きできる。

それでも南郷は、一刻の猶予もないことに気づいた。最高裁への上告は三年前に行なわれている。いつ上告棄却が言い渡されてもおかしくはない状況だ。そうなったら、一部の親族と弁護士を除いて、誰も小原への面会はできなくなる。早めに手を打ったほうが良さそうだった。

南郷は、コンピューター端末の前から離れると、検索方法を教えてくれた女性社員を呼んで、プリントアウトの方法を訊いた。そして、関連記事が打ち出されるのを待っている間、ちょっとした悪戯心を起こして、空いている別の端末に行った。

検索画面にある『地方版』をクリックし、『千葉県』を選択した。そして、中湊郡の事件の第一報が掲載された日の、ローカル・ニュースに目を向けた。

そこに、『東京から家出の高校生カップル補導』との短い記事を見つけた南郷は、思わず笑ってしまった。純朴な三上純一少年が、彼女と二人で新聞沙汰になった記念すべき日だ。ところがそのベタ記事には、南郷の知らなかった事実が書かれていた。

『二九日午後十時頃、中湊郡磯辺町で、東京から家出中の高校生二人が補導された。少年A（17）は手に怪我をしており、少女B（17）とともに磯辺町の開業医を訪れたところ、診察した医師が刃物による傷ではないかと考えて駐在所に通報、補導となった。少年Aと少女Bには、両親からの家出人捜索願が出されていた』

手に怪我？　刃物による傷？　記事にはそれ以上のことは書かれていなかった。

南郷は、その短い記述を目で追いながら混乱していた。彼が思い描いていた純朴な少年像は、修正を迫られているようだった。記事から思い浮かぶのは、予想以上に荒んだ十七才の少年像だ。おそらく純一は、地元の不良と喧嘩でもしたのだろう。その八年後に、佐村恭介を殺してしまった時と同じように。

南郷は、何かを思いつめているような純一の顔つきを思い出した。衝動的にカッとなる性格は、矯正困難である場合が多い。本人もそれに気づいていて、自分の中の攻撃衝動が手に負えないと諦めているのだろうか。

純一が時折見せる、更生への自信のなさにも南郷は気づいていた。あいつをちゃんと社会復帰させるのは、意外と難しいのかも知れない。記事を見つめながら南郷は、そんなことを考えていた。

3

二日ぶりに会った純一は、冴えない表情でシビックに乗り込んで来た。

武蔵小杉駅前のレンタカー会社から車を出しながら、南郷は訊いてみた。「どうした？」

「家が、やばいみたいで」

「やばい？」

「この仕事がうまくいかなかったら、本当にやばくなるんです」純一は言って、家の財政状況について説明した。

それを聞いて南郷も少し心配になった。「佐村さんへの損害賠償は、待ってもらう訳にはいかないのかな？」

「約束は約束ですから。滞るようなことがあれば、裁判になっちゃうんじゃないですかね」

南郷は頷いた。和解契約が結ばれている以上、契約不履行で訴訟になれば、敗訴するのは目に見えている。それで強制執行ともなれば、三上家は身ぐるみ剝がされてしまうだろう。南郷は、前科者の更生を阻む壁の厚さを、あらためて知らされる思いだった。

「今までに聞いた犯罪者の処遇の話ですけど」ふさいだ様子の純一が、話題を変えた。「もし、人を殺しても改悛しない人間がいたとしたら、その人は死刑になるしかないんでしょうか？」

　南郷はブレーキを踏んだ。前方の信号は赤だった。停車した車の中で、南郷は助手席の純一を見た。今まで気づかなかったが、純一の左腕の肘の内側に、切れた皮膚を縫合した五センチほどの傷痕があった。補導された時に負っていた傷だ。

「自分のことを言ってるのか？」南郷は率直に訊いた。

「いえ」と、純一は口を濁した。

「あんまり自分を責めるんじゃない」南郷は、ここが正念場だと思った。「刑期満了まで、まだ一月半あるだろ？　じっくり考えるんだ。家の経済的な問題だって、もう駄目だと決まった訳じゃないんだからな」

「そうですよね」と力なく頷いた純一は、何かを思い出したように言った。「そうだ、南郷さん」

「何だ？」

「前からお礼を言おうと思ってたんです。今回の仕事に、俺を誘ってくれてありがとうって」

「どういたしまして」南郷は思わず笑った。助手席に純朴な青年が戻って来たような気がして、全身の力が抜けた。

「この仕事さえうまくいけば、親父やお袋に楽をさせられるんです。まだ可能性はありますよね」

「あるよ。大ありだ。実は、こっちにも収穫があってな」南郷は、青信号で車を出しながら、新聞社の記事検索で知った『31号事件』について話した。「被告人の小原歳三は、東京拘置所に収監されてる。近いうちに面会できるかも知れん」

南郷はすでに、刑務官時代の部下、岡崎に、小原との面会を打診していた。

「その『31号事件』ですけど」純一が言った。「宇津木夫妻を殺したのが流しの強盗犯だとしたら、観察者の記録がなくなっていたっていう話と矛盾しませんか？」

「それは俺も考えた。その通りだよ。しかしな、お前さんが言った保護観察者の犯行説も有力だが、小原の犯行説も捨てがたい。今は先入観を捨てて、手掛かりを辛抱強く拾っていこう」

「そうですね」と純一は頷いた。少しは活気が戻ってきているようだった。

「ところで昨夜、電話で頼んでおいた件は？」

「やっておきました」純一は後部座席のバッグを取り上げ、メモを出した。南郷が頼んでいたのは、樹原亮の公判に出廷した、弁護側の情状証人のリストだった。その人々は、逮捕前の樹原と親しかった面々である。南郷と純一は、事件にまつわる第三の可能性、真犯人があらかじめ樹原亮を陥れようとしていたという説を検証するつもりだった。

「情状証人は、たったの二人でした」純一は訴訟記録の中から、その二人の氏名と連絡先を拾い出していた。「二人とも中湊郡にいます。当時の樹原の雇い主と、仕事場の同僚です」

「アポは取ったか？」

「取りました」


中湊郡随一の観光宿泊施設『ホテル陽光』は、大浴場や結婚式場までを備えた十階建てのビルだった。その白亜の外観は、海岸沿いに孤立していることもあって、当地の観光産業を一手に担う要塞といった印象を人に与える。シビックが滑り込んだ駐車場は、すでにその半分ほどが埋まっていて、観光シーズンが佳境に入りつつあることを物語っていた。

純一とともに車を降りた南郷は、むっとするような暑さを感じながら、表玄関からホテルに入った。

フロント係に来意を告げると、奥から支配人が出て来て、二人を三階に案内した。そして絨緞の敷かれた廊下を歩いて、一番奥にあるドアをノックした。

「御客様です」

支配人の言葉に、扉が内側から開けられた。樹原亮の情状証人の一人は、このホテルのオーナーだった。

「安藤と申します」

二人を執務室に招き入れたオーナーは、『安藤紀夫』とフルネームが書かれた名刺を渡した。肩書きは『株式会社陽光　代表取締役社長』である。五十過ぎだが体は引き締まっており、カジュアルスーツの袖口からは、健康的に日焼けした腕がのぞいていた。いかにもスポーツマンといった明るい笑顔は、地位に似合わぬ飾らない人柄を偲ばせるのに十分だった。

好感を持った南郷は、自分と純一を順に紹介した。南郷は名刺を出したが、純一は挨拶だけに止めた。弁護士事務所との雇用関係がなくなっていたからである。オーナーは、純一を見つめて怪訝そうな顔になったが、すぐに笑顔に戻ってソファを勧めた。

「それで、ご用件ですが」ウェイトレス姿の女性が三杯のアイスコーヒーを運んで来て執務室を出ると、安藤が切り出した。「樹原亮君の件でいらしたんですね？」

「そうです。わずかばかりの可能性ですが、冤罪ということも考えられまして」

「ほう？」と安藤は驚いた様子だったが、それでも微笑は絶やさなかった。

「本題に入る前に、一つだけ。現場付近の地理についてはご存知ですか？」

「ある程度は。宇津木先生とも親しくさせていただいてましたから、何度かお宅に伺ったことがありります」

「あの辺に、階段があるような建物はありませんか？」南郷は、階段を重視する理由と、捜索が空振りに終わったことを、かいつまんで話した。

安藤は首をひねった。「心当たりはないですね」

「それでしたらいいんです」南郷は、当初の目的に戻った。「安藤さんは、弁護側の情状証人として出廷されましたよね」

「そうなんです。あの時は正直、参りましてね」安藤は困惑した顔になった。「かなり難しい立場でした」

「と、おっしゃいますと」

「つまり、被害者とも加害者とも親しかったということです。一方の味方をしようとすれば、もう一方の不利益になってしまう」

「それでも安藤さんは、樹原君のために法廷に立たれたんですね」

「まあ、そうです」安藤は、少し照れたような笑いを浮かべた。

南郷は、ようやく味方が現れたという安心感を持った。彼は、訴訟記録で読んだ事実関係を、安藤の口から確かめようと考えた。

「安藤さんは元々、宇津木耕平さんと親しかったんですよね？」

「そうです。宇津木先生は、この土地では指折りの有識者でしたから、こちらの事業その他で、相談に乗っていただいてました」

「樹原君と知り合ったのも、宇津木先生のご紹介で？」

「ええ。ご存知かとは思いますが、宇津木先生は保護司をなさってまして、窃盗を犯した樹原君の就職先を探しておられたんです。それで私の所にご相談に見えた」

「樹原君の印象は、どんなでした？」

「正直言って、内向的な感じでしたね」安藤は、当時を思い出すかのように視線を上げた。「ですが、彼の生い立ちを考えると、無理からぬことですからね」

南郷は、訴訟記録にあった樹原の生育歴を思い出した。「安藤さんが彼を雇われたのも、そうした同情があってのことですね」

「そうです。うちの子会社でレンタルビデオ店をやっているのがありまして、そこの社員ということにしました」安藤は言って、身を乗り出した。「ところが働かせてみると、意外に樹原君は頑張ってくれましてね」

「ほう？」

「深夜割引サービスとか、いろいろとアイディアを出してくれて、店の営業成績は確かに上昇したんです」

南郷は、窃盗犯の更生に興味をそそられた。「どうして彼は、そんなに頑張ったんでしょうね？」

「やはり宇津木先生のお力だと、その時には思いました。樹原君も、保護司を慕って頑張っているんだとね」安藤は言って、表情を曇らせた。「あの事件が起こるまでは、そう考えてました」

「当時のことを考える限り、樹原君が担当保護司を襲うなどとは、想像もつかなかった？」

「まったくそのとおりです。今、考えても、不思議な感じがしますね」

「樹原君の交友関係についてはどうでしょうか。強盗事件を起こしそうなのがいて、彼に罪を着せたというのは考えられませんか」

「ちょっと思い当たりませんが」安藤はしばらく考え込んだ。「働き出してからも、友人の数は多くなかったみたいですから」

「人間関係は希薄だった？」

「そうです。人に恨みを買うにも、そこまで深いつき合いはなかったんじゃないでしょうか」

南郷は頷き、別の可能性を探った。「宇津木先生が、他の人の就職について、ご相談に来られたということはなかったですか？」

「どういうことでしょうか？」

「つまり樹原君以外に、保護観察を行なっている人間はいなかったんでしょうか」

すると安藤は、「一人」と呟くように言った。

「一人、いたんですか？」

「おそらく、ですが。宇津木先生が、二人の世話で大変だというようなことをおっしゃってたことがありました」

「二人の世話、というのは保護観察の意味ですよね」

「そう解釈しました」

横に座っている純一が、南郷の顔を見た。保護観察者の犯行説を裏づける傍証だ。

「それが誰かはおっしゃってませんでした？」

「ええ。保護司には、秘密を守る義務がありますからね。樹原君の場合と違って、こちらに相談されませんでしたから、私としては分かりません」

答えた安藤が、ちらりとテーブルの上に視線をやった。時計を気にしたのだと察して、南郷は話を切り上げることにした。「では、最後に一つだけ。宇津木先生が、人から恨まれているようなことはなかったでしょうか。もちろん、逆恨みとか、そうした類のことですが」

「私の知る限りではないですが」眉をひそめた安藤は、ふと笑みを漏らした。「まあ、嫁との折り合いが悪いとか、その程度でしたら」

「嫁というのは、宇津木芳枝さんですよね？」

「そうです。良くある嫁姑の問題ですよ」そして観光ホテルのオーナーは、その場が井戸端会議になるのを恐れてか、そこで言葉を打ち切った。「どこの家庭にもある話です」

オーナーの執務室を出た南郷は、純一とともに会見の要点を整理しながら一階に向かった。保護観察者の犯行説が可能性を増してきたので、純一は興奮気味だった。「宇津木さんが観ていたもう一人の前科者って、分かりませんかね?」

「松山に帰った時に当たってみたが、無理だった。矯正管区が違うし、十年前の保護司の名前だけじゃな」しかし南郷は、それを突き止めるのが焦眉《しょうび》の急だと分かっていた。「これから二手に分かれよう。そっちは、二人目の情状証人に当たってくれ。こっちは問題の前科者を探ってみる」

「どうやるんですか?」

「無理とは思うが、検事の中森さんにな」

純一は頷いた。

「ところで、最後に出た嫁姑の問題をどう見る?」

「どうって?」訊き返した純一の顔には、その問題を重視していないと書いてあった。年齢と人生経験の違いだろうと南郷は考え、それ以上は訊かなかった。

南郷は一人でシビックに乗り込み、炎天下の駐車場に純一を残して走り出した。国道を南下し、房総半島の南端を時計回りに進んで館山市に向かう。ハンドルを握りながら南郷は、この調査が終わるまでに、何キロの道を走破することになるのだろうかと考えた。

中森の勤務先である千葉地検館山支部は、千葉地裁の同支部と同じ建物に入っていた。その官庁然としたビルの前で車を止めてから、検事を直接訪問するのはまずいと南郷は考えた。腕時計を見ると、十二時を回ったところだった。南郷は財布から中森の名刺を出し、淡い期待を抱きながら携帯電話の番号を押した。

一回の電話の取り次ぎで、中森が出た。検事は迷惑がる様子も見せず、昼休みになら会えると言って、三十分後の待ち合わせ先を指定した。

そこは、中森の勤務先から車で五分ほどの洋食喫茶だった。

入口近くのテーブルを取り、今日二杯目のアイスコーヒーを飲んでいると、携帯電話が鳴った。中森かと思ったが、電話の向こうの声は杉浦弁護士だった。

「ちょっと困ってるんです」杉浦は、泣きつくような声で言った。「どういう訳か、依頼人が疑ってましてね」

「依頼人が？　何を？」

「南郷さんと一緒に、三上君がまだ動いているだろうって」

南郷は眉をひそめた。「どうして分かったんだ？　俺たちの姿を見たのか？」

「さあ？」

南郷はふと、依頼人の正体に思い当たった。「依頼人ってのは、地元の人間？」

「私からは何も言えませんが」

「今、そっちに電話があったのか？」

「ええ」

「そいつの名は」と言いかけたが、南郷は止めた。何を言っても杉浦は答えないだろう。「依頼人ってのは、つまり、樹原亮のことを深く考えている人物なんだな？」

「それはもちろん」

「高額の報酬を出すだけの財力もある」

「そうです」

「で、疑われた杉浦先生は何て答えたんだ？」

「シラを切っておきました」弁護士は、しゃあしゃあと言った。「ですが、いつまで隠し通せるか」

「仕事がうまくいけば、文句はないだろう」南郷は不機嫌に言った。「三上のことは黙っててくれよ。頼む」

「はあ」杉浦は、ため息混じりに電話を切った。

「お待たせしました」

不意に声がしたので、南郷は驚いて顔を上げた。テーブルの横に、スーツを着込んだ青年検事が立っていた。

「すみません、気がつかなくて」

南郷が慌てて立ち上がると、中森は笑いながら言った。「いえ、こちらもいつ声をかけたものかと迷ってました」

そして上着を脱ぐと、南郷の前に座った。

「お呼びたてしてすみませんね」

「こちらは大丈夫です」

南郷は、検事の笑顔を見て少し安心した。その快活な様子からは、彼が未だ協力的であることが窺えた。

二人は、ウエイトレスに昼食を頼み、少しの間雑談をしてから本題に入った。

「被害者が担当していた保護観察者？」

話を聞いた中森は、当時の情報を思い出そうとするように視線を宙に向けた。

「捜査線上には浮かびませんでしたか？」

「少なくとも容疑圏内にはいませんでした。樹原亮が、現行犯に近い状況で捕まりましたから」

中森は答えながら、なおも記憶を探っている様子だった。「ああ、そう言えば、一人いたな」

「一人？」南郷は身を乗り出した。安藤オーナーの話は正しかったらしい。

「でもね、資料庫を漁れば出てくるとは思いますが、さすがにそれは教えられませんよ」

「どうしてです？」

「前科者の個人情報ですからね。刑務官をしてらっしゃる南郷さんには、お分かりでしょう」

南郷は仕方なく笑った。「そうですね」

検事も笑みを返してから、ふと真顔になった。「保護観察者に目をつけたということは、あの強盗事件が偽装だと考えてるんですか？」

「そうです」

「犯行の動機は、仮釈放の取り消し？」

南郷は、検事の頭の回転の速さに舌を巻いた。「ええ」

中森は小さく頷き、何事か考え込んだ。

彼自身が調査に乗り出してくれるとありがたいんだが、と思いながら、南郷は第二の可能性に移った。「ところで、『31号事件』というのはご存知ですか？」

中森は、虚をつかれたかのように、こちらを見た。「知ってます」

「宇津木夫妻の事件は、『31号事件』との関連は調べられなかったんでしょうか」

「さすがに鋭い点を突きますね。もちろん調べました。ですけどそれも、ほんのわずかな期間です。救急病院にいた樹原の所持品から、被害者の財布が出てくるまでの間ですね」

「その後は？」

「その後は逆に、『31号事件』の嫌疑が樹原に向かいました。しかし、福島や茨城の犯行には、樹原にアリバイがあったんです」

「それから四ヵ月後に『31号事件』の犯人が逮捕された訳ですが――」

「小原歳三ですね？」

「ええ。その小原のアリバイは調査されなかったんですか。中湊郡の事件に関しては」

「やってませんね」

南郷たちにとっては、小原歳三はまだ有力な容疑者のようだった。

それからしばらくの間、会話は本筋を離れ、食事をしながらの雑談となった。

南郷が刑務官を退職したことを告げると、中森は真顔で訊いてきた。「それは、今回の調査のためですか？」

「まあ、そんなところですね」

検事は、そこで初めて辺りを警戒するように視線を投げてから、声をひそめて訊いた。「実際のところ、南郷さんはどうお考えなんです。樹原亮は本当に冤罪だと？」

南郷は、検事の心中を慮ってためらったが、やがて言った。「そう考えてます」

「つまり、死刑の求刑は誤りだった？」

南郷は頷いた。そして十才ほど年下の検事の目を見て言った。「今なら、まだ間に合います。樹原君が生きている限りは」

中森は黙り込んだ。その沈黙が何を意味するのかは南郷には分からなかった。間違いなく言えるのは、向こうもこちらの苦悩を知っているということ――死刑執行に携わる者同士が感じる連帯意識を持ってくれているということだった。

食事が終わるまで、検事は樹原亮の件については触れなかった。やがて南郷が伝票を手に立ち上がると、中森は割り勘を主張して譲らなかった。それは検察官によく見られる潔癖さだった。彼らはいついかなる時も、汚職と誤解されるような行動は慎むのである。

彼の正義感が、樹原亮の事件に向かってくれればと考えながら、南郷は、自分の食事の分だけ勘定を払った。


ホテル陽光で南郷と別れた後、純一は、照りつける太陽の下を十分ほど歩いて磯辺町に向かった。

二人目の情状証人は、『湊《みなと》』というめずらしい苗字の持ち主だった。レンタルビデオ店での樹原亮の同僚である。

かつて樹原亮が勤めていた『陽光ビデオレンタル店』は、目抜き通りの真ん中にあり、ハリウッドの大作映画のポスターなどが貼り出されて華やいだ雰囲気だった。自動ドアを通って店内に入ると、レジにいたアルバイトと思しき女の子が笑顔で迎えた。

「いらっしゃいませ」

「すみませんが、湊さんはいらっしゃいますか?」

純一が汗を拭きながら訊くと、女の子は頷き、「店長」と声をかけた。

店の奥で、旧作ビデオを並べていた男が振り返った。

「湊さんでしょうか?」

純一が歩み寄ると、湊大介が立ち上がった。「そうですけど」

「昨夜、お電話しました三上ですけど」

「ああ、弁護士事務所の方ですね?」

「まあ、手伝いといったところです」純一は身分詐称にならぬように答えた。「実は、樹原亮さんのことでお伺いしたんですが」

「え? 樹原のことで?」湊は、黒縁眼鏡の向こうで、目を丸くしたようだった。

どうしてこんなに驚いているのかと訝りながら、純一は言った。「お仕事中すみません。後でもう一度お伺いしましょうか？」

「いや、十分くらいなら平気ですよ。まだ午前中で、お客さんも来ませんから」

純一は礼を言って、質問にかかった。自分が刑事か探偵になったような妙な気分だ。浮かれるんじゃないぞと自分に言い聞かせながら、純一は訊いた。「湊さんは、このお店で樹原さんと知り合ったんですよね」

「そうです。当時、店は別の場所にありましたけど」

「別の場所？」

「もうちょっと海岸寄りにあったんです。店が流行《はや》り出して、こっちに移ったんです」

純一は、安藤オーナーの話を思い出した。「樹原さんは、仕事でも頑張ってたみたいですね」

「ええ、宣伝ビラを配ったり、営業時間を拡張したりと張り切ってやってましたね」

「先程、安藤さんのお話を伺ってきたんですが――」

「安藤さん？」

「ホテル陽光のオーナーの」

「へえ？」と湊は、驚愕とも受け取れる表情で露骨に感心した。子会社のビデオ店の店長からすると、安藤オーナーは雲の上の存在らしい。

「樹原さんには、ほとんど友達がいなかったとか」

「そうなんです。打ち解けたのは、僕だけでした。奴とは話が合ったんです。好きなテレビ番組とか、歌謡曲とか」そして湊は、戸惑ったような表情を浮かべた。「ただ、奴があんなことをしでかしたんで、こっちとしては複雑な心境でしたけど」

樹原の逮捕とともに、湊が感じていた友情は苦いものに変わったのだろう。純一は、ふと、自分の友人のことを思い出した。逮捕されてから会っていない連中は、きっと今の自分を避けるだろう。

「湊さんから見て、樹原さんはどんな感じでした？」

「少なくとも、あんな事件を起こすようには見えませんでした。でも、逮捕されてから知ったんですけど、ここで働き出す前も、盗みをやってたみたいですね」

「ええ」

「だから、人は外見からは分からないのかなあって思いましたけど」

「これは仮定の話なんですけどね」純一は前置きして、冤罪の可能性について触れた。「誰かが樹原さんに罪を着せた、なんてことは考えられませんかね？」

「そ、それは」と湊は絶句した。先程から気づいていたが、ビデオ店の店長は、あらゆることに関して大げさなリアクションをとる性分らしかった。

「樹原さんと折り合いの悪かった人とか、あるいは——」

「ちょっと待って下さい」湊は手を突き出して純一を止めると、後頭部を激しく掻きむしった。「そうだ。思い出した。樹原がですね、妙なことを言ってたんです」

「妙なこと？」

「当時の店に、たまに来るおっちゃんがいまして」

「おっちゃん？」

「中年の男ですね。アダルトビデオを専門に借りていく客だったんですけど、ある時、樹原が言ったんです。『あのおっちゃんには気をつけな』って」

「気をつけな？」

「『あのおっちゃんは、前に人を殺してるんだぜ』って」

「え？」純一は思わず声を上げた。「どういうことです？」

「それが分からないんですよ。樹原に訊いても、それ以上は言いませんでしたから」

「そのおっちゃんというのは、どんな人でした？」

「四十くらいの労務者風でしたかね」

「名前なんかは分かりませんか？」

「いやあ、分からないですね」

「最近は、客としては来てないんですか？」

「見ないですね。いつから来なくなったんだろう」湊は頭をひねったが、何も思い出せない様子だった。

純一は、中湊郡に戻って来た南郷と喫茶店で落ち合うと、レンタルビデオ店の店長の話を聞かせた。

南郷は首をひねった。「そのおっちゃんというのが当時の保護観察者？　どうしてそう言いきれるんだ？」

「犯罪者は犯罪者と出会うようになってるんですよ」純一は自信満々だった。出所して間もなく、保護観察所で多数の前科者を目撃していたからだ。「樹原とそのおっちゃんは、保護司の家で顔を合わせてたんですよ。だから樹原は、男の前科を知っていた」

「なるほど」南郷は言ってから、確認作業に入った。「待てよ。樹原は窃盗で捕まってるよな。その時、留置所とか拘置所で顔を合わせてたとは考えられないか？」

「違うと思います。もしそうだとしたら、殺人を犯したおっちゃんというのは刑務所に行ってるでしょう。執行猶予ですぐに出された樹原とは、再会できませんよ」

南郷は納得したように頷いた。「ビデオ屋でエロビデオなんか借りてないな」

「話を整理するとこういうことですよ。窃盗で執行猶予付きの判決を受けた樹原が、保護司の宇津木先生の家に出入りするようになった。そこにはもう一人、仮釈放になった殺人犯がいて、何かの折りに会話を交わしていた」そこで純一は、残念そうに声を落とした。「ただ、そのおっちゃんというのが、どこの誰かは分からないんですけどね」

「いや、待て。一つ思いついた」南郷が細い眉を上げて、会心の笑みを浮かべた。「元の推理に戻ってみようぜ。保護観察者が保護司を殺したとすると、動機は何だった？」

「仮釈放の取り消し」

「その際、有期刑なら、動機としては弱いだろ？」

「ええ。犯人はおそらく、無期懲役で仮釈放中の殺人犯」

「だとすると、宇津木耕平が殺された後も、その男の保護観察は続いてる」

純一は、はっと顔を上げた。「つまり、今でも後任の保護司の所へ通っている？」

「そうだ。問題は時間だな。この十年間で、刑の執行免除を受けたかどうか。執行免除なら、保護観察も解かれるからな」

「南郷さんはどう思います？」

ベテランの刑務官は答えた。「まだ続いてると思う」

「それなら」と純一は身を乗り出した。「現在の保護司の家を張り込めば、その男が現れるんじゃないですか？」

南郷は頷いた。「よし、図書館に行こう。地元の保護司会が出してる出版物があるはずだ」

「現在の保護司を調べるんですね？」

「そうだ」

二人は申し合わせたように、アイスコーヒーのグラスを持ち上げて、ストローで残りをすすった。そして立ち上がった。その時、南郷の携帯電話が鳴った。

「もしもし？」電話機を耳に当てた南郷の顔が、緊迫したように見えた。「明日か？　いや、大丈夫だ。十一時までに行けばいいんだな。分かった、ありがとう」

南郷は電話を切ると、純一に言った。「もう一つの線も動き出したぜ」

「もう一つの線？」

「東京拘置所の後輩からだ。『31号事件』の犯人と面会できることになった」

『死刑執行起案書』は、残り二人の決裁を待つばかりとなっていた。

刑事局、矯正局、保護局の各部署で、それぞれ三名の幹部のチェックを受けた起案書は、刑事局に一度戻され、局長自らの手で法務大臣官房に回されてきた。

法務官僚の頂点に立つ事務次官は、机の上に置かれたその書類をじっと見つめていた。官房内では秘書課長と官房長の決裁が終了し、あとは事務次官の審査を残すのみである。彼が判を捺しさえすれば、起案書はいよいよ法務大臣室へと運ばれ、そこで十三人目にして最後の決裁者となる大臣の判断を仰ぐことになる。

事務次官はすでに起案書に目を通していた。ざっと読む限りでは、内容に問題はなかった。彼は執務机の上にある官印を取り上げると、朱肉に押しつけてから起案書に捺印した。

残る問題は、これをいつ大臣室に運ぶかであった。

彼が仕える法務大臣は、未だ改められぬ国政上の悪弊、与党派閥の順送り人事によって大臣の椅子に座った男だった。法務行政全般に関して、知識もなければ見識もない。しかも事務次官にとって頭が痛いのは、立派な体格のこの大臣が、実は小心者であることだった。

話題が死刑問題に及んだだけで声を荒らげる。その態度はまるで、注射を受ける子供がいやいやをするような、極めて幼稚なものと映った。しかし嗤《わら》ってはいられなかった。事務次官は今、法務行政の歴史に残る汚点、『死刑執行命令書』への署名拒否が繰り返されるのではないかという危惧を抱いていたのだった。

歴代法務大臣の中で、自ら信仰する宗教を盾に、死刑執行の命令を拒否した大臣がいたのだ。また、理由を明言しないまでも、命令書に署名しなかった大臣は何人もいる。そうした行動は、死刑制度反対論者には歓迎されたようだったが、明らかな職務放棄だった。執行命令が大臣の職務と法律で定められている以上、それが嫌なら、大臣就任を断わるのが筋というものだ。法を無視してまで嫌なことはやらず、権力の座だけ欲しいというのでは、法務当局の役人たちは納得しない。

あの馬鹿を、どう説得したものか。事務次官は頭を悩ませていた。彼は役職の上では官僚のトップだが、実力的には五番目に過ぎない。出自が検察庁の検察官であるため、頭の上には検事総長や東京高検の検事長など、四名の実力者が重しとして乗っかっているのである。大臣の説得に失敗すれば、どんな災いが降りかかるか分かったものではなかった。

やはり切り札は、間近に迫った内閣改造だろうと事務次官は考えた。退任間際に命令書にサインが行なわれるのは、半ば慣例のようになっている。それに死刑囚の四度目の再審請求も、その頃には棄却されているだろうとの報告も受けていた。

改造人事の二週間前だ、と事務次官は当たりをつけた。そのタイミングで大臣の内諾を得る。そこで相手が渋るようなら、まさに退任の日、有無を言わさずに死刑執行命令書を突きつけ、署名を迫る。刑事局長と自分が二人がかりでやれば、あの大臣もノーとは言えないだろう。

事務次官は不機嫌な顔のまま、死刑執行起案書を引き出しの中にしまい込んだ。茶番劇の脇役にでもされたような気分だった。一人の人間の命を奪う決断をしようとしているのに、愚かな政治家が一人加わっただけで、すべては安っぽい喜劇に堕してしまう。あんな奴が選ばれるから悪いのだ、と事務次官の怒りは国民に向かった。

だが、もう少しの辛抱だった。内閣の改造人事が行なわれれば、あの大臣は命令書を残して大臣室を出て行く。そうなれば、この憂鬱な仕事も終わりを告げる。

そこでふと、事務次官は、起案書をしまい込んだ引き出しに目を向けた。今の時点では、自分だけが樹原亮という人間の寿命を知っているということに気づいたのだった。

まるで死神だ。

事務次官は不快な思いにとらわれたが、これも職務と諦めた。

あと三週間で、樹原亮は絞首刑となる。

それはもはや、誰にも止められないはずだった。

第五章　証拠

1

時間がないのは分かっていたが、今の純一には、潮風に吹かれながらコンクリートの上に座っているしか、やることはなかった。

前日の調査で、宇津木耕平が殺されてから、中湊郡からは保護司がいなくなっていることが判明した。後任者が見つからなかったのである。保護司はその制度史上、ずっと定員割れの状態が続いているのだ。中湊郡の場合は、隣の勝浦市の保護司が管轄を広げることで急場をしのいでいた。

宇津木耕平の後を引き継いだのは、小林澄江という七十才の老婦人だった。住まいは勝浦漁港のすぐそば、今、純一が座っている防波堤から、小川をはさんだ向こう側である。

ペットボトルから水分を補給しながら、純一は〝おっちゃん〟が現れるのを、ひたすら待ち続けていた。保護司会の管轄が動いていたというのは、純一たちにとってはいいニュースだった。〝おっちゃん〟が中湊郡のビデオ店に現れなくなった話と符合するからである。小林澄江という後任の保護司は、観察者を近隣に住まわせるよう、環境調整を行なって、この勝浦市に〝おっちゃん〟を呼び寄せたのではないだろうか。

それらしき人間が現れれば、前日購入したデジタルカメラで撮影し、レンタルビデオ店の店長に確認をとる手筈になっていた。

それにしても暑い。純一は汗を拭き、日焼け止めを重ね塗りしてから、漁協の壁にある時計に目をやった。

午前十一時。

東京に向かった南郷が、『31号事件』の犯人と面会する時刻が近づいていた。


その時刻、南郷は、東京拘置所の面会待合所にいた。並んだ長椅子の一番後ろに腰かけ、一般の面会希望者に混ざって、自分の申し込み番号がアナウンスされるのを待っていた。

「普通の申し込み手続きを行なって下さい」前夜の岡崎との電話で、そう言われていた。「弁護士事務所の人間だということは、申し込み用紙に記入しておいたほうがいいでしょう。あとはこちらに任せて下さい」

待合所の中には、十名ほどの面会希望者がいた。南郷の目の前には、赤ん坊を抱いた水商売風の女が座っている。その子の父親にでも会いに来たのだろうかと考えて、南郷の気分は沈んだ。

「四十五番の方、面会所へ」

場内アナウンスを聞いて、女が子供を抱いたまま立ち上がった。南郷は、視線を売店に移した。小原歳三に何か差し入れをしてやるべきかと考えて、面会の内容次第だと思い直した。重要な手掛かりでも得られれば、菓子でも何でも買ってやろう。

やがて自分の番号を呼ばれた南郷は、面会受付所の前を通り、所持品検査と簡単なボディチェックを受けた。持参したバッグはロッカーに預けていたので問題はなかったが、おざなりなチェックの仕方に、南郷は刑務官の先輩として言ってやりたくなった。もっと念入りにやれよと。

面会所に入ると、一直線に延びた細い廊下の右側に、ドアがずらりと並んでいた。南郷が入ったのは奥から四つ目の部屋だった。六畳間ほどのスペースの真ん中に、透明アクリル板がはめ込まれている。三つ並んだパイプ椅子の中央に腰かけると、アクリル板の向こう側にあるドアが開き、制服姿の刑務官と、ジャージ姿の中年の男が入って来た。

南郷は、『31号事件』の犯人、小原歳三を見つめた。短く刈り込んだ髪に白髪が混ざっている。ごつごつした岩のような印象は、十年前の新聞の顔写真と変わっていなかった。金欲しさに三人の命を奪った男は、南郷が刑務官として接してきた多くの殺人者たちと同じく、どこにでもいそうなタイプの男だった。

小原は、背中を丸め、上目遣いに南郷を一瞥すると、アクリル板をはさんで向かい合う位置に座った。

その横の筆記台に着いた立ち会いの刑務官が、制帽を脱ぎ、こちらに声をかけた。「松山の南郷さんですね」

「そうです」

南郷が答えると、先方は頷いただけで、もう何も言わなかった。岡崎が、万事よろしく手配してくれたらしい。南郷は満足し、小原に顔を向けた。

「初めてお目にかかるね」南郷は言った。「杉浦弁護士事務所の南郷という者です」

「弁護士かい？」小原が訊いた。その声は意外と太かった。

「私には弁護士資格はないが、まあ手伝いといったところでね」

「で、どんな支援をしてくれるんだ？」小原は、それが当然だというように訊いてきた。おそらく彼が一審で死刑判決を受けたあたりから、あらゆる援助の手が差し延べられてきたのだろう。犯罪者にも人権を。野蛮な刑罰、死刑を許すな。

「その前に、事実の確認をしておきたいんだ」南郷は言いながら、立ち会いの刑務官を窺った。ペンを握って筆記台に向かってはいるが、その手は動いていなかった。南郷は安心して続けた。「小原さんが起訴されたのは、三件の事件についてだね？　福島、茨城、埼玉」

「いや、もう一件ある」

南郷は目を上げた。

「静岡の住居侵入と、未遂だよ」

「ああ、そうか」軽い失望を感じながら、南郷は頷いた。「ところで小原さんは、千葉に行ったことがあるかい？」

「千葉？」と小原は顔を上げた。

「そう、千葉県の南、房総半島の外側だ」

「どうしてそんなことを訊く？」

　小原の表情には警戒心が浮かんでいた。単に不審に思っているだけなのか、それともこちらが、秘匿したい過去に触れたからなのか。

　南郷は、外堀から埋めることにした。「いや、いいんだ。先に起訴事実から話そう。三件の事件では、手斧を使っているね？」

「ああ」

「それには理由があるのかな？」

「普通の斧だと嵩張って人目につくからな、小さめのにしたんだ」

「いちいち現場の近くに埋めたのは？」

「験《げん》かつぎだよ」

「験かつぎ？」

「正直言って、最初の事件についちゃ、あんまり覚えてないんだ。無我夢中だったんだな。で、金を盗んで家の外に出てから、血のついた凶器を持ってちゃまずいと気がついたんだ。それでスコップを持ち出して、家の近くに埋めたのさ」

「それが一回目の犯行だね」

「ああ。その後、しばらくはびくびくしてたんだが、こっちには一向に捕まる気配がない。それで安心して、二回目から同じようにやろうと思ったんだ」

「同じ凶器を使って、同じように埋める？」

「そうだよ。二度目も三度目も、それでうまくいったんだ」

小原の顔に、得意げな笑みが浮かんだ。こいつは改悛していないと南郷は直感した。考えてみれば、それは当たり前のことだった。人を殺して改悛するような性格であれば、二人目、三人目は殺されなかっただろう。

「千葉県でも同じ事件が起こっていてね」目の前の男への憎悪を抑えながら南郷は切り込んだ。「斧と推定される刃物が凶器に使われて、現場の近くに埋められた」

小原は笑いを引っ込めてこちらを見た。

「こちらが確認したい事実はそれなんだ。小原さんは、千葉県に行ったことはないのかな？」

「待ってくれよ。あの事件は犯人が捕まってるだろう？」

小原が罠にかかった。「どうして知ってる？」

間髪をおかずに小原が答えた。「新聞で読んだ」

それは、ずっと前から準備していた言い訳なのか。「十年前の、それも他人が起こした事件にしては、ずいぶん良く覚えてるじゃないか」

「つまり――」小原は視線を泳がせ、言葉を探した。「あの頃、俺は、毎日ちゃんと新聞を読んでた」

「自分の事件の捜査状況を知るために、だな？」

「ああ。そうしたら、俺の手口を真似た奴が出てきたから驚いたんだ」

「手口を真似た？」南郷は思わず相手の顔を見た。小原の表情からは真偽の判定はつかなかった。目の前の男にすべての罪を着せようとしていることに気づいて、南郷はなるべく理性的になろうとした。何者かが手口を真似たというのは、無視できない可能性だった。当時、『31号事件』の詳細については連日報道されていたのだ。

「あれは俺がやったんじゃない。樹原とかいう若造が、俺の真似をしたんだ」

「名前まで覚えてるのか？」

「ああ。俺のやった事件も、樹原がひっかぶってくれりゃ良かったんだ」

「今でもそう思ってるのか？」

「それが人情ってもんだろう」

南郷の顔に笑いが浮かんだ。それは心の底からの冷たい笑いだった。

「なあ、信じてくれよ。千葉になんか、行ったことはないんだ」

小原が哀願するように言ったが、それは無理な注文だった。『31号事件』の被告人は今、死刑判決をめぐって最高裁で争っている。これ以上、罪状を増やせば、文字通りの自殺行為となるのだ。中湊郡で犯行に及んでいたとしても、絶対に自分からは白状しない。

南郷は、その障壁を突破するために、相手の心を踏みにじる言動に出た。「小原さんの死刑判決は動かない」

刑事被告人は、ぎょっとした顔で南郷を見た。

「もう望みはない。三件の強盗殺人を犯せば、間違いなく死刑だ」南郷は身を乗り出し、一語一語、言い聞かせるように言葉を続けた。「その前に、すべての罪を償ったらどうだ？　自分の犯した罪を残らず告白して、まっさらになって生まれ変わるんだ」

「俺はやってない！」小原が叫んだ。

「嘘をつくな」

「嘘じゃない！」

「五人の被害者に申し訳ないとは思わないのか？」

「俺が殺したのは三人だ！」小原は、もう罠にはかからなかった。「それで死刑が間違いないだと？　どうしてそんなことが言えるんだ！」

「過去の判例では、そうなってる」

「そんなもの、糞食らえだ！」小原の口から飛んだ唾液が、アクリル板にひっかかった。「俺には情状があるんだ。袋貼りの給料だって、ちゃんと被害者側に払ってる。それにな、俺は不幸な生い立ちなんだ」

「そんなこと、自分から言うもんじゃないぜ」

「いや、言わせてもらう。俺にはお袋がいなかった。親父は朝から酒を飲んで競馬三昧だ。そんな奴に、毎日殴られて育ったんだぜ！」

「甘ったれるな！」南郷は一喝した。それは管理行刑によって犯罪者たちを震え上がらせてきた刑務官の声だった。「同じような境遇で、真面目にやってる奴らは五万といるんだ。お前はそうした人たちの面汚しだ！」

「何だと！」

そこへ立ち会いの刑務官の叱責が飛んだ。「小原、落ち着け！　椅子にちゃんと座れ！」

小原は浮かせた腰を椅子に押しつけたが、それでも燃えたぎるような視線を南郷に向け、言い放った。「俺は死刑なんかにはならない。生き延びてやる。再審だろうが恩赦だろうが、何でもやってやる。悪いのは俺じゃない。弱い者いじめをする社会なんだ！」

「だから他人の命を奪ってもいいと言うのか！」南郷は、相手への憎しみが顔に出るのを抑えられなくなった。こんな馬鹿者がいるから、死刑執行が止まらないのだ。そして、この人間の屑《くず》を処刑することになる刑務官は、生涯癒されぬ深傷を心に負うことだろう。

「自分が死ぬ時のことを良く考えるんだな」南郷は抑揚を失った声で続けた。「お前はいずれ、首に縄をかけられて刑場に立たされる。天国に行くか、地獄に堕ちるかは今のお前次第だ。改悛しないで死んでいくなら、間違いなく地獄に堕ちるだろうよ」

「この野郎！」立ち上がった小原が、南郷に飛びかかるようにアクリル板を叩き始めた。

刑務官がすぐに彼を羽交い締めにして、板の前から引き離した。

それでも小原は、相手を振りほどこうと怒鳴り続けていた。「放せ、放せよ！」

「南郷さん……南郷さん！」

自分を呼ぶ声を、南郷は遠くから聞いていた。やがてその呼びかけが、はっきり耳に入るようになると、南郷ははっと我に返った。

「南郷さん？」透明な板の向こうで、刑務官が小原を押えながら、困ったような視線をこちらに向けていた。

「あ、失礼」南郷は慌てて言った。それ以外に言葉が出てこなかったので、申し訳なさそうに頷いて見せた。

面会終了の合図だった。

刑務官は頷き返し、死刑判決を受けている刑事被告人を部屋の外へと連れ出して行った。

面会所を出た南郷は、拘置所の外、差し入れ業者の店が並ぶ一角を歩いて、煙草屋を見つけた。しばらく禁煙していたのだが、それを破る時が来たようだった。煙草一箱とマッチを買った南郷は、その場で封を切り、煙を肺いっぱいに吸い込んだ。

小原への憎悪はどこから来たのか。

面会の状況を苦い思いとともに振り返りながら、南郷はその答を探ろうと思った。

小原が中湊郡の事件の犯人ではないと感じたからか。それによって、樹原亮が冤罪で処刑される可能性が高まったからか。それとももっと単純に、改悛の情を見せぬ凶悪犯を目の当たりにしたからか。

考えながら歩いて行くうち、南郷は飲食店街で足を止めた。そこは二十二年前、四七〇番を処刑した夜に、南郷が這いつくばって反吐を吐き散らした舗道だった。

義憤ではないと南郷は考えた。自分が抱いたのは私憤だ。

全身から汗が噴き出した。南郷は足早にその場を通り過ぎ、シビックを止めておいた駐車場に行った。車に乗り込み、窓を開けて熱気を追い出す。それから携帯電話を出して、すぐそこの拘置所にいる岡崎に電話をかけた。

「あ、南郷さんですか」後輩の首席矯正処遇官は、直通ダイヤルですぐに出た。

南郷が、面会の手筈を整えてくれたことに礼を言うと、岡崎は笑いながら言った。「小原の奴、暴れたらしいですね」

「ああ」

「懲罰でも食らわせておきますよ」

南郷は少し迷ったが、小原をかばうことはしなかった。「で、昨夜、頼んでおいた件だが、奴の血液型は調べてくれたか?」

「はい、調べました。小原歳三の血液型はA型です」

「そうか」半ば予期していた結果だった。小原に叩きつけた自分の言葉が、より一層の罪をはらんだようだった。

電話の向こうで、岡崎が声をひそめて続けた。「それから、まだ執行の動きはありません」

「いろいろとすまんな」言ってから南郷は、ふと不安を覚えた。「夏休みは、いつ取る?」

「夏休み、ですか?」

「八月に執行の動きがあったら、分かるか?」

「ああ、そうか」岡崎は、少し間をおいて言った。「大丈夫でしょう。執行ともなれば、呼び戻されるはずですから」

「そうだな」と南郷は頷いた。

電話を切ると南郷は車を出し、勝浦に向かった。この炎天下、純一は一人で張り込みを続けているのだ。

長いドライブの間、南郷は、小原との面会で得た手掛かり、何者かが『31号事件』の犯行を真似たという可能性について考えようとした。しかし頭は働かなかった。自分の怒りを抑えきれなかったことに、彼はまだ動揺していた。

シビックが房総半島に入る頃になると、南郷は殺人者の心理について考えをめぐらせていた。他人を殺《あや》める動機は犯罪者によって様々だが、何かの拍子にカッとなり、逆上のあまり凶行に及ぶというケースは少なくない。今の南郷には、そうした衝動殺人の起こるメカニズムが、手に取るように分かった。人の心には、本人にも気づかぬ所に攻撃衝動のスイッチがあって、偶然にそこを刺激された時に逆上型の殺人を犯すのではないだろうか。それは被害者のみならず、加害者本人にとっても予測できない反応なのだ。

自分にも殺人者になり得る因子があると考えて、南郷は相棒のことを思い出した。純一も、そうした引き金を引かれて佐村恭介を殺してしまったのだろうか。さらにその前、彼女と家出していた時に腕に負った傷の原因は何だったのだろう。

勝浦を目指す車が中湊郡を通過しようという時、南郷は国道から外れて、磯辺町に入った。街には、観光シーズンの人口の増加に対応するため、臨時の派出所が設けられていた。そこにいる警官の顔を確かめてから、南郷は海側にある駐在所に向かった。

一戸建ての住居の前面に設けられた交番に、以前、純一に話しかけていた制服警官の姿があった。

南郷は車を降り、駐在所のガラス戸を軽く叩いてから、相手に話しかけた。「南郷といいますが、先日は失礼致しました」

「そうです。三上純一の親代わりです」

「南郷さん？」駐在は言ってから、すぐに思い出したようだった。「ああ、勝浦署の駐車場で」

駐在は人の良さそうな笑顔で、軽く敬礼して見せた。

「ちょっとお訊ねしたいんですがね、十年前の三上の補導については覚えておられますか？」

「ええ、良く覚えてますよ」

「あの時、奴は傷を負っていたそうですが、喧嘩でもしてたんですかね？」

駐在の顔が少し曇った。「喧嘩ならいいんですが」

それ以上に悪い可能性があるのかと南郷は訝った。「他にも何か？」

「いえね、あの時、三上君は、十万円の現金を所持しておったんです」

「十万円？」

「ええ。その時はまあ、近頃の高校生は金を持ってるなあと思っただけだったんです。ところが彼が東京に戻ってから、ご両親からお礼の電話をいただきましてね、その時に聞いたんですけど、三泊四日の予定で旅行に出したので、五万円の金しか持たせてなかったと、こういう訳なんですわ」

南郷は眉をひそめた。「三上が勝浦に来てから、ここで補導されるまで、十日以上ありましたよね」

「そうです。五万円では、おそらく足りなかったでしょう。少なくとも、お金が倍に増えるということはありませんわな」

「じゃあ、考えられるのは——」

駐在が言葉を引き継いだ。「恐喝《かつあげ》でもしとったんじゃないですかね」

しかしそれも妙な話だと、南郷はすぐに気づいた。外科医の手当てが必要なほどの傷を負っていたのは純一なのだ。被害者側にそこまでの反撃能力があるのなら、相手を殺しでもしない限り金は奪えなかったはずだ。

「待って下さいよ。あの時、彼女も一緒に補導されたんですよね？」

「ええ。名前は確か、木下友里ちゃんといったかな」

「その子が大金を持っていたということはないですか？」

「つまり、彼女のお金を三上君が預かっていた？」

「そういうことです」

「それは考えませんでしたけど」駐在は言って、視線を宙に泳がせた。「あの女の子は、話を聞ける状態じゃなかったですから」

「どういうことです？」

「何だか、心ここにあらずって感じで……事情聴取に答えたのは三上君のほうでね、木下友里ちゃんは、ただ、ぼうっとしてるだけでした」

「何があったんでしょう？」

「よほどのショックを味わったんじゃないですか。補導されたことで」そして駐在は、少しだけ表情を緩めた。「見た感じは、お育ちのいいお嬢さんのようでしたから」

何かがおかしいと南郷は感じた。しかしその胸騒ぎは、彼自身の心に潜む攻撃衝動と同じで、漠とした不安をもたらすだけで正体は摑めなかった。

十年前、この中湊郡で何があったのか。純一本人に確かめようにも、おそらく何も聞き出せないだろう。以前訊いた時には、記憶がはっきりしないとか言って口を濁していたのだ。

奴は、意図的に何かを隠しているのだろうか。

その疑念を、南郷は必死に打ち消そうとした。純一を相棒に選んだのが間違いだったとは思いたくはなかった。

2

南郷が戻って来てくれたことで、張り込みの苦労は半減した。勝浦漁港の防波堤の端に止めたシビックの中で、純一と南郷は連日、小川の向こうにある保護司宅を見張り続けた。

『31号事件』の犯人の血液型がA型だと分かってから、純一はますますやる気を出していた。自分が考えた保護観察者による犯行説が、信憑性を増してきたからである。彼が感じている唯一の心配は、運転席で一緒に張り込んでいる南郷の口数が少なくなり、一時やめていた煙草を、以前にも増して吸うようになっていたことだった。

「南郷さん」張り込み五日目に、純一は訊いてみた。「最近、元気ないですね」

「いや、そんなことはない」南郷は笑って見せたが、いつもの愛嬌が不足している感じだった。

「ただ、ちょっと心配でな」

「何がです?」

「『31号事件』が無関係だったとすると、残る可能性は保護観察者の犯行説だけだ。もし、それがうまくいかなかったら、手掛かりはゼロになる」

「確かにそうですね」純一は頷いてから、訊いてみた。「例の繊維片ですけど、あれは間違いなく犯人のものだったんでしょうか。つまり、犯人がB型だと断定していいんでしょうか」

「そうするしかないんだよな」南郷は、やや無念そうに言った。「あれ以外に、真犯人を特定する材料はないんだから」

「そうですね」

「それにタイムリミットも迫ってるしな」

時間への焦りは、純一も感じていた。過去五日間、保護司宅への出入りが確認されたのは、その家族だけだった。張り込みが空振りに終わるたびに、こんなことをしていていいのかという疑問を感じていたのだった。

南郷が煙草に火をつけてから訊いた。「もし犯人が、『31号事件』を真似たんだとしたら、どんなことが考えられるだろうな？」

「犯人は顔見知りじゃないですか？　被害者との関係を、何としても隠したかった。それで流しの強盗犯の手口を真似た」

「すると、第三の可能性は消えるな」

「犯人が最初から、樹原に罪を着せようとしてた可能性ですか？」

「ああ。最初からそのつもりなら、わざわざ『31号事件』を真似たりはしないだろうからな」

純一は納得して頷いた。「やはり樹原は、偶然、現場に出くわして巻き込まれたんですね」

純一は、そのあたりの事実関係を確認しようと考えた。レンタルビデオ店の店長に訊けば、事件当日の樹原亮の行動が分かるかも知れない。

「おい」

南郷が不意に言ったので、純一はフロントグラスの前方に視線を戻した。保護司の小林澄江宅に、髪を茶色に染めた高校生が入って行くのが見えた。

「非行少年のお出ましだ」南郷が笑った。「今日は、保護観察者と会う日なのかも知れないぜ」

純一は慌てて、ダッシュボードの上に載せておいたデジタルカメラを手に取った。電源を入れ、レンズのズーム倍率を上げる。

「今日中に決着がつくかも知れないですね」

「ああ」

それから二人は、窓を開け放したシビックの中で待ち続けた。茶髪の高校生が出て行った後、二時間ほどしてから、若い女が保護司宅を訪れた。その女もまた、三十分ほどで出て行ったところを見ると、保護観察者だったらしい。

時刻が午後二時を回り、純一と南郷が昼飯の買い出しをどうしようかと話し始めた時、四十過ぎの男が路地を曲がって現れた。

「あいつだ」純一は思わず言って、デジタルカメラのレンズを向けた。

「本当か？」髪を撫でつけ、こざっぱりした印象の男を見て南郷が言った。「労務者風には見えないぜ。ビデオ屋の店長の話と、少し違うんじゃないか？」

純一は、〝おっちゃん〟と思しき男をカメラに収めてから言った。

「奴は間違いなく刑務所にいました。それも長い期間」

「どうして分かる？」

「奴の左手首です」

「手首？」と南郷が、男の手首に目を凝らした。

「腕時計をしてないでしょう。それに日に焼けてる」

「だから？」

純一は、時計をはめていない自分の手首を見せた。そこには、幾筋かの擦過傷の痕が残っていた。「一度刑務所に入ると、腕時計ができなくなるんです。手錠を思い出させるんで」

その時、男が、純一の言葉を裏づけるかのように保護司の家に入って行った。

南郷は呆気にとられたような顔で純一を見つめ、それから笑い出した。「長い間刑務官をしてたが、そいつは知らなかった」

「経験してみないと分からないことですよ」純一は、革手錠をかけられたまま保護房に拘禁された、悪夢のような一週間を振り返って言った。

それから二十分の間に、純一と南郷は、男を尾行する算段をつけた。純一が相手の二十メートル後方を歩き、さらにその後ろを南郷が追いかける。もし純一が尾行に気づかれた場合はすぐにその場を離れ、南郷にバトンタッチする。

打ち合わせが終わると、南郷が車を出し、保護司の家が面している道まで行った。停車位置は男が現れた路地とは反対側だ。そこなら気づかれる心配はない。

さらに待つこと十五分、やがて男が保護司宅から出て来た。

こちらに顔を向けなかったのを見届けると、純一はそっとシビックを降りた。一瞬、ドアを閉じたものかと迷ったが、車中の南郷が、身振りで行けと合図した。純一は頷き、男の尾行にかかった。

しばらく歩くと、背後からシビックのドアが閉まる音が聞こえた。南郷が車を降りたのだ。しかし二十メートル前方の男には、気づいた様子はなかった。

純一は、相手が歩くままに朝市通りを通り抜け、勝浦駅へと向かい始めた。道の両側には商店が軒を連ねている。男は小さな本屋の前で足を止めたが、店頭の雑誌を一瞥しただけでふたたび歩き出した。

ここへ来て純一は、かすかな不安を覚えた。このまま男が、電車やバスなどの交通機関を使ったら、どう対処したらいいのだろう。後方を振り返ると、一ブロック離れて歩いている南郷が、顔をしかめて首を横に振った。男から目を離すなというサインらしい。

純一は頷き、顔を前に戻した。その時だった。男が足を止め、こちらを振り返った。純一は慌てて視線を逸らした。顔を見られたかどうかは分からなかった。ただまずいことに、男が足を止めているため、純一はどんどん相手に近づいて行っていた。

こうなったら一度追い越して、南郷に後を託すしかない。純一はあたふたと周囲に視線を向けながら、視界の隅にいる男の横を通り抜けようとした。

ところが同時に、男が歩き始めた。純一は動転した。尾行するどころか、男と肩を並べて歩く羽目になってしまったのだ。純一は、なるべくさりげない足取りで男の横を離れ、右側の店舗の前で立ち止まった。そして、ショーウインドーのガラスに映る男の背中を見つめた。

男には、こちらに関心を払っている様子はなかった。安堵した純一は、そのまま南郷が来るのを待った。

早足で近づいて来た南郷は、追い越し際に小声で言った。「オカマか?」

「え?」驚いた純一は、その言葉の意味を必死に考え、尾行している男が同性愛者なのかと推測した。しかし白のポロシャツとグレーのズボン姿の男には、そんな気配は微塵もなかった。

やがて純一は気づいた。自分が足を止めたのは、女性用下着店の真ん前だった。

純一は顔を赤らめながらネグリジェ姿のマネキンの前を離れ、南郷の後方二十メートルの位置に着いた。

それから十分ほどで、追跡劇は終わった。幸いなことに男は電車にもバスにも乗らず、こちらに気づく素振りも見せないで、隣町のアパートに入って行った。

『大漁荘』と書かれた古びた看板の前で、南郷が純一を待っていた。その二階建ての木造アパートは、漁業関係者を当て込んで作られた物件らしい。

「二階の一番奥に入った」小声で言った南郷は、笑いを噛み殺している様子だった。

純一は懸命に真面目くさった顔を作り、外付け階段のたもとにある郵便受けを見た。男が入った201号室のボックスには、『室戸』と表示が出ていた。

電柱の住所表示をメモに書き取った南郷が、純一の顔を見た。純一は、南郷の言いたいことが分かっていたが、それだけは言わないでくれと心の中で念じていた。しかし、南郷は言った。

「オカマか？」

それから二人は足音を忍ばせ、全速力で走り出すと、大漁荘から百メートル離れた地点で腹を抱えて笑った。


純一の予想通りだった。レンタルビデオ店の店長は、デジタルカメラのモニターを見ると、大仰とも言える驚きの声を発した。

「間違いない、この人です！」

「この人がおっちゃんなんですね？」

「そうです！　樹原が、人殺しだって言ってた人」

その声に、店内にいる若いカップルが振り返った。湊大介は、今度はうろたえたような顔で客たちを窺うと、純一を店の奥に連れて行った。

「あれだけの話で、どうやって見つけたんです？」黒縁眼鏡の向こうの目は、驚きのあまり見開かれていた。

「いろいろ、手がありましてね」純一は得意げに答えた。〝おっちゃん〟の正体が分かったことは、彼にとっては会心の結果だった。

「ところで、もう一つ訊きたいことがあるんですけど」

「何ですか？」

「事件のあった日のこと、覚えてます？」

「良く覚えてます。警察に何度も訊かれたから」

「あの日も樹原さんは、ビデオ店に勤務してたんですか？」

「そうです。午前中に店に入って、夜十時までのシフトでした」

純一は、驚いて訊いた。「十二時間も働いてたんですか？」

「ええ。あの頃は、僕も奴も、店を軌道に乗せようと必死だったんです」

「でも、おかしくないですか。例の事件があったのは、午後七時から八時半の間でしょう」

「それがですね」湊は、重大な秘密を打ち明けるかのように声を落とした。「夜の六時くらいになって、樹原が急に用事を思い出したって言ったんです。約束事を忘れたって。それで、八時までには戻るからと言って、店を出て行きました」

純一たちの予想は裏づけられたようだった。樹原はあの日、保護司との面会を忘れていて、予定外の時間にあの家に向かったのだ。そしてそこでは、何者かが『31号事件』を真似て宇津木夫妻を殺害していた。

「ありがとうございます。助かりました」

「いえ」と答えた湊は、笑顔を引っ込めて寂しそうな顔になった。

その表情の変化に、純一は訊ねた。「どうしました？」

「樹原の奴、保護司の所に通ってるのを、僕にも黙ってたんです。たった一人の友達にも、前科を知られたくなかったんでしょうね」

純一も、急にしんみりして俯いた。それはおそらく、これからの自分の人生にも起こり得ることだった。そして純一は、もしかしたらこれが一番重要な質問かも知れないと考えながら湊に問いかけた。「もし、樹原さんの無実が証明されたら――」

湊が顔を上げた。

「それで、もしもこの街に帰って来たら――」

「その時はまた、奴と一緒に頑張りますよ」死刑囚のたった一人の友人は、気負いも見せず、穏やかに笑って答えた。「前と同じようにね」

「どうもありがとう」と純一は言った。

翌日の朝、純一と南郷は、大漁荘に向かった。宇津木夫妻が殺害された当時、この部屋の住人が保護観察者として現場に出入りしていたのは間違いないと思われた。純一と南郷の使命は、この男が仮釈放の取り消しを阻止するために保護司を殺したという事実を立証することである。『室戸』名義で部屋の住所が電話帳に記載されていたため、二人は部屋の住人のフルネームが、『室戸英彦』であることを摑んでいた。

錆びついた鉄の階段を上がり、廊下の一番奥まで行くと、ドアの向こうで洗いものをしている音が聞こえた。

純一は、ズボンのポケットから腕時計を出して見た。時刻は八時ちょうど。相手が仕事に出る前に捕まえようという作戦は、見事に当たったようだった。

南郷が扉を叩いた。台所の水の音が止まり、「はい?」と応答があった。

南郷がドア越しに訊いた。「室戸さんでしょうか」

「そうですが」

「東京から参りました、南郷とそれから三上と申しますが」

「東京から?」と声がして、扉が開いた。

室戸英彦は、前日と同じく髪を後ろに撫でつけ、糊の利いたシャツとズボンを穿いていた。飲食店の雇われマスターといった風情だ。年齢はおそらく五十を超えているのだろうが、十才は若く見えた。

「朝早くに申し訳ありません。お仕事の前にと思いまして。お時間は大丈夫ですか」

室戸は、不審そうに訊き返した。「何のご用でしょう？」

南郷だけが名刺を渡した。「人権擁護の観点から活動をさせていただいておりまして」

「弁護士事務所？」

「ええ。お話を聞かせていただく訳には」

「どんなことですか？」

「室戸さんの前歴が、社会生活で不都合などをもたらしていませんでしょうか」

室戸は、驚いたように南郷を見た。

南郷は、すかさず純一をだしに使った。「実は、うちで使っているこの青年も、社会復帰の最中なんです。ところが世間の目は冷たいですからね、更生するにも、悪循環に陥ってしまう」

室戸は頷いた。警戒心を解いたのか、目のあたりを和ませて純一に訊いた。「君は、何をやったんだい？」

「傷害致死です」純一は答えた。「二年ほど食らい込みました」

「たった二年か」室戸は、羨むような笑みを浮かべた。

南郷が探りを入れた。「室戸さんは確か、無期でしたよね」

「そうです」室戸は言って、隣室に素早く視線を走らせた。「まあ、中へどうぞ」

純一は南郷とともに201号室に入った。三畳の台所と六畳の居室。風呂とトイレは別についていた。

二人が通された六畳間には、座卓と小さな本棚、それにきちんと畳まれた布団があった。きれいに整頓されているその部屋を見て、純一は室戸の服役生活の長さをあらためて知った。刑務所の中では、房内所持が許された『舎下げ』と呼ばれる私物を整理しておかないと懲罰の対象になるのである。その生活習慣が、骨身に染みついているのだろう。

畳の上に座り込んだところへ、室戸がインスタントコーヒーを淹れて持って来た。純一は礼を言いながら、少し不安になった。室戸は真面目に更生しているのではないかと考えたのだった。

「先程の話ですが」南郷が、腰を下ろした室戸に言った。「室戸さんの罪状は、殺人でしたよね」

「お恥ずかしい話です」保護観察処分を受けている元無期囚は、頭を下げて言った。「若気の至りって奴でして。女の浮気が許せませんでね」

「被害者は女性だったんですか？」

「いや、殺《や》っちまったのは男のほうです。ただ、彼女のほうも痛めつけてしまいましたから、傷害罪も」

「いつ頃の話です？」

「もう二十五年前になりますね」

「保護観察は、まだ解かれてないんですか」

「ええ。被害者のご両親が、赦して下さらないもんで」そして室戸は、自分に言い聞かせるように呟いた。「でも、それは当たり前の話ですよね」

「過去は過去としても、立派に更生されているようですね」南郷の顔には、純一と同様に戸惑いの色が浮かんでいた。室戸は、手斧で老夫婦を惨殺するような人間には見えないのだ。

「室戸さんの血液型は何ですか？」純一は、出し抜けに訊いた。自分としては不意を打ったつもりだった。

「血液型？」室戸が怪訝そうな顔でこちらを見た。

「A型の人って、責任感が強いって言いますよね」

室戸は笑った。「A型と言われたの初めてだな。人からは良く、B型だって言われますけど」

「実際のところは？」純一は焦って訊いた。

「それが知らないんですよ。大病もせずにここまで来たんで」

南郷が笑い出した。純一も、そして事情を知らぬ室戸もつられて笑った。

「じゃあ保護観察について、お伺いします」南郷が話題を戻した。「社会復帰は順調でしたか。仮釈放を取り消されそうになったことはありませんでしたか」

すると室戸は笑いを引っ込め、「十年前に一度」と言った。

純一は、自分の表情を変えまいとしながら次の言葉を待った。

「保護司の先生が、遵守事項に違反したんじゃないかと言い出しまして」

南郷が眉を上げた。「ほう？」

「当時、スナックに勤めていたんですが、それが正業に従事していないんじゃないかと、そんなようなことで」

「それで、どうなりました？」

「うやむやになりました」

「保護司が、言い分を引っ込めたんですか？」

「いえ」室戸は少しの間、言い淀んだ。「その保護司の先生が、殺されてしまったんです」

「ああ」と南郷が、思い当たったように言った。「宇津木耕平さんの事件ですか」

「そうです。それで担当保護司が替わりまして、自分はこっちの勝浦に移ったんです。その後は問題はありませんでした」

「宇津木さんの事件ですがね、警察の調べはどうでした？」

「と言いますと？」

「室戸さんに前科があるということで、必要以上に厳しい取り調べなどはなかったですか」

「それはいつものことですよ」室戸は苦笑を浮かべた。「近所で空き巣なんかがあると、真っ先に疑われますからね」

「保護司の事件の時は？」

「事件の翌日、すぐに呼ばれました。ただ、こっちにはアリバイがありましたから」

「アリバイ？」

「ええ。勤め先のスナックのママが、証言してくれたんです」

「そうですか」南郷はそこで言葉を切った。次に打つ手を考えているようだった。やがて彼は言った。「ところで、あの事件には、冤罪の可能性がありましてね」

「冤罪？」室戸が顔を上げた。

「内密の話なんですが、逮捕された樹原亮という死刑囚は、無実ではないかと」

室戸は、啞然とした顔で南郷を見つめた。「実は樹原君とは、面識がありまして。保護司の宇津木先生のお宅で、たまに顔を合わせてたんです」

「そうでしたか。でもね、彼は犯人が名乗り出てくれない限り、絞首刑になってしまうんですよ」

それを聞いて、室戸の顔から血の気が引いた。

南郷がすかさず訊いた。「どうしました?」

「いえ、自分が逮捕された二十五年前を思い出したんです」室戸は、腕時計をはめていない左腕で汗を拭った。「死刑になるんじゃないかと考えたら、夜も眠れなかった」

「樹原亮君は、今、まさにそういう状態なんですな」

「その気持ちは分かりますよ。私なんか、未だにネクタイができないんですから」

「ネクタイが?」

「つまり首に巻く物は、怖くて身に着けられないんです」

頷いた南郷の目が、室戸の首筋から左手首に動いた。「その冤罪の話ですが、どこかに隠れている真犯人は、三人目の犠牲者を出そうとしていることになります。自分の罪を着せることによって、樹原君の命を奪おうとしているんですな」

「真犯人は、見つかりそうなんですか」

「自首でもしてくれない限り、無理でしょう」

「自首……」と、室戸は表情を曇らせた。

「犯人にとっては、罪を償う唯一のチャンスですよ」

室戸は頷いた。そして、少しためらってから言った。「あの事件に関しては、一つだけ引っかかることがあったんです」

「何ですか」

「警察は、宇津木先生の遺産を調べたんでしょうか？」

「遺産？」思いもしなかった言葉に、南郷も純一も思わず身を乗り出した。「どういうことです。まさか、遺産の相続人が犯人だと？」

室戸は慌てて首を振った。自分が口を滑らせたと感じたらしかった。「いえいえ、そんなことでは」

「では、どんなことです？」

「これ以上はちょっと……あらぬ中傷になるといけませんので」

「中傷というのは、宇津木さんに対して？」

「そうです」

「それは、どっちの宇津木さんです？　保護司の宇津木先生、それとも遺産の相続人だった息子の宇津木啓介さん？」

「いや、もうこれ以上は」室戸はそこで口をつぐんだ。

大漁荘の201号室を出ると、純一と南郷は慌ただしくシビックに乗り込んだ。室戸への突撃取材は、思わぬ収穫をもたらしていた。元無期懲役囚は未だ容疑圏内に残っていたものの、被害者の遺産というのは二人にとっては盲点だった。事件解明につながる話なのか、それともまったくの見当違いなのか、早急に答を出しておく必要があった。

シビックは勝浦市を出て、中湊郡の海沿いにある被害者の息子夫婦の家に向かった。潮風を受けて建つ新築の豪邸は、高校教師をしている宇津木啓介の住まいとしては、確かに不釣り合いだった。

「どうします？」助手席から家を見ながら、純一は訊いた。「また突撃しますか？」

「いや、遺産関係なら、中森さんから話が聞けるかも知れん」南郷は車を館山方面に向けた。

「今度は外堀から埋めよう」

千葉地検館山支部に向かう間、純一は、息子夫婦が遺産目当てに両親を殺したという筋書きについて考えた。ありそうな話だけに、逆になさそうな気もした。ただ、犯人がわざわざ『31号事件』の手口を真似たことを考えると、ありきたりな犯行の動機を隠そうとしたとも考えられた。純一の頭に残る疑念は、殺害現場から保護観察者の記録がなくなっていたこと、そして被害者の息子夫婦が見せた犯人への応報感情だった。あの凄まじいまでの怒りが芝居だったとは、俄かには信じられない。

館山市に入ると、南郷がファミリーレストランの中に車を入れた。時刻はまだ十時前だった。純一も南郷も、気ばかりが急いていた。二人はコーヒーを飲んで一息入れてから、検察官に電話をかけた。

会見を申し込まれた中森検事は、意外な返事を寄越した。今日の午後、中湊郡に行く用事があるので、良かったら同行しないかと言うのだ。もちろん純一にも南郷にも異存はなかった。

それから二時間ほど、純一と南郷はひたすら時間を潰した。冷房のきいたレストランの中で、コーヒーを飲み続けるだけである。二人とも、事件のことで目まぐるしく頭が回転しているせいか、交わす言葉は少なかった。

十二時十五分に、二人は車に乗り込んだ。そして約束の十二時半に、地検からやや離れた商店街で検察官を車に乗せた。

「車で行けるとは好都合でした」例によって快活な笑顔を見せながら、中森が後部座席に腰を下ろした。

「運賃は高いですよ」車を出しながら南郷が言った。「いろいろと尋問させていただきますからね」

「黙秘権はあるんでしょうね？」中森も冗談で応じた。「厳しい追及を受ける前に白状しておきますが、宇津木耕平邸に出入りしていた保護観察者を洗ってみましたよ」

「ほう？」南郷がルームミラーに映る中森に目を向けた。中森が、自ら動いてくれたのが嬉しいのだろう。

「樹原亮以外の保護観察者は、一人だけいました。殺人と傷害で無期判決を受けた男です。しかし、この男はアリバイがあっただけでなく、血液型はA型でした」

「A?」純一は、思わず中森を振り返った。「室戸英彦が、ですか?」

するとと検事の顔に驚きが浮かんだ。「どうしてその名前を知ってる?」

「こちらもなかなか優秀なんですよ」笑った南郷が、純一をちらりと見て言った。「お前さんの血液型占いが当たったな」

「嬉しくはないですけど」

「ところでお前さんも、責任感が強いA型なのかい?」

「いや、俺はBです」純一は渋々言った。「犯人と同じのね」

「何の話をしてるんです?」中森は、まだ不思議そうだった。

「いやいや」南郷は言って、ルームミラーで検事の顔を見た。「貴重な情報をありがとうございます。もう一つ、被害者夫婦の遺産についてお訊きしたいんですが」

「遺産?」と中森が黙り込んで宙を睨んだ。どこまで答えていいのか、考えているのだろう。

「息子の宇津木啓介さんが相続した額は、かなりのものだったんですか?」

「総額で、一億近かったです」

「一億?」南郷が驚きの声を上げた。「生命保険か何か?」

「いや、保険金の額は大したことはありませんでした。一千万だったかな。しかも受取人は、奥さんになってましたね」

「そのお金はどこへ?」純一は訊いた。

「息子夫婦だよ」

「受取人が奥さんなのに?」

中森は、純一の疑問に気づいて事情を説明した。「つまり、こういうことなんだ。宇津木さんは夫婦で殺されたけど、旦那さんが先に死んだものと見なされたんだ。その段階で、保険金受け取りの権利が奥さんに発生するだろ。ところがすぐに奥さんも殺されてしまったんで、受け取るはずだった保険金は、遺産として息子に相続された」

「なるほど」

南郷が訊いた。「遺産についての、残りの九千万は?」

「被害者の預金口座です」

やはり財産目当ての犯行だったのかと純一は考えた。一億もの金のために、宇津木啓介は実の親を殺したのだろうか。

ところが南郷は、まったく別の疑問を持ったようだった。「宇津木耕平は、中学校の校長を退職した後、保護司になったんでしたよね」

「そうです。収入は年金しかなかったはずです」答えた中森の声も不審そうだった。

「地主だったとか、そういうことは」

「ありません」

「じゃあ、その大金は、どこから?」

検察官は、かすかに唸ってから言った。「事件の発生直後に樹原亮が捕まったもので……そこまでは調査が行き届いてなかったですね。遺産問題は、すぐに税務署の管轄になりました」

「税務署は、収入源を調べなかったんでしょうか？」

「特に問題があったとか、そういう報告は受けませんでした。まあ、場合が場合ですから、地元の名士については、あまり深く追及しなかったんじゃないでしょうか」

「それで中森さんは」と南郷は、頼みを持ちかけるような口調で言った。「それを調べてみるつもりはないですか」

「さすがにそこまでは。僕が動くのは、今日だけです」

「今日、これからですか？」

「そうです」中森は、悪戯っぽく言った。「あちこちに電話をかけまくって、ようやく重要証人を見つけましてね。これからその方に会いに行きます。お二人には、つき合っていただきますよ」

「どこへでも御供しますよ」南郷が言った。


検察官が案内したのは、中湊郡の外れにある一軒家だった。そこは南の安房郡との境目付近で、国道の敷設をきわどくかわすかのように、山側のわずかな平地に平屋が建っていた。

家へと続く五メートルほどの私道に車を乗り入れると、三人はシビックを降りた。古びた木の門には、『榎本』と表札が出ていた。三人は、雑草が目立つ庭を通り抜け、引き戸の玄関の前に立った。

「ごめん下さい。千葉地検の者ですが」

検事が声をかけると、磨りガラスの向こうにラクダシャツ姿の老人が出て来て、玄関を開けた。「あなたが中森さん？」

「そうです。昨日は電話で失礼しました」中森が、榎本老人に菓子折りを渡してから、南郷と純一を紹介した。「こちらの二人は、私と同じことを調べておりまして」

「そうですか。まあ、上がって下さい」

三人が通された部屋は、玄関脇の八畳間だった。ほころびの目立つ畳に、擦り切れそうになった薄い座布団が並んでいる。座卓の前に座った純一は、部屋を取り囲むように積み上げられた埃まみれの書物を見回した。それは本と言うよりも、古文書の類に見えた。

中森が言った。「榎本さんは、郷土史のご研究をされてるんです」

「郷土史？」

検事の目的が分からない純一は、首をかしげた。郷土史家が、何の証言をするというのだろう。南郷の顔を窺うと、元刑務官の目は部屋の隅に向けられていた。そこには、古びた軍服のようなものが畳んで置かれてあった。

そこへ、榎本老人が盆を持って現れ、一同の前に茶碗を置いた。そして南郷の視線に気づいたのか、「若い頃、戦争にとられましてな」と言った。

南郷は何も言わず、ただ小さく頷いた。

老人は腰を下ろすと、中森に訊いた。「それで、調べてらっしゃるのは、どんなことでしたっけ？」

中森は、耳の遠い老人を意識してか、やや声を大きくして言った。「宇津木耕平さんのお宅があった、あの山についてです。昨日、電話でお伺いしたことを、この二人に話していただけませんか」

「ああ、あの山ね」

「そうです。あの山には、階段があったんですよね？」

純一は、はっとして中森を見た。南郷も意外な話題に驚いたらしく、素早く老人の顔に目を移した。

「そうじゃよ」と老人は頷いた。「そんなもの、行けばすぐ分かるだろ」

「それが見つからなかったんです」検事は辛抱強く、南郷と純一が付近を捜索した話を聞かせた。

「ああ、そうか」と、榎本老人は納得したようだった。「見つからなかったのも無理はない。増願寺は、なくなってしもうたからな」

「ゾウガンジ？」南郷が訊き返した。「お寺か何かですか」

「そうじゃよ。見事なお不動様が置かれていたんじゃが、どういう訳か重要文化財の指定に漏れてしまってな。確かに、古刹《こさつ》と言うにはみすぼらしい寺じゃったが」そして老人は、三人を見回した。「不動明王は知っとるじゃろ？　十三仏の一つの」

「ええ」南郷が頷き、待ち切れないように訊ねた。「その増願寺ですが、なくなってしまったというのは、どういうことなんです？」

「ずいぶん前の台風で土砂崩れが起こって、埋もれてしまったんじゃ」

「埋もれた？」南郷は言って、純一と顔を見合わせた。「つまり、地面の下に？」

「そうじゃ。もっとも、土砂崩れの前から廃寺になっておったが」

中森が、ズボンの尻ポケットから折り畳んだ地形図を出した。「位置はどの辺になります？」

榎本は老眼鏡をかけると、地図をつぶさに見た。そして、宇津木耕平邸から五百メートルほど山側に入った森の中を指さした。「この辺りじゃ」

純一と南郷の視線が、地図に釘づけになった。その地点は、二ヵ月前の探索の範囲に含まれていたはずだ。

「斜面になってたんじゃないか？」記憶を探った南郷が言った。

「そうです」純一は頷いた。そこは山肌が削られたような急斜面だったはずだ。一目で何もないことが分かったので、詳しく調べることはしなかった。

南郷が老人に訊いた。「そのお寺には、階段もあったんですね？」

「あった。本堂に続く石段やら、それからお堂の中にもな」

「土砂崩れというのは、いつの話です？」

「もう、二十年前になるのかな」

「二十年前？」純一は、南郷に問いかけた。「事件があった時には、すでに埋もれていたことになりますよ」

「いやいや」榎本老人が口をはさんだ。「一度に全部埋まった訳じゃなく、その後、台風が来るたびに少しずつな」

「十年前はどんな様子だったでしょうね？」南郷が訊いた。

「石段の一部とか、本堂の屋根なんかは見えてたんじゃないのかな」

「十分に考えられる話だぞ」南郷が純一に言った。「全部が土の中にあったとしても、犯人は証拠を埋めるために地面を掘り返したんだからな」

「その時に、埋もれた階段に突き当たった？」

「そうだ」


老人の家を辞去した三人は、南郷の運転で館山市に戻った。そこで車を降りた検察官は、「僕にできるのは、ここまでですからね」と念を押すように言うと、地検の支部に入って行った。

純一と南郷は、そのまま東京に向かった。二人の目当ては、金属探知機を手に入れることだった。

地中に埋もれた増願寺の階段。そこには、失われた証拠が埋没しているはずだった。

3

翌朝、日の出とともに南郷と純一は行動を開始した。廃屋となっている宇津木耕平邸の前を通り過ぎ、未舗装の林道を五百メートルほど進んだ地点で二人は車を降りた。

そこから山側を見ると、木々の間にぽっかりと空いた急斜面が見えた。幅三十メートル、高さ五十メートルほどの土の壁である。増願寺を呑み込んだ土砂崩れの跡だ。

崖と言うほど傾斜はきつくなかったが、それでも下から上って行くのは不可能と思われた。純一と南郷は、登山装備と金属探知機を入れたリュックを背負って森の中に入り、迂回ルートを辿って斜面の上に出た。

二人はそこで、東に上る朝日に、少しの間目を奪われた。やがて南郷が、「やるぞ」と声をかけた。

それからの二人の行動は、やや間が抜けていた。持参した登山技術の入門書と首っぴきで、アプザイレンと呼ばれる急斜面の懸垂下降技術を学ばなければならなかったのである。

純一はまず、斜面の上にある大木を選んで、ザイルを結びつけた。それをカラビナと呼ばれる金具に通し、腰に巻いたハーネスに取りつける。下降する人間は谷側に背中を向け、カラビナに巻かれたザイルの摩擦力を使って、後ろ歩きに降下して行くのだ。

「じゃあ、行きます」準備が整うと、純一は言った。

「生きて帰れよ」例によって南郷の冗談が飛び出した。

純一は、両手を体の前後に回して、腰を支点に上下に伸びるザイルを摑んだ。そして後ろ向きになって、斜面に足を踏み出した。

と、突然、足元の土が崩れ落ちた。土壌が意外にもろかったらしい。純一は斜面に腹這いになり、そのままずるずると二メートルほど滑り落ちて止まった。

「南郷さん」純一は、顔についた泥を息で吹き飛ばしてから言った。「こんな人げさなことは必要ありません。土が湿ってるんで、ロープに摑まりさえすれば、何とか降りて行けますよ」

「おお、そうか」南郷は、喜びを隠さなかった。「そんなことじゃないかと思ってたよ」

「金属探知機を持って来られますか？」

「待ってくれよ」

南郷が、ロープで降ろす予定だった探知機を手にした。金属のアームの先に円形の探知機が装着された、重量二キロほどの機械だ。価格が二十万円もした最新式で、土中の金属を探知すると、ブザーが鳴ると同時に、手元の小型モニターに推定深度を表示するようになっている。

「何とか行けそうだ」南郷は、忍者の刀のように探知機を背負うと、革手袋をはめた手でザイルを摑んだ。それから純一と同じく、腹這いになってずるずると落ちて来た。

「格好はどうでもいい」南郷は言った。「証拠さえ見つかればな」

二人は、斜面を走査するように端から端へ、上から下へと降りながら、金属探知機の反応を見て行った。慣れてくると、斜面を横切って歩くのが難儀ではなくなった。進む速度は遅かったが、土の中に靴を突っ込むようにして歩けば、何とか体のバランスは保てるのだ。

そうして二時間ほど経過した頃、金属探知機のブザーが鳴り響いた。降下を始めた地点から、十五メートルほど降りた斜面の中央部だった。

モニターの深度を見ると、地中一メートル。

意外に浅い。純一は期待に胸を膨らませて南郷の顔を見た。

「今度は穴掘りだ」

「スコップを持ってきます」

純一はザイルを頼りに斜面を上り、二本のスコップを持って南郷の所に戻った。そして二人は、何とか体勢を保持しながら、猛然と穴を掘り始めた。

土が軟らかいので、作業は急速に進んだ。吹き出す汗を拭いながら十分ほど掘り進めると、土中に突き立てた純一のスコップが、鈍い金属音とともに跳ね返された。

「南郷さん！」純一は叫び、スコップを放り出して、手で慎重に土を掻き分け始めた。南郷も横からそれに加わった。やがて二人が掘り当てたのは、風鈴のような形をした金属細工だと分かった。

「何ですか、これは？」

「寺の軒先にある飾り物じゃないか」

純一もそれに気づき、足元を見下ろした。「じゃあ、ここは」

「増願寺の屋根の上だ」

純一は試しに、スコップで周囲を掘ってみた。すると、何層にも並んだ瓦の列が現れた。

「間違いない。こいつは甍《いらか》だ。寺の屋根だよ」

「どうします？」

「十年前は、どうなってたんだ？」南郷が、地中の仏殿を透かして見るように言った。「本堂が一部でも外に出ていれば、犯人が中に入った可能性があるぜ」

南郷は、スコップを取り上げると、本堂の側面と思われる部分の土を切り崩し始めた。純一もそれに加わった。やがて腐食しかかった木の壁と、土が流れ込んだ窓枠が露出した。

南郷は、その木の枠の中にスコップを突っ込み、土を掻き出した。すると急に抵抗がなくなり、真っ暗な穴が口を開けた。

「寺の中に入れる」南郷が言った。

純一は、地中の本堂がどうなっているのかを考えた。側面の壁は傾いてはいなかった。おそらく土砂崩れの時も、仏殿の基礎は揺らぐことなく建ち続けたのだろう。上方から雪崩をうって降り注いだ土砂は、仏殿を取り囲むような形で積み重なり、増願寺をほぼ原形に保ったまま地中に隠したと考えられた。建築物が圧し潰されたのなら、斜面に凹みができているはずだ。

「生き埋めになる心配はないと思います」純一は言った。「入ってみましょう」

三十分後、シビックから懐中電灯を取ってきた二人は、斜面の側面に口を開けた暗闇の中に入った。それはまるで洞窟だった。流れ込んだ土砂が床まで続いているので、坂を下りる要領で本堂の中に入ることができた。

純一は、頭上を遮る物が何もないのを確認してから、体を起こした。本堂の中は真っ暗闇で、猛烈な黴《かび》と土の匂いが充満していた。床が意外にしっかりしていたので、純一は少し安心して、前方に目を凝らした。

懐中電灯の光の中に、板敷きの床と壁が見えた。後ろに続いた南郷が、広さを確認しようと、懐中電灯を四方に向けた。そして、「あっ」と叫んだ。五メートルほど奥の壁面に、上方に伸びる階段が照らし出されたのだ。

「階段！」純一も思わず叫んでから、増願寺が予想外の構造だったことに気づいた。それは二層の楼閣になっていて、二階部分の面積が一階よりもかなり狭く作られていた。純一と南郷は、下の層の庇《ひさし》を発見して、一階から中に入ったのだ。

「焦るなよ」階段に向かおうとした純一を、南郷が諫めた。「足元を確認して行け」

純一は頷き、南郷とともに、一歩一歩、階段に近づいて行った。足を踏み出すごとに、腐りかけた床板が鬼神たちのざわめきのように軋んだ。手すりの付いた木製の階段は、懐中電灯の光を鈍く反射しながら、その段を上る人間たちを待ち構えていた。

やがて、階段の下にたどり着いた純一は、動きを止めて階上を見上げた。一列に並んだ踏み板が、上方の闇の中に溶け込んでいる。

「樹原亮が見た階段っていうのは、これに間違いないですよね」

「ここか、あるいは外の石段だろう」南郷は、まだ冷静さを失っていなかった。

二人は慎重な足取りで、階段を上り始めた。板が踏み抜けることはなさそうだった。最上段まで上りつめると、二階部分の中央に仏像が鎮座しているのが見えた。それは純一の身長よりもさらに大きい不動明王像だった。懐中電灯の光を受けて、両目が爛々《らんらん》と輝いている。燃え盛る火焔光を背にした憤怒の形相は、まるで生きている者のように、純一と、そして南郷すらをも射すくめた。

この仏様は、何に向かって怒っているのだろうと純一は考えた。地中に閉じ込められてからの二十年間、参拝者の来ない暗闇の中で、お不動様は何に対して怒りを燃やしていたのだろう。

横で足を止めていた南郷が、懐中電灯を脇にはさむと、両手を合わせた。純一は少し意外に思ったが、すぐに南郷に倣った。二人は頭を垂れて不動明王に拝み、やがて顔を上げた。

「証拠品が出て来るようにお祈りしたんだ」

南郷は冗談めかして言ったが、彼が祈ったのは別のことではないかと純一は考えた。

それから二人は、長い時間を費やして、増願寺の本堂の中を調べ尽くした。廃寺となる直前に整理されたらしく、仏殿の中には空の長持や木魚など、数点の仏具があるだけだった。

証拠品が埋められた可能性も考え、一階部分の床下のみならず、土が流れ込んでいる側壁の窓にも金属探知機を向けたが、何の反応もなかった。

「この中じゃないぜ」さすがに疲れの見えてきた南郷が、床に座り込んで言った。

黴を大量に吸い込んだせいか、二人とも洟《はな》をすすり上げていた。

落胆を隠して純一は訊いた。「やっぱり、外の石段なんですかね?」

「とりあえず、ここを出よう」

斜面に這い出した二人は、土の壁に背中を押しつけて休息を取った。早朝から作業を始めていたので、まだ昼の十二時だった。

「少し休んでから、弁当でも食おう」

純一は頷き、遠くに見える中湊郡の町と、その向こうに広がる太平洋をぼんやりと眺めた。

その時、南郷の携帯電話が鳴った。南郷は斜面に投げ出してあったリュックをたぐり寄せると、携帯電話を出して表示を見た。

「杉浦先生からだ」と純一に言って、南郷は電話に出た。「増願寺？　依頼人が？　いや、こっちはすでに現地にいる」

南郷の言葉に、純一は何があったのだろうと考えた。

弁護士と話した南郷は、電話を切ってから言った。「依頼人から杉浦先生の所に、ここの情報が行ったらしい」

純一は驚いた。「ここって、増願寺のことですか？」

「そうだ」

「依頼人も、自分で調べたんですかね」

「執行が近いから、焦ってるんだろう」南郷は笑った。

その事もなげな態度を、純一は不思議に思った。「南郷さんは、依頼人が誰か知ってるんですか？」

「見当はついてる。地元の人間だよ。樹原亮のことを思っていて、高額の報酬を出すだけの財力もある」

純一は考え、やがてホテルを経営している情状証人に思い当たった。「俺も会ってますよね？」

「ああ」

純一は心配になった。自分は調査から外されたはずの人間なのだ。

「俺が一緒にいちゃ、まずかったんじゃないですか？」

「気にするな。仕事がうまくいけばいいんだ」

純一は頷いた。そして事件の話に戻った。「南郷さんは、遺産の件をどう思います？　宇津木啓介が、金のために両親を殺したんですかね」

「俺はそう考えてない。今までの手掛かりを見ると、一つだけ筋の通った話が見えてくる」

「どんな？」

「例の保護観察者、室戸英彦の話があっただろ」

純一は、元無期懲役囚の顔を思い出した。「あの人が、遺産の話を持ち出したんですよね？」

「そうだ。奴の態度を見ると、宇津木耕平が生きていた時から、その収入源を不審に思ってたふしがある」

「つまり遺産の話をしたのは、相続人が怪しいんじゃなくて、遺産そのものの額がおかしいと？」

「ああ。それに、奴の仮釈放取り消しの話もある。あの男が真面目に更生してるのは、お前さんだって感じただろう」

「はい」

「それを保護司の宇津木耕平が、正業に従事していないとか言って刑務所に戻そうとした。おそらく室戸英彦は、その時に宇津木耕平の収入源を知ったんじゃないか」

「どういうことです？」

「強請《ゆす》りだよ」

純一は驚いて訊き返した。「強請り？」

「考えられる唯一の筋書きだ。室戸英彦は、仮釈放取り消しをネタに、金品を要求されたんじゃないのかな」

「でも、保護司をしている人間がそんなことを？」久保という親切な保護司に恵まれている純一にとっては、容易には信じられない話だった。

「驚くのも分かる。保護司が不祥事を起こすのは、本当に稀な話だからな。しかし、だからこそ、事件の真相が盲点になったとも考えられる」

「つまり今回の事件は、強請られた前科者が、逆に保護司を殺した」

「そうだ」と言って南郷は、暗い顔になった。「この話が恐ろしいのはな、容疑者が一気に増えるってことだ。宇津木耕平は、十年近く保護司をやっていた。その在任中に、かなりの数の人間と関わったはずだ。そいつらの前科、前歴を、強請りに使ったとも考えられる」

純一は、これまでの調査で、保護観察所の秘密保持が徹底していたことを思い出した。犯罪者の前科が外に漏れれば、特に日本の社会では、本人に与えられる不利益は限りなく大きい。真面目に更生している者にとっては、致命傷にもなり得るだろう。

「そうなってくると」と、南郷は続けた。「強請りの対象は保護観察者に限らなくなる。前科者が執行免除を受けて、保護観察を解かれたとするよな。そこから真面目に暮らせば、社会人としての地位も上がる。そうやって堅実にやればやるほど、宇津木耕平の強請りは破壊力を増してくる。積み上げたものが大きいからな」

　純一は、我が身に置き換えて身震いした。佐村恭介を殺してしまった過去を、隣近所に言い触らされたとしたら、どうなるだろう。おそらく父も母も、今の家には留まってはいられまい。三上家は、二度目の引っ越しを余儀なくされることだろう。大塚にある粗末な家を離れ、もっと悲惨な環境へと。

「おそらく犯人は、俺たちがまだ会っていない誰か——宇津木耕平が、保護司の在任期間中に知り合った誰か、だ」そして南郷は、純一の顔を見た。「どう思う、この推理は」

「正しいと思います。現場から観察記録がなくなっていたのも説明がつきますし、それに預金通帳が消えた理由も」

「預金通帳？」南郷が訊き返した。

「ええ。通帳には、お金を振り込んだ人間の名前が記帳されるでしょう？」

「そうか！」南郷は言って、体を起こした。「強請られてた人間の名前が、記録として残ってる？」

「そうです。おそらくそいつが犯人でしょう。通帳を持ち出したんですから」

「金融機関に照会できないかな？」

「我々がやっても、無理では」

「中森さんは」と言いかけて、南郷は打ち消した。「銀行に行ったところで、十年前のデータなんか残ってないか」

「ですから、穴掘りを続けるしかないですよ」純一は、足の下に広がる斜面を見下ろした。「凶器の手斧、通帳、印鑑。どこかに埋まってるはずです」

「よし」と南郷は、疲れた体に鞭を打つように立ち上がった。

それから二人は、斜面の上に戻り、弁当を食べながら石段の位置を推定した。地中にある仏殿から推定すると、参道となっていた石段は、斜面のやや右寄りに埋まっているものと考えられた。

土の上からその範囲を決め、目印に木の枝を立てると、午後いっぱいを使って重点的に金属探知機で走査した。斜面の右から左へ、左から右へ、一メートル間隔で下りて行く根気のいる作業である。

やがて山の向こうに太陽が姿を消し、辺りが夕闇に包まれる頃になっても、二人は作業を続けた。その時には斜面の九割ほどの走査が終わっていた。このまま途中で帰るなどとは思いもしなかった。

そろそろ明かりが必要だと考えた純一が、懐中電灯をリュックから取り出した時、不意に探知機のブザーが鳴り響いた。

純一は、南郷の元に駆け寄って、モニターを覗き込んだ。推定深度は一・五メートル。下の車道から、わずか五メートルほど上った地点だった。

「今度こそ、間違いないような気がするぜ」暗がりの中で、南郷が言った。「この位置なら、犯人が上って来たとしてもおかしくはない」

純一は二本の懐中電灯を灯けて地面に置くと、その光の中でスコップを使い始めた。

南郷も手を貸しながら、「回りから掘っていこう」と言った。「証拠を傷つけちゃまずい」

純一は頷き、やや下側に移動した。

斜面の中腹よりも土壌は固かったが、三十分ほどで、人の背丈ほどの穴が空いた。

「南郷さん！」スコップの先の硬い感触に、純一は叫んだ。「石段です！」

「よし、その上だ」南郷も興奮気味に言った。

二人は手で土を掻きながら、幅五十センチの範囲で石段を露出させていった。

純一は、逸《はや》る気持ちを抑えきれなかった。「十年前、犯人がここに証拠を埋めたんですね」

「ああ。おそらく樹原亮にやらせたんだろう。手斧で脅してな。樹原は、穴を掘っていて、この石段を見たんだ」

やがて純一が、穴の側面に突き出た黒いビニール包みを発見した。「南郷さん、出た！」

「手袋はしてるな？」

「はい」

南郷は、ビニールの周囲の土を切り崩し、慎重に包みを取り出した。それはずっしりと重く、全長が五十センチほどの細長い輪郭をしていた。

「中を見るぞ」南郷が言って、幾重にもくるまれたビニールの裾をほどき、口を探し当てた。純一が懐中電灯を取り上げて、袋の中に光を当てた。

手斧があった。

「やった！」純一が歓喜の叫びを漏らした。

「今度こそ万歳三唱だ！」南郷も叫び、袋の中に目を移した。「おい、印鑑も入ってるぞ！」

「通帳は？　犯人の名前が入った預金通帳は？」

南郷は、袋を地面に降ろし、じっくりと中を覗き込んだ。「いや、通帳はない。手斧と印鑑だけだ」

純一は不安になった。「それじゃあ、犯人に直結する手掛かりではないのでは？」

「通帳だけは、別の場所に埋めたのかな」

「また、穴掘りですか？」

「いや、通帳は金属探知機に反応しない」南郷は言って、もう一度、袋の中を覗き込んだ。「印鑑には、『宇津木』とある。十年前の証拠に間違いない」

「どうします？」

「残る期待は指紋だ。手斧か印鑑に、指紋さえあれば」そして南郷は、リュックから携帯電話を出した。「少なくとも、中森検事を動かすには十分の証拠だ」


それから九十分後、公用車に乗った中森が、もう一人の男を伴って現れた。中森が同行させたのは検察事務官だった。証拠品の押収作業に、客観性を持たせようという配慮らしかった。

「お手柄でしたね」中森は、泥だらけの純一と南郷を見ると、嬉しそうに言った。

「増願寺の情報のお陰ですよ」南郷が言った。

中森は、白い綿の手袋をはめてビニールをまくり、中の証拠品を確認した。「素手では触ってないですね?」

「もちろん」

中森は、部下に素早く指示を出した。検察事務官は、手斧と印鑑が入った包みを、さらに大きい透明な証拠品袋に入れた。それからストロボ付きのカメラを出して、現場付近を写真撮影した。作業が終わると、中森が事務官に言った。「すまないが、こいつを持って県警に行ってくれ」

「分かりました」検察事務官は答え、証拠品を公用車に積み込んだ。

「指紋があるかどうかは、いつ分かります?」純一は訊いた。

「今夜中には」

南郷が訊いた。「指紋が出た場合、照合はいつ終わります?」

「遅くとも、明日いっぱいで結論が出ます」

純一と南郷は、ほっとため息をついて、その場にへたり込んだ。やるだけのことはやったという充実感からか、疲れがどっと出てきたようだった。

「もしも樹原亮の冤罪が証明されたら」中森が、背後の部下を気にして小声で言った。「乾杯でもしましょう。おごりますよ」

「たらふく飲んでやるぜ」南郷が笑いながら言った。

発掘された証拠品は、検察事務官自らの手で、千葉県警科学捜査研究所に持ち込まれた。

すぐに指紋係員が、黒いビニール袋、手斧、そして印鑑を、順に指紋検出装置にかけた。特殊染料を塗布し、アルゴンレーザー光を当てると、肉眼では見えなかった潜在指紋が黄色く浮かび上がるのである。持ち込まれた証拠品を検査した結果、ビニール袋の開口部付近と印鑑から、成人のものと思われる数種の指紋が検出された。

指紋係員は、その印影をデジタルデータに変換し、コンピューターに取り込んだ。そして隆線の模様から画像処理特徴点を抽出し、AFISと呼ばれる自動指紋識別システムにかけた。大型コンピューターが、一秒間に七七〇個という驚異的な速度で、警察に保管されている膨大な指紋データとの異同識別を開始した。

それと並行して、手斧と印鑑が別の鑑定にかけられた。

手斧には刃こぼれが確認されたが、犯行を匂わせる材料はそれだけだった。犯行後にかなり念入りに洗浄されたらしく、指紋はおろか血液反応も出なかった。

しかし一方の印鑑は、証拠品としては雄弁だった。印影の『宇津木』の三文字は、十年前に銀行から入手してあった届出印の写しと完全に一致した。肉眼では見分けがつかない程度の、外円の凹みまでもが同一だった。鑑定を行なった所員は、それが犯行現場から持ち出された印鑑に間違いないと断定した。

そして作業開始から十四時間後、AFISが、ついに指紋識別に成功した。前歴者の中に、該当する指紋の持ち主がいたのである。

コンピューターが割り出した宇津木夫妻殺害の真犯人は、二年前に傷害致死罪で逮捕された三上純一という青年であった。

第六章　被告人を死刑に処す

1

千葉県警から緊急の連絡が入った時、中森検事は千葉地検館山支部の取調室で、窃盗犯の検面調書を取っていた。

「中森さん」呼び出しに来た検察事務官の顔には、当惑の色が見えた。「至急、来て下さい」

中森は、取り調べを部下の検事に任せ、検察事務官のデスクに向かった。

「指紋照合の結果です」事務官は言って、コンピューターに表示された前科者データを見せた。

その顔写真を見た瞬間、「えっ」という驚きの声が検事の口から漏れた。

「この三上純一って、昨夜の現場にいた青年じゃないですか？」

「そうだ」と言いながら、中森はそれが意味することを考えた。

ただ一つの合理的な答は、発掘の過程で、純一が素手で証拠品に触ったというものだった。しかし中森は、純一が手袋をはめていたのを確認していた。それに一緒にいた南郷が、相棒の失態を見逃したとは思えない。

だとすると、十年前に宇津木夫妻を殺害したのは、純一なのか。

そこまで考えて中森は、はっと顔を上げた。今は純一のことを考えている場合ではなかった。指紋が検出された以上、緊急に対処しなければならないことがあった。

彼は、再審の門戸を開いたとされる画期的な判決、『白鳥決定』を頭の中で確認した。疑わしきは被告人の利益にという刑事裁判の鉄則は、再審の開始理由にも適用される。

中森はデスクの電話を取り上げた。

千葉地方検察庁館山支部から、東京高等検察庁に一本の電話が入った。死刑囚の冤罪を示唆する報告は、ただちに検事長の元に届けられた。法務行政のナンバー2は、それを受けて、法務省の事務次官へと緊急の電話を入れた。

「死刑囚、樹原亮の執行を停止されたし」

その連絡を受けた事務次官は驚愕した。内閣改造の時期を見計らって、すでに『死刑執行起案書』と、未署名のままの『死刑執行命令書』が、法務大臣の机の上に運ばれていたのだ。

大臣室へと足早に向かいながら、それでも最悪の事態は避けられるだろうと事務次官は踏んでいた。書類一式が持ち込まれたのは前々日、樹原亮の四度目の再審請求が完全に棄却された日だ。今まで命令書にサインされなかったということは、大臣は改造人事の直前に命令を下すつもりに違いない。それまでには、まだ数日の猶予があった。

大臣室には、『不在』の表示が出ていた。事務次官は大臣官房へ行って、秘書課長に様子を訊こうとした。ところがその時、秘書課長の机の上に死刑執行命令書を見つけて愕然となった。

『樹原亮に対する死刑執行の件は、裁判官言渡しの通り執行せよ。』との一文の後に、伝統に則《のっと》って、赤鉛筆を使用した法務大臣のサインが書かれてあった。

「大臣がようやく決裁しました」秘書課長が言った。

しばらく呆然としていた事務次官は、やがて訊いた。「この命令書は、人の目に触れたか？」

「は？」

「どれだけの人間が、この命令書を見た？」

「どれだけと言われましても」秘書課長は困惑したようだった。「関係者一同です。すでに東京拘置所への連絡も」

事務次官は、言葉を失って立ちつくした。

法を遵守する限り、樹原亮の死刑執行は、もはや誰にも止められない。


南郷が勝浦のアパートで目を覚ましたのは昼前だった。前夜、あれから純一とともに帰宅し、杉浦弁護士に報告を入れてから、明け方近くまで酒を飲んでいたのだった。

布団から這い出すと、全身を筋肉痛が襲った。それは、一仕事終えたという充実感とあいまって、心地よい痛みだった。顔を洗いに台所に行くと、そこには純一のメモが残されていた。

『ちょっと外出します。指紋の件が分かったら電話を下さい。』

南郷の顔に笑みが浮かんだ。今日一日は、休みにしようと決めていたのだ。この三ヵ月近く、まさに二人は不休で働き続けていた。純一にとっては、刑務所を出てから初めての休日なのだ。

洗顔をすませた南郷が、外へ食事にでも行こうかと考えていると、携帯電話が鳴った。表示を見ると中森検事からだった。指紋照合の結果が出たのかと思い、南郷はすぐに電話を受信した。

「もしもし、南郷です」

「中森ですが」

「指紋の結果は出ました？」

「いや、その前に」検察官の声は、なぜか歯切れが悪かった。「そこに三上君はいますか？」

「三上は外出してますが」

「帰りは、いつ？」

「遅くなるんじゃないですかね」笑ってから南郷は、ふと真顔になった。「それが何か？」

「そちらの住所を教えていただけませんか？」

「住所？　このアパートのですか？」南郷は、眉をひそめた。「どうしてです」

「今、勝浦署の人間が、お二人を捜してます」

「刑事が、俺たちを？」

「そうです」そして中森は、少し間を置いて言った。「指紋照合の結果が出ましてね。印鑑とビニール袋から、三上純一君の指紋が検出されたんです」

南郷は、即座には検事の言葉の意味が呑み込めなかった。ポカンとしているうちに、耳元で中森の声が聞こえた。

「もし、住所を教えていただけるようでしたら、お電話を下さい。それから、勝浦署の捜査員に会ったら、先方の指示に従うように」

そして、電話が切れた。

三上純一の指紋？

しばらく考えて、南郷は前日の記憶をたどった。斜面での作業中、純一はずっと手袋をしていたはずだ。問題のビニール袋を発掘した時も、素手で触らないのは確認していた。南郷は一時たりとも、あの証拠品から目を離さなかったのだ。

南郷の思考は、必然的に十年前の事件に向かった。宇津木夫妻が殺された夜、当時十七才の純一は、彼女とともに中湊郡にいた。純一は左腕に怪我を負い、出所不明の大金を所持していた。そして一緒に補導された恋人は、極度のショック症状で茫然自失の状態。

南郷は戦慄を覚えた。

十三階段を上っていたのは、樹原亮ではなく純一だったのか。

今回の調査で、真犯人を捜し出そうということになった時、純一は頑強に抵抗した。別の人間を死刑台に送り込むのは嫌だと言い張った。しかしあれは、自分が処刑されることになると分かっていたからなのか。

しかし、と南郷は思い直した。だとしたら奴はどうして、自分が犯人であるという証拠を、自らの手で掘り出したのか。

純一に電話しようかと考えたが、すぐに思い止まった。南郷には時間が必要だった。落ち着いて考えるだけの時間が。

そして南郷は、検事の言葉を思い出して、いたたまれないような焦燥感に襲われた。勝浦署の刑事が、自分たちを捜しているのだ。

手早く着替えながら、南郷は安全な場所を考えた。刑事たちがこのアパートを探し出すのは時間の問題だと思われた。観光シーズンで人があふれている街中のほうが安全かも知れない。

南郷は、メモと携帯電話を持って部屋を飛び出した。

狭い街路を走り出すと、全身から汗が噴き出した。南郷はとりあえず、目についた喫茶店に飛び込んだ。ポケットを探ると、幸運なことに煙草の箱が入っていた。冷たい飲み物を注文し、煙草をふかしているうちに、ようやく次に打つ手が見えてきた。

携帯電話を出し、番号案内に電話をかけた。「東京の旗の台にある雑貨屋を……住所は品川区、店の名前は『リリー』です」

雑貨屋の番号をメモに書き取った南郷は、十年前の事件のただ一人の証人の名前を思い出そうとした。駐在は確か、「木下友里ちゃん」と呼んでいたはずだ。

その時、喫茶店の窓の向こうに、覆面パトカーが通り過ぎるのが見えた。回転灯だけを点灯させ、サイレンは鳴らしていなかった。被疑者を捜索する時のやり方だ。

南郷は慌てて、雑貨店の番号を押した。

四回の呼び出し音で、先方が出た。中年女性の声だ。「はい、『リリー』ですが」

「木下さんのお宅ですか？」

「そうです」

「こちら、南郷と申しますが、木下友里さんはいらっしゃいますか？」

「いえ」と短い返事があった。その声には、何かの警戒心が潜んでいた。

「友里さんのお母さんですか？」

「違います。店番をしている親戚の者です」

「友里さんは、携帯電話をお持ちじゃないでしょうか？」

先方は、苛立ったように訊いてきた。「あのう、どちらの南郷さんですか」

「杉浦弁護士事務所という所に勤めている南郷ですが」

中年女性は口調を変えた。「弁護士事務所？」

「そうです。実は今、重要事件の調査をしておりまして、至急、友里さんに連絡を取りたいのですが」

するとしばらく沈黙があって、「友里は今、病院に」という答が返ってきた。

「病院？　ご病気なんですか？」

「いえ」

南郷は眉をひそめた。「何かの事故にでも？」

「それが」と、さらに長い沈黙があってから、店番の親戚は言った。「そちらがお調べになっていることと関係があるかは分からないんですが、友里は自殺未遂を起こしまして」

「え？」南郷は言ってから、慌てて周囲を見回して声を落とした。「自殺未遂？」

「前にも何度かあったんです。ですけど、周囲の者には事情が分かりませんので」

「容態はいかがなんですか」

「何とか持ち直してきてるみたいですが」

「そうですか」南郷は俯き、声を落として言った。「お取り込み中に申し訳ありませんでした。後日また、連絡させていただきます」

「はい、よろしくお願いします」事情が分からぬ先方は、戸惑いがちに答えた。

電話を切った後、南郷は混乱の極に陥った。友里の自殺未遂というのは、十年前の事件と関連したことなのか。二人が補導されたあの日、中湊郡で一体何があったのか。

こうなったら、純一に会うしかない。南郷は決断して、携帯電話を取り上げた。ところがその時、呼出音が鳴った。表示を見た南郷は愕然とした。東京拘置所の岡崎からだった。

「もしもし？」

電話に出ると、受話器を手で押さえたようなくぐもった声が聞こえてきた。「岡崎です。今朝、法務省から所長宛てに、執行の通達が来ました」

「執行されるのは誰だ？」

「樹原亮です」

その名前を聞いた途端、急激に頭から血の気が引いて、南郷はめまいを覚えた。新規証拠の発見は、おそらく数時間ほど遅かったのだ。

「今日の夕方には指揮書が届きます。執行は四日後です」

「分かった。ありがとう」

岡崎は、「もう止められませんよ」と言って電話を切った。

想定していた最悪の状況になった。とりあえず純一に連絡を取るのは後回しにし、南郷は最後の賭けに出ることにした。それはうまくいけば、樹原亮の死刑執行を食い止める、ただ一つの方策となるはずだった。

弁護士事務所に電話をかけ、執行の動きがあったことを伝えると、杉浦は狼狽もあらわに叫んだ。「もう、おしまいだ！　こうなったら、処刑されるしか道はないですよ！」

「慌てるな！」南郷も自分を落ち着かせようと必死だった。「まだ手はあるんだ！」

「どんな手があるって言うんです！」

「刑事訴訟法の第五〇二条だよ」

「え？」と言う声に続いて、六法全書を慌ててめくる音が聞こえてきた。

「『異議の申立て』だ！」南郷は、条文の一部を暗誦した。「『検察官のした処分を不当とする時は、言渡をした裁判所に異議の申立をすることができる』」

弁護士が訊き返した。「それが？」

「いいか、死刑執行は検察官の行なう処分なんだ。それに異議を申し立てるんだよ」

杉浦は黙り込んだ。彼の頭も、目まぐるしく回転していることだろう。

南郷は続けた。「通常の処刑は、当日言い渡しの即時執行だ。死刑囚には異議を申し立てるだけの時間的余裕はなかった。だが、今回は違う。こっちは四日後の執行を知ってるんだ」

「でも」弁護士は口ごもりながら言った。「申立ての趣旨及び理由はどうします?」

「法令違反だ。判決の確定から、六ヵ月以内に法務大臣は命令を出さなきゃならないんだ。樹原はその期間を過ぎてる。今から処刑するのは違法行為なんだよ!」

「しかし、あの条文の解釈は、訓示的な意味を持っているに過ぎないと——」

「あんな明解な文章に、解釈も糞もあるか!」

「いや、やっぱり無理です! そんな言い分が通ったら、これまでの死刑のほとんどが違法行為だったということになりますよ!」

「こっちの狙いは、そこなんだ」南郷は呑み込みの悪い弁護士に苛立った。「もし六ヵ月以降の処刑が許されるのなら、法務大臣の命令が出てから五日以内に執行する義務もないはずだ」

「当局がそう考えるかは、分かりませんよ」

「とにかくこれは時間稼ぎだ。異議申立てで樹原を放免しようって言うんじゃない。申立てが却下されるまでの間に、五度目の再審請求をねじ込むんだ!」

「分かりました。やってみます」どちらが雇い主なのか分からないようなおろおろ声で、杉浦は命令に従った。

南郷は電話を切ると、純一の携帯電話の番号を呼び出そうとした。ところがそこで不意に時間切れとなった。

「南郷さんですね？」

顔を上げると、ポロシャツ姿の二人の男が立っていた。耳には通信用のイヤホンが差し込まれている。

「そうだ」南郷は落ち着いた態度を装いながら、手だけを動かして携帯電話の電源を切った。

「勝浦署の者です。同行していただけるとありがたいんですが」


勝浦警察署刑事課の取調室は、五名の男たちで満員だった。

南郷の前には課長の船越が座り、自ら取り調べを行なっていた。その他に刑事が二人、そして入口横のパイプ椅子に中森検事が座っていた。

船越課長が知りたがったのは、ただ一点、三上純一がどこに潜伏しているのかということだった。その追及の間、南郷は、相手がこちらを快く思っていないのを察していた。宇津木夫妻の事件に関する新規証拠の発見は、警察を出し抜いたと言うのに十分だったのだろう。

「三上純一はどこにいる？」と船越は、執拗に訊き続けていた。「知ってて隠してるんだろ」

「そういう訳じゃない。本当に知らないんだ」南郷は、中森の顔色を窺いたくなったが、背後に座っているので不可能だった。

「それなら、どうして住所も黙秘する？」

「プライバシーを守りたいんだ」

船越は、鼻を鳴らしてから訊いた。「三上純一は携帯電話を持っていたか？」

「分からないな」

「じゃあ、南郷さんの携帯をここに出してもらおう」船越が、芝居がかった動きで手を差し出した。

南郷はむかついた。「嫌だね」

「何だと？」

「こいつは任意同行だろう？　あんた方に、俺の所持品を調べる強制力はない」

「おとなしく従ったほうが、身のためだぞ」

「その言葉はそっくりそのまま返す。こちらは弁護士事務所の依頼で動いているんだ。何なら法廷でこの続きをやるか？」

船越が苦虫を嚙み潰したような顔で、南郷の背後に視線を向けた。検事の助力を仰いだのだろう。

中森が何と言うのか聞きたい気もしたが、南郷はすぐにたたみかけた。「俺はここを出る。自分の意思でな。止めるもんなら止めてみろ」

そして南郷は立ち上がった。その時になってようやく、中森の声がした。

「待って下さい」検察官は、南郷の横に出て来ると、船越たちに言った。「南郷さんと二人だけで話がしたい。他の方々はこの部屋を出て下さい」

警察官たちは、露骨に不快そうな表情を浮かべたが、検察官の命令には従わざるを得ないようだった。船越課長以下、三名の警察官は、取調室を出て行った。

中森は、南郷の目の前に座ると、白紙のままの供述調書を脇にどけた。「これからの会話は、友人同士のお喋りです。いいですね？」

「俺も友達と話をしたいと思ってたんだ」南郷は笑って言ったが、検事の言葉を信用する前に、最後の踏み絵を踏ませようと思った。彼は携帯電話を出し、純一の番号にかけた。すると人工音声が出て、純一の電話の電源が切られていると告げた。

純一の奴はどこにいるのかと訝りながら、南郷は留守番電話サービスに自分の声を吹き込んだ。「三上か？　南郷だ。妙なことになった。例の証拠から、お前さんの指紋が出たんだ。いいか、絶対にアパートには戻るな。人目につかない所で時間を潰してるんだ。分かったな？」

中森はその間、こちらを止めようとはしなかった。南郷は、安心して電話を切った。

「一体、どういうことなんですか」検察官が訊いた。「どう考えても話の辻褄が合わない。三上君はあんなに苦労して、自分が有罪である証拠を掘り出したんですか？」

「俺にも分からないんですよ」

「しかし証拠から指紋が出た以上、彼が触ったのは間違いがない。十年前に、三上君が宇津木夫妻を殺していたんでしょうか？」

中森は、純一の家出の一件を知らないようだった。しかも本人が、当時の記憶が曖昧だと言っていることを。南郷は迷った末に、それを持ち出すのは止めた。「中森さんは、どう考えます？」

検事は、しばらくの間、腕組みをして考えていたが、やがて南郷に訊いた。「今回の南郷さんたちの調査には、成功報酬が約束されてるんですか？」

南郷は頷いた。心のどこかで危険信号が点滅していたが、中森の出した結論を聞きたくなっていた。「樹原亮の無実が証明されれば、大金が転がり込みますよ」

「では、次の質問。三上君は、二年前に自分が起こした事件で、経済的な苦境に立たされているのではないですか？」

南郷は、はっと顔を上げた。一家の財政状況を気にして、純一が塞ぎ込んでいたのを思い出したのだ。「つまり三上は、成功報酬欲しさに、わざと罪をひっかぶった？」

「そうです」

南郷は必死に記憶を探った。過去三ヵ月の間に、数日ではあるが、純一が単独で行動した日があった。その時にどこかで証拠を発見し、自分の指紋をつけて増願寺の跡地に埋めたのだろうか。「しかし、そんなことをしたら、三上は死刑になるんですよ」

「だからこそ、自分で証拠を見つけたんじゃないですか？　つまり、形を変えた自首です」

南郷は、驚いて検察官の顔を見つめた。

「十年前の事件は、死刑を言い渡すには微妙なケースです。もし犯人が自首をすれば、死刑は免れたかも知れない。三上君は、そう考えて、一か八かの賭けに出たのではないでしょうか」

「両親の経済的な苦境を救うために？」

「そうです。状況からすれば、それしか考えられませんよ。彼自身が警察に出頭してしまったら、自分たちの調査が冤罪を証明したことにはならない。そうなると成功報酬も下りない。自首をした上で大金を手にするためには、何としても自分の手で証拠を掘り出す必要があったんです」

南郷は「まさか」と呟いたが、他に答は見つからなかった。証拠に指紋が残っていた以上、純一は自らの意思でそれに触れたのだ。

「ところが、大きな問題があるんです」中森の顔が曇った。「内密の話ですが、樹原亮の執行命令が出ました」

「知ってます」南郷も正直に言った。「拘置所の部下から聞きました」

「このままでは、四日後に樹原亮は執行されます。ところが三上君の指紋は、すでに当局に報告されているんです。この場合、何が起こるか分かりますか？」

「いいえ」

「樹原亮を処刑してしまったら、当局は間違いだったとは絶対に認めないでしょう。死刑制度を揺るがす大問題になるからです。一方で、三上君の指紋を無視することもできない。そうなると考えられるのはただ一つ、刑罰の均衡を取るため、三上君が共犯だったということにして、後日、処刑する」

日付けが今日になってから、頭から血の気が引くのは何回目だろうと南郷は考えた。「そんなことが本当に起こり得るんですか？」

中森は頷いた。「法律というのは、常に権力の側が恣意的に用いる危険をはらんでいるんです。証拠だけを考えれば、裁判所も彼が共犯だったと判断するでしょう。被告人に言い渡されるのは、極刑しかありません」

「三上を助けたい」何も考えないうちに、その言葉が南郷の口をついて出た。「あいつは、いい奴なんだ。確かに前に人を殺しているが、真面目に更生している立派な奴なんだ」

「分かりますよ。分かります」中森の言葉には同情がこもっていた。

「奴が首に縄をかけられて、踏み板の上に立たされるなんて」四七〇番と一六〇番の処刑の感触が両手に蘇り、南郷の全身から汗が噴き出した。そして南郷は、前に純一が自分に投げかけた疑問を思い出していた。

もし、人を殺しても改悛しない人間がいたとしたら、その人は死刑になるしかないんでしょうか？

「三上君が助かる可能性が、ない訳ではない」中森が言った。「実際、執行命令とともに新規の証拠が見つかったというのは、前代未聞のケースです。今、法務省も対応に苦慮してるはずです」

南郷は焦りを感じながら訊いた。「それで？」

「樹原亮の処刑さえ回避されれば、刑罰の均衡をとる必要がなくなりますから、三上君は死刑判決を免れるかも知れない」

一瞬、南郷は希望を感じたが、悲劇的な結末は変わらないことに気づいた。「その場合でも、三上は無期懲役に？」

「判決としては妥当でしょうね」

「それじゃあ、駄目なんだ！」南郷は思わず叫んでいた。今や南郷の頭からは、純一が宇津木夫妻を殺害したという可能性は消えていた。奴は成功報酬のために、自ら樹原亮の身代わりになったのだ。「何かないんですか、三上を救う手立ては！」

「しかし――」

と言いかけた中森を、南郷は不意に手で遮った。思い当たることがあった。南郷は、声の調子を落として検事に言った。「三上純一と樹原亮、この二人が保護司を殺してないのなら、真犯人は別にいるはずだ」

中森が動きを止めて南郷を見つめた。

「そいつさえ見つけ出せれば、二人は助かる」

「しかし、勝算はあるんですか」

南郷は黙り込み、自分たちが置かれた状況を整理した。

今となっては、杉浦弁護士に依頼した不服申立てが命綱となっていた。あれがうまくいけば、五度目の再審請求をねじ込むだけの時間が稼げる。それまでに未発見の預金通帳を見つけ出し、真犯人を特定できれば――

「やるしかない」と南郷は言った。

中森が助言した。「犯人捜しにとりかかる前に、三上君の身柄を保護して下さい。それが最優先事項です。彼が逮捕されて虚偽の自白をしようものなら、すべてが終わります」

南郷は頷き、善後策を訊いた。「この取調室を出たら、俺はどうすればいい？」

「おそらく尾行がつくでしょうが、何とか振り切って下さい。そして三上君と合流して、身を隠すんです」

「分かった」

「幹線道路や鉄道の駅にも注意して下さい。刑事が張り込んでいる可能性が高い」

「この電話は？」南郷は携帯電話を取り上げて訊いた。初めて勝浦署を訪れた時、船越課長に、番号を刷り込んだ自分の名刺を渡していたのだ。「逆探知される危険は？」

「あります。通話をしなくても、電源を入れるだけで位置が特定される怖れがあります」

「盗聴される心配は？」

「それはないでしょう。組織犯罪ではないですから」

南郷は立ち上がった。そして部屋を出る前に、振り返って訊いた。「中森さんは、どうして俺たちの味方をしてくれるんだ？」

すると中森は、決然と言った。「私は正義が行なわれるのを見たい。それだけです」


勝浦警察署を出た南郷は、そのまま漁港に向かい、遮蔽物のない堤防を歩いた。釣り人の魚籠《びく》を覗き込む振りをして後方に目をやると、一目で刑事と分かる男がいた。

南郷は、船越課長の戦法を理解した。あからさまに尾行をかけ、純一との接触を断つつもりなのだ。そして援軍を失った純一が、勝浦市全体にかけられた網にかかるのを待つつもりなのだろう。

どうすればいいのかと考えて、南郷は途方に暮れた。たとえ尾行を振り切ったとしても、携帯電話も交通機関も使えないとしたら、純一と接触するのは不可能だ。

2

図書館にいる間、純一はずっと携帯電話の電源を切っていた。

九時過ぎに暑さで目覚めた彼は、アパートを出て食事をすると、そのまま電車に乗って中湊郡に向かったのだった。十年前の家出の地を訪ね、自分の犯した罪を考え直そうと思っていた。

しかし、中湊郡の駅に降りた途端、吐き気に襲われてその計画は断念した。代わりに、駅前の街路表示で見つけた図書館に向かった。仏教美術の本を見てみようと思い立ったのだ。純一の頭には、増願寺の本堂で見た不動明王の姿が焼きついていた。

図書館に着くと、仏像についての本を手当たり次第に書架から抜き出し、受験生らしき学生たちに混じって机に向かった。

本の中には、様々な仏の姿があった。大日如来や弥勒菩薩、そして阿修羅。しかし中でも不動明王像だけは別格だった。どうして自分は、この像だけに惹かれるのだろうと不思議に思った。

やがて、何冊もの本を渉猟するうち、『造仏の技術』と題された項目に目がとまった。工業用金型製作が本職の純一は、古代の造形技術に関心を持った。

木彫、蠟型《ろうがた》技法、塑造《そぞう》像など、仏像の造り方は様々だった。その中で、脱活乾漆《だっかつかんしつ》という技法は、木の土台に塑土を重ねて原型を作り、その上に漆《うるし》を塗った麻布を巻きつけていくという手法が採られていた。純一の目は、そこに記載されている脱活乾漆技法の最後の工程に釘付けになった。表面の漆が乾燥し、像容が整ったら、内部の土を取り除く。

『脱活乾漆の仏像は、内部が空洞になっているのが特徴』と本には書かれていた。

内部が空洞。

その記述を何度も目で追ってから、純一は本を閉じた。増願寺の仏像の胎内だけは捜索していない。そこに、未発見の預金通帳があるのではないかと考えたのだ。

純一は急いで本を書架に戻し、図書館の外に出た。携帯電話で南郷にかけたが、向こうの電源は切られていた。とりあえず、「新しい手掛かりを摑んだ」とだけ留守番電話に入れてから、次に杉浦弁護士にも報告を入れようとした。ところがこちらも不在だった。

何か新しい動きがあったのだろうかと思いながら、弁護士の留守番電話にも声を入れておいた。「増願寺に証拠があるかも知れない」と。

そして電話を切ってから、留守電ランプが点滅していることに気づいた。メッセージを再生してみると、南郷の声が響いた。

「三上か？　南郷だ。妙なことになった。例の証拠から、お前さんの指紋が出たんだ」

自分の指紋？

純一は眉をひそめた。何かの手違いがあったのではないかと思った。どう考えても、自分の指紋が証拠品に付着するなどあり得ない話だ。

「いいか、絶対にアパートには戻るな。人目につかない所で時間を——」

警察が自分を追っている。それに気づいた途端、両手に手錠をかけられた二年前の記憶とともに、純一の背筋を冷たいものが走った。

宇津木夫妻が殺された十年前、自分は友里とともに中湊郡にいたのだ。そして殺害現場から持ち出された証拠品には、自分の指紋が——

純一の不安は恐怖に変わった。今や彼は、樹原亮と自分の立場が入れ替わったのを知った。冤罪で処刑されるのは自分なのだ。

しかし、どうして自分の指紋が検出されたのか？　純一にはまったく心当たりのないことだった。図書館の前に突っ立ったまま、彼は怯えた目を周囲に走らせた。警察官の姿は見当たらなかった。

純一は俯きがちに歩き出すと、海水浴場への道に入った。努めてゆっくり歩いているのに、心臓は破裂しそうな勢いで動いていた。純一は、土産物屋に入ると、帽子とサングラスを買い込んで顔を隠した。

ふたたび歩道に出て、祈るような気持ちで南郷に電話を入れたが、先方の電源は切られたままだった。

重要参考人の尾行は、炎天下での根競《こんくら》べとなった。最初の三十分間、南郷は勝浦市内をぶらぶらと歩き回っていた。それから不意に駆け出すと、狭い街路を右に左にと走り抜け、尾行の刑事二名を振り切った。

しかしそれは、追跡の陣頭指揮を執る船越課長の思惑通りの展開だった。狭い市街地に配置された別班が、無線連絡を受け、南郷の姿を捕捉していたのである。

要撃作戦は成功だった。南郷は追手を振り切って安心したと見えて、二度と背後を振り返ることなく、駅前のイタリア料理店に入って行った。

五名の刑事が、そのレストランの出入り口を固めた。偵察のために店内に入った私服の婦人警官が、三上純一の姿はないと携帯電話で報告してきた。店の中の南郷が、どこかに電話をかけていたことから、そこで三上と落ち合う手筈になっていると考えられた。

それから三時間、南郷も、そして刑事たちもひたすら待ち続けた。日が傾きかける頃になって、ようやく南郷が席を立った。勘定を済ませた彼は、店を出て、勝浦駅の階段を上り始めた。電車に乗るつもりなのかと思われたが、南郷が寄ったのは公衆便所だった。尾行の先陣を切っていた刑事は、便所から出て来た南郷と向き合う形になったが、そのまま改札口を通り抜けたので気づかれた心配はなかった。ふたたび駅前の通りを歩き始めた南郷を、尾行の第二陣と三陣が追った。

やがて南郷は、目抜き通りをそれて、住宅地に入って行った。刑事たちの期待は高まった。三上純一とともに借りているアパートに向かっているのだ。その推測は見事に的中した。十分ほど歩いた南郷は、『ヴィラ勝浦』と表札の出た二階建てのアパートに入って行った。

これで潜伏先を突き止めた。刑事の一人が、すぐに無線で本部の指示を仰いだ。勝浦署にいる船越課長の応答は、「踏み込め」であった。四名の刑事が外にとどまって逃走経路を塞ぎ、残る二名が、アパートの階段を駆け上がって、南郷が入ったドアをノックした。

「はい?」南郷の声が聞こえた。

「勝浦署の者です。開けて下さい」

刑事の一人が言うと、扉が開いた。顔を出した南郷は、きょとんとした顔をした。「警察の方?」

「先程、お目にかかったでしょう」取調室にいた刑事は言ったが、すぐに異変に気づいた。南郷の顔つきが変わっていたのだ。

刑事の頭の中で、危険ランプが点灯した。大変なことになったと感じながら、刑事は訊いた。

「あんたは誰だ?」

相手は答えた。「南郷正二の双子の兄、正一です」

「こんな所で、何を?」

「私だけが大学に行ったもので」南郷正一は、微笑を浮かべて言った。「弟への借りを返しに」

南郷は、勝浦駅の公衆便所で五分待ってから、外に駆け出した。川崎から兄を呼び寄せるのに、三時間もかかってしまった。個室の中で着替えた兄の服は、汗ばんでいて気持ち悪かった。しかし贅沢を言っている場合ではなかった。

南郷は、駅前ロータリーに停めてある兄の車を見つけると、渡された鍵を使って中に乗り込んだ。そしてアクセルを踏み込み、中湊郡に向かった。

すでに純一が吹き込んだ留守番電話のメッセージは聞いていた。しかし、「新しい手掛かりを摑んだ」とはどういうことなのか。純一が未だに真犯人捜しを続けているとすると、指紋検出の一件と矛盾する。本人に直接訊きたかったが、逆探知の危険性を考えると、携帯電話を使う訳にはいかなかった。車を止めて公衆電話を探そうかとも考えたが、今は勝浦市から脱出するのが先決だと思い直した。

しばらく国道を南下して行くうち、対向車がパッシングライトをつけるのが目に入った。スピード違反の取り締まりかと考えて、南郷はブレーキを踏んだ。幹線道路に気をつけろという中森の警告を思い出したのだ。おそらく前方では、検問が行なわれているに違いない。

南郷は、頭の中で、今まで散々見てきた中湊郡の地図を思い浮かべた。宇津木耕平邸前の道は、山の中を迂回して勝浦市に向かっていたはずだ。国道への合流点を思い出した南郷は、車をUターンさせ、逆戻りしてから山道に乗り入れた。

彼はこれから、中湊郡にいるたった一人の味方に救援を要請するつもりだった。高額の報酬を払ってまで、樹原亮の冤罪を晴らそうとしている依頼人である。『ホテル陽光』のオーナー、安藤紀夫に事情を話せば、あの巨大な宿泊施設に南郷と純一をかくまってくれるはずだ。

辺りには夕闇が迫っていた。房総半島の内陸部を行く山道には、警察の検問も待ち受けてはいなかった。

あと少しだ、と南郷は考えた。『ホテル陽光』に駆け込み、逆探知の心配のない電話で、純一に連絡を取る。
それまでは捕まらないでいてくれと、南郷は必死に祈った。

帽子とサングラスで顔を隠した純一は、午後いっぱいを砂浜で過ごした。三百メートルほどの海岸線は、水着姿の若者たちでにぎわっていた。その人波に紛れ、何度か南郷の携帯電話にかけてみたが、相変わらず電源は切られたままだった。

やがて日が落ちる頃になって、純一は焦りを感じ始めた。混雑していた砂浜も、徐々に人気が失せていった。このままそこに留まっているのは、かえって人目につく危険があった。

純一は腰を上げると、サングラスの陰で周囲に視線を向けながら、ゆっくりと歩き出した。刑事らしい人影は見当たらなかった。

もしかしたら中湊郡は安全なのかも知れない。しかしそう思った途端、まったく別の不安が押し寄せてきた。勝浦市にいた南郷が、警察に身柄を拘束されたのではないかと考えたのである。

海水浴場を出た純一は、商店街に足を向けた。今や、取るべき行動は決まっていた。一刻も早く増願寺の跡地に戻り、不動明王像の胎内を探るのだ。そこで真犯人に直結する証拠を掴めば、樹原亮の冤罪とともに、自分への嫌疑も晴れるに違いない。南郷を含め、全員が助かるためには、十年前の強盗殺人事件を解決するしか道はないのだ。

家庭用雑貨店を見つけた純一は、軍手とロープ、それに懐中電灯を買い、手持ちのデイパックに押し込んだ。それから駅前へ行って、『レンタサイクル』と看板の出た土産物屋で自転車を借りた。何もない山の中へ行くことを考えると、タクシーを使えば怪しまれるのは目に見えていた。

純一はペダルを踏み込み、国道を越えて、宇津木耕平邸に続く山道に入った。その時、飛び出して来た乗用車と接触しそうになった。運転席に南郷を見たように思って振り返ったが、その車は乗り慣れたシビックではなかった。

純一は、帽子とサングラスを取って、デイパックにしまった。そして体勢を立て直すと、山腹の急斜面を目指して自転車をこぎ始めた。

『ホテル陽光』の駐車場に入った南郷は、ほっと安堵のため息をついた。無事に勝浦市を脱出し、中湊郡にたどり着いたのだ。しかし、油断は禁物だった。宿泊施設が警察にマークされている危険も考えなければならない。

正面玄関から中に入り、ロビーを見渡した。嬉しいことに、そこには大学生の一団がいるだけで、張り込みの刑事の姿はなかった。

フロントに行くと、以前にも会った支配人がいた。オーナーへの面会を申し入れると、相手はすぐに取り次いでくれ、一分も経たぬうちに面会の許可が下りた。

三階に上がり、廊下奥のドアをノックすると、安藤オーナーの快活な笑顔が出迎えた。地位をひけらかさない寛いだ印象は、前回とまったく変わっていなかった。

「調査に進展はありましたか?」ソファを勧めながら、安藤が訊いた。

南郷は、自分の置かれた難しい立場に気づいて戸惑った。依頼人は杉浦弁護士に対し、匿名を守るように厳命している。となると、こちらが依頼人を頼って来たと告げるのは具合が悪かった。杉浦弁護士が、守秘義務に違反したのではないかと疑われる怖れがあるからだ。

「あと一歩の所まで来てます」南郷は当たり障りなく言った。「詳しい話をする前に、大変申し訳ないんですが、電話をお借りできますか？」

「どうぞ」安藤はにこやかに言って、灰皿横の電話機を手で示した。

南郷は、受話器を取り、純一の番号を押した。呼出音が聞こえて来た。頼むから出てくれと念じていると、やがて声が聞こえて来た。

「もしもし？　南郷さん？」

「三上！」南郷は思わず叫んでいた。何十年も会っていないような気がした。

「南郷さん、無事なんですか！」

その弾んだ声が、南郷には嬉しかった。「俺の心配はいい。それよりお前だ。指紋の件は聞いたな？」

「聞きました。どういうことなんです？」

「どういうこととは、どういうことだ？」

純一は苛立ったようだった。「どうして俺の指紋が出たんですか！」

南郷は啞然として訊き返した。「待った。正直に言ってくれ。心当たりはないのか？」

「ないです」純一はきっぱりと言った。「俺は、手斧にも印鑑にも触ってないです」

「十年前はどうだ？　記憶が曖昧だとか言っていたが」

「いえ」と、少し口ごもってから純一は答えた。「宇津木夫妻を殺したりはしてません。間違いないです」

「よし。信じてやる」南郷は言った。細かいことを考えるのは後回しだ。「今、自分が置かれた立場は分かってるな？」

「はい」純一の声が固くなった。「樹原亮と同じですね」

「そうだ」不安で不安でどうしようもない純一の心を察して、南郷は腹立たしくなった。どうしてお前は今、独りでいるんだ。「今、どこにいる？」

「増願寺に向かってます」

「え？」

驚いて訊き返した南郷に、純一は図書館での発見を伝えてきた。「我々も警察も、仏像の中だけは見てなかったんですよ」

「よし、分かった」南郷は、安藤をちらりと窺った。オーナーは執務机の前でスケジュール表に目をやり、南郷の私用電話を聞かない振りをしてくれていた。「今、こっちは、『ホテル陽光』にいる」

「あ、そうか！」純一の声が明るくなった。「依頼人なら、助けてくれるはずですよね」

「そうだ」南郷は笑った。そして増願寺の跡地は、身を隠すには絶好の場所だと気づいた。「もしも証拠を見つけたら、そこを動くな。こちらから迎えに行く」

「分かりました」

「それから俺の携帯は使えないからな。連絡がつかなくても心配するな」

「はい」そして純一は、最後に訊いた。「南郷さん、大丈夫ですよね？」

「大丈夫だ。きっとうまくいく」

「じゃあ、あとで」

電話が終わると、南郷は安藤に言った。「失礼しました。ようやく、樹原君の冤罪が晴らせそうなんです」

安藤は目を丸くした。「本当ですか」

「ええ」杉浦弁護士は、依頼人にどこまで情報を伝えているのかと考えながら、南郷は続けた。「ところが、最後の段階で厄介な問題が持ち上がりまして、どうしても安藤さんのご助力が必要なんです」

「何でもしますよ。どうしたらいいですか？」

「よろしかったら安藤さんの車で、私を現場近くの山の中まで運んでいただけないでしょうか」

「そこに証拠が？」

「そうです」

「いいでしょう」安藤は言うと、執務机の電話を取り上げて、自分の車を正面玄関に回すように命じた。「すぐに出ましょう」

部屋を出た南郷は、安藤とともに一階へ向かいながら、証拠回収後のことも頼んでみた。安藤は、純一と南郷を、自分のホテルにかくまうことを了承してくれた。

南郷はほっと胸を撫で下ろした。

正面玄関を出た南郷は、安藤に勧められるまま、ベンツの助手席におさまった。まるでＶＩＰ待遇だと考えて南郷の顔はほころんだ。土壇場で踏みとどまったのだ。増願寺の仏像から証拠が出て来れば、最後の最後で大逆転打を放つことになる。

安藤オーナーは配車係から鍵を受け取ると、自ら運転席に乗り込んだ。そしてエアコンのパワーを上げ、ネクタイを外した。

南郷は、やや驚いて、安藤の手先を見つめていた。ホテルのオーナーがしていたネクタイは、首に巻くのではなく、結び目の形のまま着脱するタイプだった。

南郷の視線に気づいたのか、安藤は笑いながら言った。「首を絞めるタイプだと、暑苦しいですからね」

南郷は頷き、微笑んで、半袖シャツから伸びる安藤の両腕に目をやった。ホテル陽光のオーナーは、どちらの腕にも時計をしていなかった。


急斜面の上に立った純一は、装備が足りなかったのではないかと心配になった。

日が暮れた今、眼下の土の壁は闇に呑まれ、手持ちの懐中電灯だけではいかにも心もとなかった。それに頬をかすめる空気が、急に湿気を帯びて来たようにも感じられた。スコップも持って来るんだったと純一は後悔した。もし雨が降り出したら、増願寺への入口を土砂が埋めてしまう危険があった。

しかし事態は一刻を争う。純一は決断し、すでに斜面に垂らしてあるロープを摑んだ。そして、懐中電灯を下向きにベルトに差し込むと、ゆっくりと寺の入口めがけて降下して行った。家庭用雑貨店で手に入れた軍手とロープは、かなり滑りやすかった。それでも数分の後に、無事に入口に到達した。

純一は、懐中電灯を手に持ち、真っ暗な穴の中に体を滑り込ませた。前日から空気の通りが良くなったせいか、黴の臭いは薄らいでいるようだった。

純一は足元を照らしながら、木の板を踏み締めて、本堂の奥へと歩き出した。

階段が彼を待ち受けていた。慎重な足取りでその下まで行った純一は、懐中電灯を階上に向けた。光の筋の先端は闇の中に消えていた。純一は明かりを下ろしながら、段の数を数えてみた。するとそれは十三あった。

十三階段。

純一は思わず目を閉じた。それは破滅の予兆なのか。

しかし、十三あるすべての段を上らなければ、樹原亮と自分の命を救うことはできない。

純一は顔を上げ、ゆっくりと階段を上り始めた。

安藤の運転するベンツが、ヘッドライトをアップビームにして山道に入った。

増願寺の跡地までは、十五分とかからないだろう。

南郷は助手席に座ったまま、どこで間違いが起こったのかと考えていた。おそらく安藤と初めて会った日、弁護士からかかって来た電話のタイミングが良過ぎたのだ。三上純一が、まだ調査に加わっているのではないかという、依頼人からのクレーム。その直前に、安藤と純一が顔を合わせていたために、この男が依頼人だと判断してしまったのだ。

「どこまで行けばいいんですか？」ハンドルを握る安藤が訊いた。

「もう少しです。このまま宇津木さんの家の前を通り抜けて下さい」

南郷は言って、素早く頭をめぐらせた。真犯人は、過去に重罪を犯した人物。そして、保護司の宇津木耕平に強請られた時に、失うものがあまりにも大きい人物。さらに、殺害に至るまでに、九千万円程度の現金を振り込めるだけの財力があった人物。

腕時計をしていない安藤の両腕を一瞥し、南郷は言った。「安藤さんは、責任感の強いお方ですね」

「そうですか？」

「そうですよ。ここまで樹原君のために動かれてる訳ですから」そして南郷は訊いた。「血液型は、A型ですか？」

「いや、Bです」

南郷は笑ってしまいそうになった。これで進退は窮まった。証拠の発見は、真犯人にとっては極刑を意味する。十年前の預金通帳が出て来れば、安藤はまさに命懸けで奪いに来るに違いない。

ベンツは、廃屋となった十年前の殺害現場の前を通り過ぎた。未舗装の林道に入ったために、わずかな震動が車体を揺らし始めた。

「そろそろですか？」安藤が訊いた。

「そうです」南郷は言った。オーナーの執務室からかけた純一への電話では、『増願寺』という単語は口にしなかったはずだ。「私の相棒が、すでに証拠を手に入れて、この先で待ってるんです」

「この先、というのは？」

「森の中です。営林署が使っていた山小屋がありまして」


暗闇の中、純一は、ついに十三階段を上りきった。

南郷はまだだろうかと考え、吹き抜けを通して懐中電灯を向けてみたが、光は一階の入口までは届かなかった。

純一は、懐中電灯を二階中央の仏像に向けた。不動明王は、降魔《ごうま》の宝剣を握り締め、あらゆる仏敵を殲滅《せんめつ》せんと身構えていた。もとは異教の最高神でありながら、その圧倒的な破壊力とともに仏教の守護神として生まれ変わった武神の姿だった。釈迦如来の作る浄土、そして法を犯す者は、その宝剣の一撃を受けなければならない。

今の純一には、目の前の仏像に惹かれる理由が分かっていた。彼が読んだ資料には、こう書かれていた。仏教は、優しい慈悲を施すだけでは救うことのできない愚かな衆生のために、この破壊神を用意した、と。

自分は不動明王の敵なのだと哀しく思いながら、純一は手を合わせた。そして像に歩み寄って、胴体に手を伸ばした。

途端に信じられない感触が伝わってきて、純一はぞっとして手を引っ込めた。もう一度、不動明王の憤怒の形相を見つめてから、今度は軍手を外して素手で触れてみた。

間違いなかった。この仏像は木彫りだ。内部が空洞の脱活乾漆ではない。

絶望が心の中に押し寄せてきた。仏像の胎内に証拠品が隠されていると考えたのは、誤りだったのか。

その時、かすかに車のエンジン音が聞こえてきた。南郷が到着したのかと入口を振り返ったが、その音は止まることなく通り過ぎて行った。

純一は不動明王に目を戻し、像全体に光を当てて、つぶさに観察してみた。すると背中の部分に、四角い筋のようなものを発見した。しかし火焔をあしらった光背《こうはい》に遮られて、近くで見ることはできなかった。

純一は、もう一度手を合わせてから、光背を引っぱった。すると像全体が傾ぎ、本体に差し込まれていた光背が抜き取られた。

それをかたわらに置き、あらわになった仏像の背中に光を当て、問題の四角い枠を見つめた。それは間違いなく蓋だった。木彫りの仏像にも空洞が設けられているのかも知れない。それから純一は、蓋の周囲を指でなぞって、ふたたび胸を躍らせた。色合いでカモフラージュされているが、木の蓋が樹脂系の接着剤で塞がれているのは間違いなかった。それは古《いにしえ》の技術ではない。おそらく十年前に犯人がやったのだ。

すぐに木の蓋を開けてみようとしたが無理だった。接着剤が性能通りの強度で、蓋と本体とをつなぎ止めているのだ。

純一は階段を駆け下り、何か道具はないかと捜した。すると、本堂の片隅に鍬《くわ》が見つかった。それを持ってふたたび階段を上がり、明王像の背後に回り込んだ。

中の空洞を見るには、仏像を破壊するしかない。

純一は柄を握り締め、鍬を振り上げた。そして躊躇した。

心の中の抵抗は、二年前に佐村恭介を殺した時よりも大きかった。世界のあちらこちらで、神の名のもとに殺戮《さつりく》が行なわれている理由が分かったような気がした。

しかし、と純一は考えた。樹原亮の命を救うのは、この木彫りの仏像ではない。自分だ。

純一は、不動明王の背中めがけて鍬を振り下ろした。

増願寺の跡地を過ぎてから、さらに三百メートルほど進んだ地点でベンツは停止した。

南郷は車を降り、安藤に言った。「ここから森の中に入ります」

安藤は頷き、グローブボックスから懐中電灯を取り出した。「私も行きます」

「靴は大丈夫ですか？」

「汚れたら買い替えればいい」安藤は、磨き上げられた黒の革靴を見て笑った。

二人は、営林署の山小屋を目指して歩き出した。言葉少なに樹木の間を進みながら、南郷はこれからのことを必死に考えていた。

小屋に着いた時、そこに純一の姿がないと分かったら、安藤はどう出るだろうか。そうだ、その時こそ安藤の正体を見極めるチャンスだ。この男が真犯人なら、証拠を隠した場所も知っている。きっと増願寺の跡地に急行しようとするだろう。

それだけは阻止しなくてはならないと南郷は考えた。小屋の中に武器になるような物はあったかと頭をめぐらせたが、何も思い浮かばなかった。

そこへ、かすかに車の音が聞こえて来た。それには安藤も気づいたらしく、足を止めて南郷と顔を見合わせた。エンジン音は、二人のいる地点よりも後方で止まった。増願寺の跡地付近だ。

一体、誰が？　南郷は思わず安藤を見つめた。この男は犯人ではないのか？　真犯人は別にいて、証拠の奪還に来たのだろうか？

「誰でしょうか？」安藤が訊いた。

南郷は首をひねって見せたが、相手の顔には、理由の判明しない疑念のようなものが浮かんでいた。

やばい、と南郷は感じた。すべてが曖昧なままなのに、事態が絶望的な方向へ向かっているという予感があった。

車の音は、斜面の下で止まったようだった。

南郷がついに来てくれた。純一は、無敵の援軍を得た思いで、さらに鍬を振り下ろした。先端の歯は、一撃ごとに、仏像背面の木肌を剝がしていった。もう少し、もう少しと鍬を突き立てていくうちに、ついに蓋の部分が周囲の板ごと弾け飛んだ。

純一は鍬を放り出し、懐中電灯を拾い上げて、ぽっかりと空いた穴を覗き込んだ。巻き物が見えた。腕を突っ込み、取り出してみると、それは古い経文のようだった。他にはないかと腕を入れてみたが、内部の空洞は意外に深く、底までは手が届かなかった。純一はもう一度鍬を振り上げ、渾身の力をこめて仏像の背中に突き立てた。

大きな音がした。不動明王の背中一面が、穴の底まで剝ぎ取られた。

そして、中にあるものを見た瞬間、純一は小さく叫んだ。

預金通帳があった。表紙には、宇津木耕平の氏名が書き込まれている。全体に付着している黒い染みは、十年前の血痕だと思われた。その他に、乱雑にまとめられた書類もあった。現場から持ち去られた保護観察記録だろう。しかし純一が驚きの声を上げたのは、別の理由からだった。そこには、あるはずのない物が一緒に入れられていたのだ。

手斧と印鑑。

そのどちらも、通帳と同じく血痕に汚れている。

この二つの証拠は、すでに発見されているはずだ。それなのに、どうしてここに？

純一は、通帳を見てみることにした。軍手をはめ直し、紙の表面をこすらないようにしてページをめくった。

百万円単位の振り込みの記録が、すぐに目にとまった。入金者の名前は、『アンドウノリオ』となっていた。

安藤紀夫。

真犯人の名前を知った純一は、思わず入口を振り返った。ホテル陽光のオーナーは、今、南郷と一緒にいるのではないのか。さっき、斜面の下で止まった車には、安藤も乗っていたのだろうか。

安藤の攻撃は、南郷が予想していたよりも早いタイミングで襲いかかってきた。営林署の山小屋の前に立ち、扉を開けようとしたその時だった。背後に衣擦れの音を聞いて振り返った瞬間、直径十センチほどの丸太が、南郷の側頭部に向かって振り下ろされたのだった。左耳が聞こえなくなった。耳たぶが切れたのか、頬に生温かい流れを感じた。その場にうずくまった南郷は、この男が真犯人だと確信した。

そこへ第二撃が振り下ろされた。南郷は両腕で頭部をかばい、無抵抗を装って、ひたすら安藤の暴力に耐え続けた。やがて、こちらが気を失ったと考えたのか、繰り返されていた打撃が止んだ。目の端で相手の靴を捉えていた南郷は、その足が小屋に向かって踏み出されたのを見て、すぐに反撃にかかった。安藤の両脚を抱え込み、すくい上げるようにして立ち上がった。身をよじり、背中から扉に叩きつけられた安藤が、戸板を突き破って小屋の中に倒れ込んだ。

南郷は相手に飛びかかった。一度は安藤を組み伏せたものの、急所に蹴りを入れられてのけぞった。刑務官時代に身につけた逮捕術は、年齢とともに錆びついていた。安藤は体勢を入れ替えて南郷に馬乗りになると、両手で首を絞めにかかった。

ここに至って、南郷ははっきりと悟った。これは正真正銘の殺し合いだ。意識が朦朧とし始めた南郷は、両腕をばたつかせて床を探った。安藤が落とした懐中電灯があった。それを摑み、かすれた唸り声を上げながら、相手のこめかみに叩きつけた。

しかし安藤の力は緩まなかった。弾力を失い硬直したまぶたの中に、安藤の血走った目が浮き上がっている。

南郷は、その目を狙って懐中電灯を突き出した。


純一は、預金通帳を閉じると、慎重にデイパックに入れた。そして、手斧と印鑑に目を向けた。

どうしてこの二つの品が、ここにあるのか。自分の指紋が付いていた証拠は何だったのか。

早くここを立ち去れという声が、心の隅で響いていた。さっきの車に安藤が乗っていたとしたら、ぐずぐずしているのは命取りになる。

しかし、あるはずのない証拠が、何かを語りかけていた。自分も南郷も、完全に見落としていた重大な何かを。

やがて、『宇津木』名義の三文判を見つめた純一は、それがプラスチック製であることに気づいた。そしてその瞬間、彼はすべてを理解した。

今回の調査は、樹原亮の冤罪を晴らすためではなかった。ましてや安藤紀夫という真犯人を見つけることも必要ではなかった。保証された高額の報酬は、純一の父親が全額を出していたのだ。それに、自分だけが調査から外されそうになった理由も、発掘された偽の証拠に彼の指紋がつけられた方法も、そのすべてを純一は見抜いた。

百ミクロンの精度で光硬化性樹脂を固める光造形システム。あれを使えば、訴訟記録にあった印影から、『宇津木』名義の三文判を複製するのは簡単だ。三文判だけではない。指紋の画像を二次元データとして取り込み、隆起した線に沿って壁を作ってやれば、紋様を象《かたど》った判子ができる。

純一は、匿名の依頼人のもとを、そうとは知らずに訪れた時のことを思い出した。あの時、相手が茶を勧めたのは、親切からではなく、純一の指紋を採取するためだったのだ。

そこへ、床板の軋む音が聞こえてきた。相手は足音を忍ばせているのだろうが、暗闇の中の十三階段は、侵入者の接近を純一に伝えていた。一段、また一段と、殺意の塊が純一に近づいて来る。

依頼人は、杉浦弁護士を通じて、こちらの居場所を知ったのだろう。相手にとっては、事件の真相を物語る証拠が見つかってはまずいのだ。依頼人自らが捏造《ねつぞう》し、あらかじめ斜面に埋めておいた印鑑が証拠能力を持たなければ、樹原亮の代わりに純一を絞首刑にすることはできない。

純一は、懐中電灯を階段口に向けた。復讐の鬼と化した男が、のっそりと姿を現した。

「懲役二年じゃ軽過ぎる」猟銃を握り締めた佐村光男は言った。「俺の息子の命を奪っておいて、たったの二年だと？」

純一は恐怖で言葉が出なかった。黒光りする銃口が、まっすぐ純一の頭部に向けられていた。相手の全身にみなぎる応報感情は、宇津木啓介の比ではなかった。

この父親には自分を殺す権利があると純一は考えた。二年前、自分が佐村恭介を殺したように、この父親にも報復する権利があるのだ。

度を超えた憎悪で、人相が変わるほどに眉を吊り上げた光男は、腰だめに銃を構えながら、ゆっくりとこちらに近づいて来た。「証拠をこっちに放れ。そいつは処分しなきゃならん。あの老夫婦を殺したのは、お前なんだからな」

その言葉が、純一を無抵抗の淵から呼び戻した。安藤紀夫の犯行を物語る証拠を消されてしまったら、樹原亮は冤罪のまま処刑される。

躊躇している純一を見て、光男は叫んだ。「斧と印鑑だ！　それに通帳もあったはずだ！」

純一は頷き、デイパックに手を伸ばした。中を覗き込むと暗かった。純一は床の懐中電灯を拾い上げ、証拠を照らす振りをして、不意にスイッチを切った。

周囲が暗黒に閉ざされると同時に、散弾銃が火を噴いた。純一は無我夢中で床の上を転がっていた。轟音が耳をつんざき、残響が痛みとなって聴覚を塞いだ。

「お前は極刑に値する人間だ！　処刑してやる！」

激しい耳鳴りの中、光男の叫びが途切れ途切れに聞こえて来た。だが純一は動けなかった。音をたてれば、こちらの位置を捕捉される。

左目を潰された安藤が、絶叫とともに背後に飛びすさった。南郷はその場に四つん這いになり、必死に唾を呑み込んで、失われた呼吸を呼び戻そうとした。そこへ、背後からの打撃が襲った。片目から流血している安藤が、小屋の中の角材を拾い上げて反撃に出たのだ。

自分が殺されれば、増願寺にいる純一も、そして証拠も危ない。そうなれば樹原亮も処刑される。南郷は、わずかに息を吸い込むことに成功すると、小屋の奥に向かって駆け出した。そこには一巻きの鎖があった。

こちらの思惑に気づいた安藤が、足に一撃を加えようとした。しかし倒れ込んだ南郷は、右手で鎖の端を摑んでいた。彼は振り向きざまに、強盗殺人犯に向けて鎖を叩きつけた。

甲高い打撃音とともに、安藤の上体が揺らいだ。しかしそれは刹那のことで、安藤は角材を振り回しながら、こちらに向けて突っ込んで来た。南郷は鎖をたぐり寄せたが、相手は目の前に迫っていた。その攻撃を受け止めようと腕を振り上げた時、鎖が安藤の首に巻きついた。

南郷は、それを両手で絞め上げた。

「まだ人を殺すつもりか！」残虐非道な殺人犯への怒りが、南郷の口から迸《ほとばし》った。「お前のような奴がいるから、俺たちは苦しむんだ！」

安藤は声にならない叫びを上げながら、なおもこちらを殴打しようとしていた。その鬼気迫る形相に心底の恐怖を感じ、南郷はさらに力をこめて安藤の首を絞め上げた。「樹原も、それから三上も、殺させてたまるか！」

南郷は手を緩めなかった。すでに相手の抵抗がなくなっていることには気がつかなかった。その時、彼の頭からは、生活の記憶すべてが失われていた。両親のことも、双子の兄のことも、呼び戻そうとしている妻子のことも。それから、子供たちが楽しみにやって来るパン屋を開業する夢も。

土気色に変色した安藤の顔から、真っ赤な舌がだらりと垂れ下がった。

南郷は、はっと我に返って、鎖を手放した。

安藤が、こちらにもたれかかるように崩れ落ちた。

南郷は呆然として、足元の死体を見下ろした。

彼が犯罪者を絞め殺したその場所は、拘置所の刑場ではなかった。

もはや佐村光男は、純一を司直の手によって処刑させるのは諦めたようだった。地中に埋もれた寺の中は、殺人の舞台としては絶好なのだ。

聴覚だけが頼りの完全な暗闇の中、光男は、「どこだ、どこにいる?」と囁き声で繰り返しながら、辺りを歩き回っていた。

純一は息を止めた。光男が足を踏み出す度に、かすかな震動が床についた両手に伝わってきた。一歩、また一歩と、光男が間違いなくこちらに近づいて来る。

やがて、息を止めていられなくなると同時に、純一は恐怖にも耐えきれなくなった。彼はデイパックを摑むと、その場から駆け出した。

はっと息を呑むような声が聞こえた直後、背後で銃声が轟いた。銃口から噴き出された火焔が、一瞬だけ純一の逃走経路を照らし出した。階段まで、あと三メートル。だがその光は同時に、狩人に獲物の位置をも教えたはずだった。

薬莢を吐き出す音がして、続けざまの銃撃が純一を襲った。吹き飛ばされた床板の破片が、純一の頬に刺さった。次の銃声とともに、右足の側面に皮をそがれたような痛みが走った。散弾の一部がかすめたのだ。

左に倒れ込んだ純一は、不動明王像の前面に回り込み、感触を頼りに背中を押しつけた。その時、地獄の底から聞こえてくるような不気味な低音が増願寺全体に響きわたった。純一は愕然として、動き出した床板に両手をついた。間違いない。光男の乱射が、二階部分を支える柱の一本をへし折ったのだ。

床が大きく傾き始めた。状況を察した光男が、足音を立ててこちらに駆けて来た。これが最後だ、と純一は思った。この時を最後に戦いは終わる。その生きるか死ぬかの瀬戸際で、純一は懐中電灯のスイッチを入れた。

すぐ横に光男がいた。純一と目が合った瞬間、光男は散弾銃を振り上げた。純一は傾いた床の上方に這い上がると、不動明王像に体当たりを食らわせた。

巨大な重量が動き出したせいで、床の傾く速度が急激に上がった。純一は足元をすくわれ、仏像もろとも光男めがけて滑り落ちて行った。

銃声に続いて悲鳴が響き渡った。純一は宙に投げ出された。回転しながら落ちて行く懐中電灯の光が、崩落する増願寺の二階部分と、そして側壁に取り残された階段を一瞬だけ照らし出した。

行き場を失った十三階段――

純一がそれに目をとめた直後、全身を圧し潰すような衝撃が彼を襲い、その後は何も分からなくなった。

3

午前九時。

鉄扉が開かれた。

重い衝撃音を耳にして、樹原亮は袋貼りの手を止めた。脳天から爪先にかけて、凍りついた針金を通されたような恐怖が走った。同時に死刑囚舎房全体が、生贄が誰かも分からぬまま、戦慄と困惑で静まり返った。

やがて、死神たちの足音が聞こえてきた。足並みを揃え、まっすぐにこちらに向かって進んで来る。

来るな！　来ないでくれ！

樹原は必死に祈った。しかし固い靴音は止まることなく、一歩一歩近づいて来た。そしてその一列縦隊が、樹原の独居房の前にさしかかった。

自分か？　殺されるのは自分なのか？

その時、不意に足音が止んだ。

止まった！　足音が、自分の房の前で！

視察口が開いた。

樹原は、こちらを覗き込んでいる刑務官の目を、呆然と見返していた。

やがて視察口が閉じられ、ドアが開錠された。開かれた扉の向こうには、警備隊と制服姿の処遇部長、それから指導教育担当の首席矯正処遇官がいた。

「二七〇番、樹原亮」警備隊長が言った。「出房だ」

樹原の全身から力が抜け、その場に崩れ落ちた。失禁したせいで、下腹部が生温く濡れていた。

警備隊のうち二名が房の中に入り込み、樹原の両脇を押え込んだ。抵抗しようにも、すでに全身の力は失われていた。

歯の根が合わず、かちかちと顎を鳴らせている樹原の前に、処遇部長が困ったような表情を浮かべてやって来た。

「今、君に何を言っても耳に入らんだろう。しかし手続き上、これは見てもらわないとね」処遇部長は言って、二枚の紙を樹原に突きつけた。「一枚目は、刑事訴訟法第五〇二条に基づいて行なわれた、異議申立ての結果だ」

樹原は息を呑んで、その一枚目を見た。

『平成一三年（む）第一六五号

決　定

東京拘置所在監

申立人　樹原亮

右申立人から裁判の執行に関する異議の申立てがあったので、当裁判所は、次のとおり決定する。

主　文

本件異議の申立てを棄却する。』

その後に続く理由の項目は、もう目に入らなかった。希望が潰えた。樹原の頭に浮かんだのはそれだけだった。

「読んだかね？　ちゃんと読んだかね？」処遇部長は、死刑囚が頷くまで訊き続けた。次に彼は、二枚目の紙を見せつけた。「残りは、再審請求の結果だ」

樹原は顔を背けようとしたが、「ちゃんと見なさい！」と叱責されて目を向けた。

『平成一三年（ほ）第四号

決定

本籍　千葉県千葉市稲毛区松川町三丁目七番六号

東京拘置所在監

請求人　樹原亮

昭和四四年五月一〇日生

右の者に対する強盗致死被告事件について、平成四年九月七日東京高等裁判所が言渡した有罪判決（同六年一〇月五日最高裁判所の上告棄却決定により確定）に対し、再審の請求があったので、当裁判所は、請求人及び検察官の各意見を聴いた上、次のとおり決定する。

主文

本件について再審を開始する。』


樹原は目を見開いた。

最後の一文を何度も読み返した。

意識が朦朧としているせいで、幻を見ているのではないかと思った。

「意味は呑み込めたか？」

処遇部長が訊いたので、樹原は首を横に振った。

周囲の房を気遣ってか、処遇部長は声をひそめたが、それでもはっきりと樹原の耳元で告げた。「君の再審開始が、決定したんだよ」

樹原は処遇部長と、それから自分を取り囲む男たちを見た。彼らの顔には微笑が浮かんでいた。

「いいかね？　これは騙しうちでも何でもない。君は、再審に臨む被告人として、別の房に移ることになったんだ。この死刑囚舎房から出られるんだよ」

「上の階に転房だ」警備隊長が嬉しそうに言って、樹原の濡れたズボンを見下ろした。「入浴後、ただちに荷物をまとめるように」

樹原は呆然としながら、もう一度男たちの笑顔を見た。人間が、死神にも天使にもなれるのだということを、彼は思い知った。「俺は、助かるんですか？」

「再審次第だ。今はそれしか言えんが」処遇部長はそこまで言って、笑みを浮かべた。「とにかく、おめでとう」

両脇の警備隊員が、再審の被告人を立たせようとした。しかし今度は、樹原が猛烈な力でその手を振りほどいた。両方の瞳から噴き出した涙を拭うためだった。

死の淵から生還した男は、その後しばらくは独居房の真ん中に突っ伏して、号泣を続けた。

やがて、指導教育担当の首席矯正処遇官がかたわらに屈み込むと、樹原の肩に手を置いて言った。「この決定の裏では、実は大変な犠牲が払われたんだ。いつまでも、それを忘れないように」

終章　二人がやったこと

今、中森検事の机の上には、三名の犯罪者の記録が載っていた。うち一名は被疑者死亡により不起訴、残る二名は、検察内部で激しい論争が繰り広げられた後に起訴された。

はたして本当に正義が行なわれたのか、中森は疑問に思っていた。

彼はまず、死亡した被疑者の記録を手に取った。

安藤紀夫。

『ホテル陽光』のオーナーは、二十一才の時に、強盗殺人を犯していた。母子家庭で育った彼は、自宅に押しかけた貸金業者の悪質な取り立てに怒り、相手の事務所に乗り込んで二名を殺害、借用証書を強奪した。

判決は、一審、二審とも無期、上告も棄却されて確定。十四年の服役生活の後に仮出獄し、その五年後には恩赦が認められて復権した。この時、安藤の保護観察を担当したのが宇津木耕平だった。

安藤紀夫は、復権とともに取得した宅地建物取引免許を使って、不動産業で財を築き始めた。前科を隠して結婚もし、家庭生活も順調だった。ところが、中湊郡の観光事業を一手に引き受けるまでに会社を成長させた頃、宇津木耕平の強請りが始まった。

初めは相手の要求に従っていた安藤だったが、やがてこのままでは破滅すると考えるに至り、関東一円で起こっていた『31号事件』を真似て宇津木夫妻を殺害、関係書類を現場から持ち出した。

ここから先は、その後の調査で判明したとおりであった。ただ、再審決定で心の落ち着きを取り戻した樹原亮が、徐々に失われた記憶の断片を想起し、新しい事実を証言するようになっていた。彼は、宇津木耕平邸にいた強盗犯が目出し帽をかぶっていて安藤とは気づかなかったこと、そしてバイク事故が起こらなければ、山を下った段階で自分が殺される運命にあったことなどを証言した。

現在進行中の再審は、まだ結論が出ていないが、安藤が真犯人であったという検察側の事実認定からして、樹原亮が釈放される可能性は高まっていた。

中森は、二人目の犯罪者の記録を手に取った。

佐村光男。

二年前、三上純一によって一人息子を殺されたこの男は、懲役二年の実刑判決を不服とし、公判記録を熟読するうちに、被告人の家出事件に目をとめた。宇津木夫妻が殺された時、三上純一が中湊郡にいたのだった。

佐村光男は、この事件の犯人とされた樹原亮が、かなり微妙な状況で死刑を言い渡されたのを報道を通じて知っていた。もしも強盗殺人の罪を三上に着せることができれば、司直の手によって息子の復讐を遂げることができる。そう考えた佐村光男は、死刑制度反対運動に加わりながら、樹原の情報を収集した。そして死刑囚が、階段についての記憶を取り戻したのを知り、増願寺の跡地に偽造した証拠を埋めることを思いついた。

その一方で、三上純一を死刑台に追いやる証拠の発見者が自分ではまずいと考え、高額の報酬を条件に弁護士を雇った。その数千万円の資金には、三上純一の両親から和解契約で勝ち取った金が当てられていた。

ところがこの時、純一を陥れるはずの地理的な偶然が、もう一つの偶然を呼んだ。事件の調査に雇われた南郷が、純一の家出事件に不思議な因縁を感じ、彼を仕事の相棒に選んだのであった。それを知った佐村光男は、再三にわたって純一を調査から外そうとしたが、南郷と杉浦弁護士が結託したために失敗に終わっていた。

もしも南郷が単独で捏造証拠を見つけていたら、純一は処刑されていたかも知れない。ハイテク技術が使われたこの犯罪計画は、それほど巧妙に仕組まれていた。

佐村光男の起訴事実については、検察内部で激論が交わされていた。捏造証拠によって純一を死刑にさせようとしたことが、殺人未遂罪もしくは殺人予備罪に当たるのかどうか。もしそうだとすれば、絞首刑という行為そのものが、刑法の構成要件である『殺人』に該当することになってしまうのではないか。

最終判断が出された過程を、中森は知らなかった。千葉地検と東京高検の首脳が出した結論は、証拠捏造に関しては誣告《ぶこく》罪を、そして猟銃で純一を襲った行為にのみ殺人未遂罪を適用するというものだった。それを受けて、増願寺の跡地から救出された佐村光男は、全治三ヵ月の傷が癒えるのを待って起訴された。

中森は、三人目の犯罪者の起訴状を手に取った。

南郷正二。罪状は殺人罪。

元刑務官は、裁判にかけられていれば死刑判決が下されたであろう犯罪者を、絞め殺した容疑で起訴された。殺人か、傷害致死か、それとも正当防衛か、さらには緊急避難か、どの結果が出ても不思議ではない微妙な事案だった。

しかし意外なことに、南郷本人が、殺意があったことを主張していた。安藤の手首に腕時計がないことを発見した瞬間から、この男を殺すしかないと考えていたと。

中森には、その証言が事実かどうか疑わしかった。南郷は、必要以上に罪を背負い込んで、それを贖おうとしているのではないのか。被告人と面会した中森は、そんな印象を受けた。

その後、私選弁護人に選ばれた杉浦弁護士と話した時、相手があくまで正当防衛を主張するつもりなのだと知って、中森はほっと胸を撫で下ろした。うらぶれた風情の弁護士は、なかなかに意気盛んだった。「南郷さんが何と言おうと、こちらは無罪を主張します。正義を全うするには、それしかない」

「頑張って下さい」中森は笑って答えたが、それは皮肉でも何でもなかった。南郷には無罪になって欲しかった。

一連の事件を振り返り終えた検察官は、一式書類をまとめてファイルフォルダーに押し込んだ。そしてあらためて、安堵のため息を漏らした。

彼が、人生で初めて行なった死刑の求刑は誤りだった。

樹原亮が処刑されなかったことに、中森は感謝していた。

そしてもう一人の英雄、増願寺の崩落現場から救い出された純一は、傷を癒しただろうかと考えた。


純一の顔を最後に見たのはいつだろう。

拘置所の独居房に座りながら、南郷は考えていた。

あれはまだ、房総半島の外側にいた時だ。偽造されたものとは知らず、増願寺の跡地から手斧と印鑑を発見した夜。殺風景なアパートに戻り、やるだけのことはやったという充実感から、夜明けまで二人で酒を酌み交わしていた。あの時、純一は、本当に嬉しそうに笑っていた。日に焼けた顔をくしゃくしゃにして。

あれが最後だった。それから半年近くも、純一とは会っていないのだ。

そろそろ退院してもいい頃だが、と、純一の怪我の程度を聞かされていた南郷は考えた。全身の打撲と右足大腿部の銃創、それに四ヵ所の骨折。良くもまあ、命があったものだと、南郷は笑いを漏らした。

そこへ、担当の刑務官が南郷を呼びに来た。面会だった。

南郷は腰を上げ、よれたジャージのズボンを手で払った。そして面会所に向かった。

南郷が連れて行かれたのは、弁護士面会所だった。ここは一般の面会所と違い、立ち会いの刑務官なしで、弁護士と二人だけで話ができる。被告人に与えられた『秘密交通権』を行使できる場所なのである。

「用件は三つです」愛想笑いに疲労をにじませた杉浦が、透明アクリル板の向こうに座った。「罪状認否では否認して下さい。南郷さんは殺人者ではありませんから」

そして口を開きかけた南郷を、手で制して言った。「公判が始まるまで、私は同じことを言い続けますからね」

南郷は笑った。「分かった。で、二番目の用件は?」

「奥さんから預かり物です」杉浦は、気の進まない様子で、一枚の書面を出した。「離婚届ですけど、どうします?」

南郷は、すでに妻の署名捺印がなされている書面を見つめた。

「急ぐ必要はないですから、ゆっくり考えていただければ」

南郷は頷いた。しかし頭の中では答は出ていた。家族を呼び戻し、パン屋を開業する夢は、安藤紀夫を殺した瞬間に砕け散ったのだ。

こみあげてきたものを悟られまいと、南郷は顔を俯かせて言った。「こいつは当たり前だよ。

女房が悪いんじゃない。夫が殺人犯じゃな」

杉浦は目を伏せ、三番目の用件を切り出すために、鞄を探り始めた。

そう言えば、と南郷は思い出していた。『サウス・ウインド・ベーカリー』という店の名前を考えてくれたのは純一だったな、と。

「三上君から、手紙を預かってきました」

杉浦が言ったので、南郷は顔を上げた。

「彼は先日、退院しました。リハビリも終わって、元気らしいです」

「そいつは良かった。で、その手紙は？」

杉浦は、アクリル板の向こうで、南郷に見えるように手紙の封を切った。そして訊いた。「私が読み上げますか？　それとも、板越しに読まれますか？」

「読ませてくれ」

杉浦が、アクリル板の向こうで、書面をこちらに向けて掲げた。

南郷は身を乗り出し、ボールペンで書かれた純一の肉筆を追った。


『南郷さん、お元気ですか。こちらは無事に退院しました。明日から少しずつですが、父の工場を手伝おうと思っています。

今回のことでは、南郷さんに本当に感謝しています。もしも調査に誘っていただけなければ、かなり危ない状況だったと中森さんから聞かされました。南郷さんは、樹原亮さんだけではなく、自分の命も救ってくれたのです。

本来なら、退院と同時に面会に行かなくてはならないのですが、今の自分には、それができません。南郷さんに対して、ずっと隠していたことがあり、そのことに関して大変申し訳なく思っているからです。

南郷さんはおそらく、こちらの更生を考えて、今回の仕事に誘ってくださったのでしょう。しかし自分には、被害者の佐村恭介に対して申し訳ないと思う気持ちが、まったくないのです。

ここで、自分がやったことの真相を打ち明けなくてはなりません。自分が殺した相手が、十年前に家出した場所の出身だったことは、偶然でも何でもないのです。自分と佐村恭介は、二人が十七才の時に、中湊郡で知り合っていたのです。

南郷さんはご存知でしょうが、中湊郡で補導された時、自分は木下友里という同級生と一緒でした。高校一年の時からつき合い始めた女の子です。彼女と申し合わせ、高校二年の夏休みに勝浦に旅行に出ました。もちろん、どちらの親にも内緒の旅でした。

予定の三泊四日の間は、二人ともぎごちなかったと思います。地に足がつかないような感じで、会話も振る舞いも、すべてがふわふわした感じでした。夢の中にいて、必死に現実感を求めているような、そんな感じでした。しきりに胸騒ぎのようなものを感じていたのは、自分が友里の体を欲していたからだと思います。今から考えれば、子供が大人になるために必死になって背伸びを繰り返していたのでしょう。

東京に帰る前日の午後、自分たちは中湊郡に向かいました。そこの海岸は勝浦よりも空いていると聞いたので、夕刻を二人で過ごそうと考えたのです。電車を降りて磯辺町を歩き出すと、やがて佐村製作所の看板が目に入りました。自分の実家と同じような工場なので、興味を惹かれて足を止めると、中から佐村恭介が出て来ました。

佐村恭介は、こちらに話しかけてきました。東京出身の自分たちに、関心を持ったようでした。そして言ったのです。近辺を案内してやるから、明日また来ないかと。

自分と友里は、魔法がかかったように、その言葉の虜になりました。二人とも口には出しませんでしたが、まだ東京には帰りたくないと思っていたのです。

問題は宿泊費でしたが、驚いたことに佐村恭介が出してやると言うのです。彼は父親と二人きりの生活で、高校生には多過ぎるほどの小遣いを与えられていました。

自分と友里は迷いましたが、少しでも長く旅行を続けていたかったので同意しました。その時、自分には、ややほっとしたような感じがありました。友里と二人で大人の世界に足を踏み入れる期日が延ばされたからです。高校生に特有の強い欲望と正義感の間で、自分は疲れていました。

翌日から、自分と友里は、かなりリラックスして中湊郡での滞在を楽しみました。親が心配しているだろうなとは考えましたが、そんなこともまた、二人に共犯意識を植えつけて、絆を強めたようでした。

ところがその一方で、佐村恭介が非行に走っているということも分かってきました。何人か友人を紹介されましたが、知り合うのは遠慮したくなるような高校生ばかりでした。また、それに気づく頃には、夢のような日々は瞬く間に過ぎ去って、夏休みも終わりに近づいていました。いよいよ翌日の帰京を決め、佐村恭介に告げると、それならお別れパーティをやろうと言い出しました。自分は友里と二人きりで過ごしたかったので、断わりました。ところがそれを聞いた佐村恭介の態度が豹変したのです。飛び出しナイフでこちらの左腕を切りつけると、もう一人の友人と二人がかりで友里を連れ去りました。

ここに至って自分はようやく気がつきました。こちらに声をかけた時から、佐村恭介の狙いが友里だったということに。

自分は左腕の傷を押さえながら、現場付近の海岸沿いを走って、佐村恭介たちの姿を捜しました。やがて、友里のうめくような声が聞こえたので、埠頭の脇にある小さな倉庫を覗き込んでみると、そこに三人がいました。佐村恭介は友里を組み伏せ、強姦していました。あまりのことに、本当に情けないことですが、自分はしばらく目を見張ったまま立ちすくんでいました。やがてこちらに気づいた佐村恭介の友人が、ナイフを向けてこちらを牽制しました。それで我に返った自分は、友里のもとへ駆け出そうとしたのですが、相手はまた、こちらの左腕の傷を狙ってナイフを突き出しました。同じ所を二度切られて、出血が一気に増えました。自分の呻き声に振り向いた佐村恭介は、薄ら笑いを浮かべて、こちらに見せつけるように体勢を変えました。友里の足の間には、血が流れていました。

それからすぐに、佐村恭介は友里への暴行を終えました。そして、口封じのつもりか、こちらのポケットに十万円の金をねじ込んで去って行きました。

自分が友里に駆け寄ると、彼女の顔には何の感情も浮かんでいませんでした。魂が抜け出てしまったような顔でした。こちらが呼びかけると、驚いたことに友里のほうから、「大丈夫？」と聞いてきました。こちらの腕の傷を見つけたようでした。「病院に行かなきゃ」と友里は言いました。

こんな時に、どうして自分の心配をしてくれるのか。友里の優しい心が分かったような気がして、自分は泣きました。それから、守ってやれなかったことを、友里に謝りました。しかし友里は、「純が死んじゃうから、病院に行かなきゃ」と、うわごとのように繰り返すだけでした。あとで知ったのですが、この時すでに、友里の心は壊れてしまっていました。二度と治ることのない深い傷を負っていたのです。

その後、二人は補導されたわけですが、もう、以前のような無邪気な時は戻りませんでした。友里は暗い人間に変わってしまいました。

自分は、友里のためになろうと、警察に駆け込んだりもしました。しかし、相談に乗ってくれた刑事の話では、強姦罪というのは親告罪という特別な扱いになっていて、被害者本人が届け出ない限り、犯人の罪は問えないという返答でした。さらに刑事は、「被害者は処女だったのか」と聞きました。ふざけているわけではありませんでした。その場合、処女膜の裂傷が傷害行為に該当し、つまりは強姦致傷として親告罪の適用をはずされるというのです。

事実はその通りでしたが、この時初めて、裁判になった場合のことが頭に浮かびました。事実関係を究明する段階で、友里がふたたび大変な辱めにあうということに気がついたのです。

そしてもう一つ、刑事が言った年齢の問題もありました。たとえ訴えたとしても、佐村恭介が十七才なので、刑事罰を与えることは無理だろうというのです。

その時、自分は人生で初めて、他人に対して殺意を覚えました。漠然とでしたが、法律による裁きを諦めた以上、佐村恭介を殺すしかないと考え始めたのです。しかし、中湊郡に行くと考えただけで激しい吐き気に襲われました。忌まわしい記憶は、毎夜のように夢の中で再現されました。そして、そんな精神的な打撃に気づくと、友里に対しての申し訳ない気持ちが一層強くなりました。彼女のほうが、自分とは比較にならないほどのショックを受けたのは間違いのないことでしたから。

友里は、街を歩く男がすべて、佐村恭介に見えると言いました。自殺未遂も起こしたようでした。しかし、詳しいことは自分には分かりません。その頃には、二人の間はかなり疎遠になっていて、こちらは遠目に見守ることしかできなくなっていたので。

それから何年かの間は、様子を見ていた時期だったと思います。友里の心の傷は癒えるのか、佐村恭介の罪を問ういい方法が見つかるのではないか、あるいはこちらが心を建て直して、中湊郡に行くだけの意志を奮い立たせることができるのではないか。

しかし、そのどれもがうまく行きませんでした。友里の状態は変わらず、佐村恭介を追いつめる手段は見つからず、また、中湊郡に自分が向かうだけの勇気もありませんでした。

ところがそんな時、浜松町で行なわれた光造形システムの展示会で、佐村恭介の姿を見たのです。奴は自分と同じく、家業を手伝い始めていたのでしょう。上京して、ハイテク装置を購入しようとしていたのです。

千載一遇のチャンスでした。この男が世の中からいなくなれば、友里の心の中の脅威も消え去るのではないかと考えました。しかも都合のいいことに、展示会の来客名簿から、佐村恭介が宿泊しているホテルも分かりました。

自分はすぐに会場を出て、刃物を探しました。目についた店で包丁を買おうかとも思いましたが、それはやめてアウトドア用品の店を探しました。獣を殺すには、ハンティングナイフしかないと考えたのです。

そして、手に入れたナイフをバッグに入れると、佐村恭介がいるホテルのすぐ横にある飲食店に入って、最後の計画を練りました。佐村の部屋に行ってドアをノックすれば、おそらく相手は自分を中に入れるだろうと考えました。中に入れないまでも、ドアさえ開けさせれば、相手にナイフを突き出すことはできるはずでした。

そんなことを考えているうちに、当の佐村恭介が、同じ飲食店に入って来ました。食事をとりに、ホテルから出て来たのです。驚いた自分は、どうするべきかを必死に考えました。その時、佐村恭介と目が合ってしまったのです。おそらく奴は、自分の犯した行為をやましく感じていたのでしょう。その上、それを素直に認めたくはなかったのでしょう。「気に食わないことでもあるのか」と、いきなりこちらに詰め寄って来たのです。

この後のことは、裁判で明らかにされた通りです。自分は、素手で戦うことになれば、勝てないことは分かっていました。佐村恭介を殺すには、相手を振りほどき、バッグから包みを取り出して、その中のナイフを使わなければならなかったのです。しかしそうする前に、佐村恭介は後ろ向きに倒れて死んでしまいました。

これで分かっていただけたでしょうが、自分が犯した罪は、懲役二年の傷害致死ではなく、死刑もあり得る殺人だったのです。

その後、逮捕されてから、自分は数えきれぬほどの涙を流しました。裁判官は、法廷で流した自分の涙を見て、改悛の情を認めました。しかしこちらが泣いたのは、犯罪者となった我が身を憐れんだり、両親の苦衷を知ったためであって、殺された佐村恭介を思って流した涙は一粒もありませんでした。あのケダモノを、何の裁きも受けぬままに生かしておくことは、自分にはできなかった。罪の意識があるとすれば、それは、大きな動物を殺してしまったという不快感以外の何物でもないし、そんな不快感を思い起こすたびに、佐村恭介への怒りが呼び戻されるのです。

今となっては、あの行為が、友里のためと言うよりは自分自身の報復感情だったということが理解できます。現に友里は、心の傷が癒えるどころか、また自殺未遂を起こしたのですから。こちらが人生を投げ出す覚悟でやった行為は、友里にとっては、何の気休めにもならなかったのです。彼女は今もきっと、独りぼっちで泣いていることでしょう。

友里を救う手段は、もう自分にはありません。それに佐村恭介が生きていたとして、どれだけ改悛したとしても、あの事件の前に友里を引き戻すことはできなかったはずです。

誰がそれを償うのでしょう。民事裁判が行なわれていたとしても、慰謝料という名のはした金では友里の心は買い戻せない。肉体の傷だけに傷害罪が適用されて、壊されてしまった人の心は放っておかれるのです。

法律は正しいのですか。本当に平等なのですか。地位のある人もない人も、頭のいい人も良くない人も、金のある人もない人も、悪い人間は犯した罪に見合うように、正しく裁かれているのですか。自分が佐村恭介を殺した行為は、罪なのでしょうか。そんなことも分からない自分は、救いようのない極悪人なのでしょうか。

法律の世界には、一事不再理という原則があります。一度確定判決を受けた被告人は、二度と同じ事件で裁かれることはないという規則です。自分はすでに傷害致死罪で判決が確定し、刑に服したわけですから、もう誰も殺人の罪で自分を裁くことはできません。残された方法は、私刑だけです。そして佐村恭介の父親は、それを自分に対してやろうとしました。こちらには、あの父親を責める気はありません。自分が佐村恭介を処刑したように、向こうもこちらを処刑しようとしたのですから。

ただ今回の事件で、私刑を許してしまえば、復讐が復讐を呼び、際限のない報復が始まってしまうということを身をもって知りました。それを避けるためには、誰かが代わりにやらなければならないのです。刑務官時代に南郷さんが行なった仕事は、少なくとも四七〇番の執行については、正しいことだったように思われます。

とりとめもなく長い手紙になってしまいました。

南郷さんの、更生の期待に添えなかったことだけが、自分にとっての心残りです。いつか自分の考えも変わるかも知れませんが、それまでは裁かれることのなかった殺人の罪を背負って生きて行くつもりです。
冷え込みが厳しくなってきましたが、どうかお体に気をつけて頑張って下さい。
一日も早く、南郷さんが無罪となって拘置所を出られるように祈っております。
三上純一

南郷正二様

追伸　サウス・ウインド・ベーカリーは、どうなってしまうのですか。』

「俺もお前も終身刑だ」手紙を読み終えた南郷は呟いた。「仮釈放は、なしだ」

それから一年後、刑事訴訟法第四五三条の規定により、小さな囲み記事が全国の新聞に掲載された。

『再審による無罪判決の公示
樹原亮（木更津拘置支所在監中、無職、昭和四四年五月一〇日生）に対して、「平成三年八月二九日千葉県中湊郡の邸宅内において、宇津木耕平、康子夫妻を殺害した上、金品を強取した」との事実につき、死刑の有罪判決が確定したが、再審の結果、犯罪の証明がなかったので、平成一五年二月一九日無罪の言渡しをした。

千葉地方裁判所館山支部』

それは、傷害致死の前科を持つ三上純一と、生涯で三人の犯罪者の命を奪った元刑務官、南郷正二の、二人がやったことだった。

献辞　父、母、兄に

参考文献

「〈秘密にされてきた驚くべき真実〉誰も知らない『死刑』の裏側」近藤昭二著　二見文庫
「死刑執行人の苦悩」大塚公子著　角川文庫
「そして、死刑は執行された3　元死刑囚たちの証言」恒友出版編　恒友出版
「前科者」合田士郎著　恒友出版
「死刑執行人の記録」坂本敏夫著　光人社
「元刑務官が語る刑務所」坂本敏夫著　三一書房
「死刑執行」村野薫著　東京法経学院出版
「死刑って何だ」村野薫著　柘植書房
「死刑囚の一日」佐藤友之著　現代書館
「図解　仏像のみかた」佐藤知範著　西東社
「魅惑の仏像1　阿修羅　奈良興福寺」毎日新聞社
「新版現代法学入門」伊藤正己・加藤一郎編　有斐閣双書
「刑法入門〔第3版〕」小暮得雄・板倉宏・宮野彬・沼野輝彦・白井駿・川端博著　有斐閣新書
「NHK人間講座　トラウマの心理学」小西聖子著　日本放送出版協会
「私は見た　犯罪被害者の地獄絵」岡村勲著　文藝春秋二〇〇〇年七月号
「イラスト監獄事典」野中ひろし著　日本評論社
「日本の検察」久保博司著　講談社

「犯罪者の処遇」佐藤晴夫・森下忠編　有斐閣双書
「犯罪者の社会内処遇」瀬川晃著　成文堂
「更生保護の実践的展開」鈴木昭一郎著　日本更生保護協会
「東京における保護司活動三十年」東京保護司会連盟三十周年記念誌編集委員会編　東京保護司会連盟
「図解科学捜査マニュアル」事件・犯罪研究会編　同文書院
「〈新版〉記載要領　捜査書類基本書式例」警察庁刑事局編　立花書房
「刑事裁判書集（上・下）」法曹会
「犯罪白書　平成12年版」法務省法務総合研究所編　大蔵省印刷局
「六法全書」有斐閣

※この他、多くの書籍、インターネットホームページを参考にさせていただきました。
参考資料の主旨と本書の内容は、まったく別のものです。

●江戸川乱歩賞の沿革

江戸川乱歩賞は、一九五四年、故江戸川乱歩が還暦記念として日本探偵作家クラブ（社団法人日本推理作家協会の前身）に寄付した百万円を基金として創設された。

第一回が中島河太郎「探偵小説辞典」、第二回が早川書房早川清「早川ポケットミステリ」の出版に贈られたのち、第三回からは、書下ろしの長篇小説を募集して、その最高作品に贈るという現在の方向に定められた。

以後の受賞者と作品名は別表の通りだが、これら受賞者諸氏の活躍により、江戸川乱歩賞は次第に認められ、今や賞の権威は完全に確立したと言ってよいであろう。

この賞の選考は、二段階にわけて行われる。すなわち、日本推理作家協会が委嘱した予選委員六名が、全応募作品の中より、候補作数篇を選出する予選委員会、さらにその候補作から授賞作を決定する本選である。

●選考経過

本年度江戸川乱歩賞は、一月末日の締切りまでに応募総数三二五篇が集まり、予選委員（小梛治宣、香山二三郎、新保博久、千街晶之、豊崎由美、吉野仁の六氏）により最終的に左記の候補作五篇が選出された。

新井吾土「きみは噓を唄う」
高野和明「13階段」
廣島節也「グッバイ、ジャズ・ライン」
匠　勇人「接続」
白石　泉「機械室」

この五篇を五月二十四日（木）、「福田家」において、選考委員、赤川次郎・逢坂剛・北方謙三・北村薫・宮部みゆきの五氏の出席のもとに、慎重なる審議の結果、高野和明の「13階段」を授賞作に決定。授賞式は九月二十一日（金）午後六時より帝国ホテルにて行われる。

社団法人　日本推理作家協会

江戸川乱歩賞授賞リスト（第3回より書下ろし作品を募集）

第1回（昭和30年）「探偵小説辞典」　中島河太郎
第2回（昭和31年）「ポケットミステリ」の出版　早川書房
第3回（昭和32年）「猫は知っていた」　仁木悦子
第4回（昭和33年）「濡れた心」　多岐川恭
第5回（昭和34年）「危険な関係」　新章文子
第6回（昭和35年）授賞作品なし
第7回（昭和36年）「枯草の根」　陳舜臣
第8回（昭和37年）「大いなる幻影」　戸川昌子
「華やかな死体」　佐賀潜
第9回（昭和38年）「孤独なアスファルト」　藤村正太
第10回（昭和39年）「蟻の木の下で」　西東登
第11回（昭和40年）「天使の傷痕」　西村京太郎
第12回（昭和41年）「殺人の棋譜」　斎藤栄
第13回（昭和42年）「伯林－1888年」　海渡英祐
第14回（昭和43年）授賞作品なし
第15回（昭和44年）「高層の死角」　森村誠一
第16回（昭和45年）「殺意の演奏」　大谷羊太郎
第17回（昭和46年）授賞作品なし
第18回（昭和47年）「仮面法廷」　和久峻三
第19回（昭和48年）「アルキメデスは手を汚さない」　小峰元
第20回（昭和49年）「暗黒告知」　小林久三
第21回（昭和50年）「蝶たちは今……」　日下圭介
第22回（昭和51年）「五十万年の死角」　伴野朗
第23回（昭和52年）「透明な季節」　梶龍雄
「時をきざむ潮」　藤本泉
第24回（昭和53年）「ぼくらの時代」　栗本薫
第25回（昭和54年）「プラハからの道化たち」　高柳芳夫
第26回（昭和55年）「猿丸幻視行」　井沢元彦
第27回（昭和56年）「原子炉の蟹」　長井彬
第28回（昭和57年）「黄金流砂」　中津文彦
「焦茶色のパステル」　岡嶋二人
第29回（昭和58年）「写楽殺人事件」　高橋克彦
第30回（昭和59年）「天女の末裔」　鳥井加南子
第31回（昭和60年）「モーツァルトは子守唄を歌わない」　森雅裕
「放課後」　東野圭吾
第32回（昭和61年）「花園の迷宮」　山崎洋子
第33回（昭和62年）「風のターン・ロード」　石井敏弘

第34回（昭和63年）「白色の残像」　坂本光一
第35回（平成元年）「浅草エノケン一座の嵐」長坂秀佳
第36回（平成2年）「剣の道殺人事件」　鳥羽　亮
　「フェニックスの弔鐘」阿部陽一
第37回（平成3年）「連鎖」　真保裕一
　「ナイト・ダンサー」　鳴海　章
第38回（平成4年）「白く長い廊下」　川田弥一郎
第39回（平成5年）「顔に降りかかる雨」　桐野夏生
第40回（平成6年）「検察捜査」　中嶋博行
第41回（平成7年）「テロリストのパラソル」藤原伊織
第42回（平成8年）「左手に告げるなかれ」渡辺容子
第43回（平成9年）「破線のマリス」　野沢　尚
第44回（平成10年）「Ｔｗｅｌｖｅ Ｙ．Ｏ．」福井晴敏
　「果つる底なき」　池井戸潤
第45回（平成11年）「八月のマルクス」　新野剛志
第46回（平成12年）「脳男」　首藤瓜於

第48回
江戸川乱歩賞応募規定

●選考委員●

赤川次郎／逢坂　剛／北方謙三

北村　薫／宮部みゆき（五十音順）

＊**種類と枚数**／広い意味の推理小説で、自作未発表のもの。四百字詰め原稿用紙で三百五十〜五百五十枚（超過した場合は失格）。ワープロ原稿の場合は必ず一行三十字×二十〜四十行で作成し、Ａ４判のマス目のない紙に印字してください。

＊**原稿の綴じ方**／必ず通しノンブルを入れて、右肩を綴じる。一枚目にタイトル明記のこと。

＊**梗概**／四百字詰め原稿用紙換算で三〜五枚の梗概を添付のこと。

＊**氏名等の明記**／別紙に住所、氏名（筆名）、生年月日、学歴、職業、電話番号及びタイトル、四百字詰め原稿用紙での換算枚数を明記し、原稿の一番上に添付してください。

＊**原稿の締切り**／二〇〇二年一月末日（当日消印有効）

＊**原稿の送り先**／〒一一二−八〇〇一　東京都文京区音羽二−一二−二一　講談社文芸図書第二出版部「江戸川乱歩賞係」あて。

＊**入選発表**／二〇〇二年七月号の「小説現代」誌上。

＊**賞**／正賞としてシャーロック・ホームズ像。副賞として賞金一千万円（複数受賞の場合は分割）ならびに講談社が出版する入選作の印税全額。

＊**諸権利**

（出版権）受賞作の出版権は、三年間講談社に帰属する。その際、規定の著作権使用料が著作権者に別途支払われる。また、文庫化の優先権は講談社が有する。

（映像化権）テレビ・映画・ビデオ（レーザーディスクを含む）における映像化権は、フジテレビが独占利用権を有する。その期間は入選決定の日に始まり、契約の日から三年を経過した日に終わるものとする。但し映像化権料は受賞賞金に含まれる（作品の内容により映像化が困難な場合も賞金は規定通り支払われる）。

＊**応募原稿**／応募原稿は一切返却しませんので控えのコピーをお取りのうえご応募ください。二重投稿はご遠慮ください（失格条件となりうる）。なお、応募原稿に関する問い合わせには応じられません。

主催／社団法人　日本推理作家協会

後援／講談社・フジテレビ

高野和明（たかの・かずあき）
1964年東京都生まれ。'85年より、映画・TV・Vシネマの撮影現場でメイキング演出やスチルカメラマンなどを担当。映画監督・岡本喜八氏の門下に入る。'89年渡米。ABCネットワークの番組にスタッフとして参加。ロサンゼルス・シティカレッジで映画演出・撮影・編集を学ぶ。'91年同校中退後、帰国して映画・テレビなどの脚本家となる。

N.D.C 913　351p　20cm

13階段《じゅうさんかいだん》
二〇〇一年八月　六　日第　一　刷発行
二〇〇三年二月二四日第十八刷発行
著　者　高野《たかの》和明《かずあき》
発行者　野間佐和子
発行所　株式会社講談社
東京都文京区音羽二－一二－二一／〒一一二－八〇〇一
電　話　（〇三）五三九五－三五〇五（編集部）
　　　　（〇三）五三九五－三六二二（販売部）
　　　　（〇三）五三九五－三六一五（業務部）
印刷所　豊国印刷株式会社
製本所　黒柳製本株式会社

定価はカバーに表示してあります。

ISBN4-06-210856-9